孩子最爱看的
性格故事书

潘鸿生◎编著

云南出版集团
云南人民出版社

图书在版编目（CIP）数据

孩子最爱看的性格故事书 / 潘鸿生编著 . -- 昆明：云南人民出版社，2020.9
ISBN 978-7-222-19425-0

Ⅰ . ①孩… Ⅱ . ①潘… Ⅲ . ①儿童故事－作品集－世界 Ⅳ . ① I18

中国版本图书馆 CIP 数据核字 (2020) 第 149671 号

责任编辑：刘 娟
装帧设计：周 飞
责任校对：吴 虹
责任印制：马文杰

孩子最爱看的性格故事书
HAIZI ZUI AIKAN DE XINGGE GUSHISHU
潘鸿生 编著

出版 云南出版集团 云南人民出版社
发行 云南人民出版社
社址 昆明市环城西路 609 号
邮编 650034
网址 www.ynpph.com.cn
E-mail ynrms@sina.com
开本 710 mm × 960mm 1/16
印张 18
字数 200 千
版次 2020 年 9 月第 1 版第 1 次印刷
印刷 永清县晔盛亚胶印有限公司
书号 ISBN978-7-222-19425-0
定价 45.00 元

如有图书质量及相关问题请与我社联系
审校部电话：0871-64164626 印制科电话：0871-64191534

云南人民出版社公众微信号

前　言

性格是人最本质的象征。心理学家认为：性格是一个人对现实的稳定的态度，以及与这种态度相应的，习惯化了的行为方式中表现出来的人格特征。性格一经形成便比较稳定，但是并非一成不变，而是可塑的。它更多体现了人格的社会属性，个体之间的人格差异的核心是性格的差异。

英国哲人查尔斯·里德有一句著名的话：“播下一种思想，收获一种行为；播下一种行为，收获一种习惯；播下一种习惯，收获一种性格；播下一种性格，收获一种命运。”这就是说，性格不仅影响一个人的生活状态，还会影响一个人的人际交往、事业发展。性格往往决定一个人的成败得失，甚至还决定一个人的命运和前途。

性格是无数行为共同作用的产物，我们每一个人都是自己行为的实施者，因此，我们就是自己性格的制造者。同时我们又是自己命运的支配者，我们有能力改变、制造自己的行为，我们的每一次行为的改变都是在改造着

我们的性格，而随着我们性格往好的方面和坏的方面改造，我们的命运也就跟随着得到了改造。因此，性格决定着你的命运，性格成就着你的人生。

一个人的性格是在长期的生活中逐渐形成的，而儿童时期是性格培养的关键时期。俗话说：“三岁看大，七岁看老。”这句话正说明一个人性格的底色是在孩童时代形成的，所以让孩子养成良好的性格是关乎其人生成败的大事。

好的性格是一种财富，好的性格能带来成功。让孩子从小就拥有好的性格，无疑是给孩子一把通向成功之门的钥匙。本书通过孩子们最喜爱的故事形式，精选近200个经典故事。这些故事主题明确，情节引人入胜，叙述浅显易懂，语言质朴活泼，非常适合孩子阅读。同时，每个故事结尾还有几句精妙的评语，启人心智，发人深思，让孩子将智慧之光点燃，让这些好性格影响孩子的一生。

这本书是父母送给孩子最好的礼物，相信通过阅读，您的孩子可以更好地发挥自身的性格优势，克服性格弱点，拥有健全的性格和美好的人生。

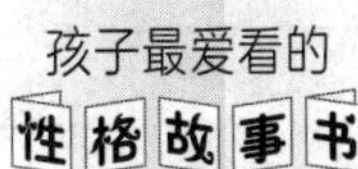

目录

第一章 坚强勇敢：你若不勇敢，谁替你坚强

第二章 隐忍冷静：沉住气方能成大器

第三章 乐观积极：让生活里充满阳光

第四章 自信进取：遇见最好的自己

第五章 爱与善良：与这个世界温暖相拥

第六章　谦虚低调：请低下高傲的头颅

第七章 坚韧执着：支撑人生的不屈脊梁

第八章 豁达包容：做人要有宽广的胸怀

第九章 果敢决断：果断行动更容易成功

第一章
坚强勇敢：
你若不勇敢，谁替你坚强

有恐高症的“蜘蛛人”

勇敢减轻了命运的打击。

——德谟克利特

1983年，布森·哈姆徒手攀壁，登上纽约的帝国大厦，在创造了吉尼斯纪录的同时，也赢得了“蜘蛛人”的称号。

美国恐高症康复联席会得知这一消息后，致电“蜘蛛人”哈姆，打算聘请他做康复协会的顾问。

哈姆接到聘书后，打电话给联席会主席约翰逊，要他查一查第1042号会员。约翰逊很快就找到了1042号会员的个人资料，他的名字正是布森·哈姆。原来他们要聘请做顾问的这位“蜘蛛人”本身就是一位恐高症患者。

约翰逊对此大为惊讶。一个站在二楼阳台上都心跳加快的人，竟然能徒手攀上400多米高的大楼！他决定亲自去拜访一下布森·哈姆。

约翰逊来到费城郊外的哈姆住所。这儿正在举办一个庆祝会，十几名记者正围着一位老太太拍照采访。

原来哈姆94岁的曾祖母听说他创造了吉尼斯纪录，特意从100千米外的家乡徒步赶来，她想以这一行动为哈姆的纪录添彩。谁知这一异想天开的做法，无意间竟创造了一个老人徒步行走的世界纪录。

有一位记者问她：“当你打算徒步而来的时候，你是否因年龄关系而动摇过？”

老太太精神矍铄，说：“小伙子，打算一口气跑100千米也许需要勇气，但是走一步路是不需要勇气的。只要你走一步，接着再走一步，然后一步再一步，100千米也就走完了。”

约翰逊站在一旁，一下子明白了哈姆登上帝国大厦的奥秘，原来他有向上攀登一步的勇气。

【人生箴言】

生活中，如果没有勇气，不敢去尝试，你永远都不会拥有任何机会。世界是属于勇者，无论做什么事，首先要有勇气。有了勇气，才敢于做事，才能最终战胜困难和挫折，到达成功的彼岸。

具传奇色彩的滑雪运动员

强者容易坚强，正如弱者容易软弱。

——爱默生

有一个女孩，在很小的时候就拥有一个梦想，她希望自己能够成为一名出色的滑雪运动员。然而，不幸的是她竟患上了骨癌。为了保住生命，她被迫锯掉了右脚。后来，癌细胞蔓延，她先后又失去了乳房及子宫。

这一而再、再而三的厄运不断地降临到她的头上。她曾哭泣过、悲伤过，但是她从来没有放弃过心中的梦想。她一直都在告诫自己："我要为自己的生命负责！决不轻言放弃，我要向痛苦挑战！"

最后，她不但没有被病魔打倒。相反，她竟以顽强的生命斗志和无比的勇气及信心排除万难，终于为自己创下了多项世界纪录，其中包括夺取1988年冬奥会的冠军，并在美国滑雪锦标赛中总共赢取了29枚金牌。甚至在后来，她还成了攀登险峰的高手。她就是在美国运动史上，极具传奇色彩的滑雪运动员——戴安娜·高登。

【人生箴言】

人生中，不如意事十之八九。在巨大的人生灾难面前，如果选择了坚强，一切都会变成风雨之后的彩虹，绚丽夺目。坚强的人，能够更加从容地面对生活，就像破茧而出的蝴蝶，经历了痛苦后，绽放出魅力四射的光芒，展露出令世界为之倾倒的美丽。

坚强的男孩

不害怕痛苦的人是坚强的，不害怕死亡的人更坚强。

——迪亚娜夫人

有一个男孩子，家里世代都是农民，父母也没什么文化，过着面朝黄土背朝天的日子。这个男孩自小就很懂事，6岁时就已经能自己去村里的菜园买菜，还能帮妈妈编织挣钱。因为他的母亲有先天性心脏病，不能干重活，他就尽力为父母分担一些家里的负担。在艰苦的生活中，他养成了勤劳简朴和坚强独立的好习惯。

他学习很刻苦，成绩自小就很突出。尤其是小学四年级，他考了全镇第一名，甚至还获得了市里的“希望之星”称号。那一次，父母很是高兴，这是他第一次看到父母那么快乐。当时他就下定决心要好好学习，让父母的脸上有更多的笑容。

但是，在他上初中的时候，母亲的心脏病又一次发作了。而且病情十分严重，这对这个本来就不宽裕的家庭来说，真是雪上加霜。尽管日子如此艰难，但为了让他安心读书，父母仍尽了最大努力。在苦难面前，他没有低头，而是更加刻苦地学习，也更加严格地要求自己。后来，他终于考上了理想的高中，和家人一起坚持渡过了难关。

由于学习成绩优秀，在上高中后，他连续两年获得校综合奖学金和“校三好学生”称号。这一切的收获都同他在苦难面前没有低头、选择坚强面对有重要关系。

后来有人采访他，他说：“我感谢国家、社会、学校、村里的乡亲，还有我的父母，感谢所有关心和爱护我的人。我会更加努力使自己成才，早一天去回报社会，帮助那些需要帮助的人。即使遇到更大的苦难和挫折，我也要坚强面对，同苦难作斗争，渡过重重难关。”

【人生箴言】

坚强是一种品性，是经过千锤百炼磨砺出来的，是每个人在不幸中用来支撑身心的精神脊梁。倘若不坚强，极有可能永远生活在一个狭小的空间里，无法经历那些更多更广的事物。坚强的人，即使遇到重重苦难，仍不会被压弯了脊梁，他向人们展示的永远是昂首挺立的姿态。

成功之门都是虚掩的

勇气不仅仅是一种美德，而且还是各种美德在经受考验时，也即在最逼真的情形下的一种表现形式。

——刘易斯·西里尔·康诺利

有一个国王，他想委任一名官员担任一项重要的职务，就召集了许多威武有力和聪明过人的官员，想试试他们之中谁能胜任。

“聪明的人们，”国王说，“我有个问题，我想看看你们谁能在这种情况下解决它。”国王领着这些人来到一扇大门——一扇谁也没见过的最大的门前。国王说：“你们看到的这扇门是我国最大最重的门。你们之中有谁能把它打开？”

许多大臣见了这门都摇了摇头，其他一些比较聪明一点的，走近看了看，犹豫了半天还是没敢去开这门。这时一位大臣走到大门处，仔细检查了大门，用各种方法试着去打开它。最后，他抓住一条沉重的链子一拉，门竟然开了。其实大门并没有完全关死，而是留了一条窄缝，任何人只要仔细观察，再加上有胆量去试一下，都会把门打开的。国王说："你将在朝廷中担任重要的职务，因为你不光限于你所见到的或所听到的，你还有勇气靠自己的力量冒险去试一试，而不是犹豫不决畏缩不前。"

【人生箴言】

其实，成功离你并不遥远，可能只是一扇门的距离，就看你是否有勇气打开这扇门。有些时候，不是我们缺少成功的能力，而是缺乏走向成功的勇气。记住，只要你鼓足勇气，勇敢地去推开那扇虚掩的门，就一定能拥有意外的收获。

自救的放牛娃

世界上最坚强的人就是独立的人。

——易卜生

一天，放牛娃上山砍柴，突然遇到老虎袭击，放牛娃吓坏了，抓起镰刀就跑。然而，前方已是悬崖！老虎却在向放牛娃逼近。为了生存，放牛娃决定和老虎一决雌雄。就在他转过身面对张开血盆大口的老虎时，不幸一脚踩空，向悬崖下跌去。千钧一发之际，求生的本能使放牛娃抓住了半空中的一棵小树。这样就能够生存了吗？难！上面是虎视眈眈、饥肠辘辘的老虎，下面是阴森恐怖的深谷，四周到处是悬崖峭壁，即使来人也无法救助。吊在悬崖中的放牛娃明白了自己的处境后，禁不住绝望地大哭起来。

这时，他一眼瞥见对面山腰上有一个老和尚正经过这里，便高喊“救命”。老和尚看了看四周的环境，叹息了一声，冲他喊道：“老衲没有办法呀，看来，只有你自己才能救自己啦！”放牛娃一听这话，哭得更厉害了：“我这副样子，怎么能救自己呢？”

老和尚说：“与其那么死揪着小树等着饿死、摔死，不如松开你的手，那毕竟还有一线希望呀！”说完，老和尚叹息着走开了。放牛娃又哭了一阵，还骂了一阵老和尚见死不救。

天快要黑了，上面的老虎算是盯准了他，死活不肯离开。放牛娃又饿又累，抓小树的手也感到越来越没有力量。怎么办？放牛娃又想起了老和尚的话，仔细想想，觉得他的话也有道理：是啊，这么下去，只能是死路一条，而松开手落下去，也许仍然是死路一条，但也许就会获得生存的可能。既然怎么都是个死，不如冒险试一试。

于是，放牛娃停止了哭喊，他艰难地扭过头，选择跳跃的方向。他发现万丈深渊下似乎有一小块绿色，会是草地吗？如果是草地就好了，也许跳下去后不会摔死。他告诉自己：“怕是没有用的，只有冒险试一试，才能有生存的希望。”他咬紧牙关，松开了紧握小树的手。身体飞快地向选择的落脚点坠落，奇迹出现了——他落在了深谷中唯一的一小块草叶茂密的绿地上！

后来，放牛娃被乡亲们背回家养伤。两年以后，他又重新站立了起来！

【人生箴言】

在遇到困难时，不要总是依赖别人，把一切希望都寄托在别人身上，而要依靠自己解决问题。有时，别人虽然可以最大限度地帮助我们，但却只能帮一时而帮不了一世。所以，靠人不如靠自己，最能依靠的人只能是你自己。只有用自己的力量克服困难、锻炼了顽强的意志，才能到达成功的彼岸。

挑战命运的张海迪

如果你足够坚强，你就是史无前例的。

——斯科特·菲茨杰拉德

张海迪，这个名字曾伴随着很多青年人长大，她是整整一个时代的偶像，曾一度被外媒认为是顺应时代需要造出的典型。多年以后，张海迪平静地说，“我自己塑造了自己”。时势只是造就了一个舞台，而真正让她翩然起舞的，是内心的强大力量和对信念的坚守。她的身上时刻透射出一种顽强坚毅的魅力。

张海迪5岁便因患脊髓血管瘤造成高位截瘫，10岁之前，她已经动过三次大手术。她比曲乐恒、桑兰更早远离正常人的生活。

1976年，张海迪第四次脊椎手术后，医生甚至设想了她会死去的几种可能：肺炎，泌尿系统感染，褥疮——这是脊髓损伤病人最可能死去的症状。“可我依然活着。”若干年后成为作家的张海迪宣称，她的生命力一次次粉碎了医生的预言。

很早时，海迪就给自己“开处方”，她知道怎么预防感染，把自己收拾得很干净，条件再差也要洗头洗澡，晒衣服晒被褥。

她会给自己针灸、注射、按摩，给褥疮换药。看不见的地方就照着镜子。“我想尽一切办法让自己好起来。”

最重要的是，她说自己“学会了有病装没病，有残疾装没有残疾”。

她像健康人一样穿着，虽然搬动双腿很费力，可努力就能做到。她像健康女性一样打扮自己，整齐干净。即使躺在病床上，也要挣扎着让自己整洁清爽。

多年后，张海迪见到了她童年时的主治医师张成，她的状态令张成惊愕不已，他没想到海迪仍活着。个中原因，他无论如何也未能参透。这位主治医师只是不停地说，乐观顽强是关键。

不仅如此，张海迪还在病床上、轮椅上学完了小学、中学全部课程，自学了大学英语、日语、德语和世界语，并攻读了大学和硕士研究生课程。如今的张海迪已是哲学硕士，并成为一名中共党员。在她的头上还有山东省作家协会创作室一级作家，第九届、第十届全国政协委员，中国残疾人联合会副主席，中国作家协会全国委员会委员，山东省作家协会副主席等头衔。

在残酷的命运挑战面前，张海迪没有沮丧和沉沦，以坚强的毅力和恒心与疾病做斗争，经受了严峻的考验，对人生充满了信心，影响了一代女性。

【人生箴言】

生命就是一次次蜕变的过程。唯有经历各种各样的折磨，才能增加生命的厚度。当你从痛苦中走出来时，就会发现，你已经拥有了飞翔的力量。

蝴蝶总理

有了坚定的意志，就等于给双脚添了一双翅膀。

——乔·贝利

曾有这样一个孩子，因为疾病导致左脸局部麻痹、嘴角畸形，所以他的长相十分丑陋，说话也不流利，带有口吃，而且还有一只耳朵失聪，但他却从来没有放弃对生活的热爱和渴望。也许，这个孩子注定是一个生活的强者，他比一般的孩子更快地走向成熟，他默默地忍受着别的孩子的嘲笑、讥讽的话语和目光，他自卑，但更有奋发图强的意志，当别的孩子在玩具中打发时间时，他刚沉浸在书本中，在他读的书中有很大一部分是成人读物，他却读得津津有味，因为他从中学到了坚强，学到了一种永不放弃的品质。为了矫正自己的口吃，他模仿古代一位有名的演说家，嘴里含着小石子讲话。看着嘴唇和舌头都被石子磨烂的儿子，母亲心疼地流着眼泪说："不要练了，妈妈一辈子陪着你。"懂事的他替妈妈擦着眼泪说："妈妈，书上说，每一只漂亮的蝴蝶，都是自己冲破束缚它的茧之后才变成的，如果别人把茧剪开一道口，由茧变成了的蝴蝶是不美丽的，我要做一只美丽的蝴蝶。"

后来，他能流利地讲话了。因为他的勤奋和善良，中学毕业时，他不仅取得了优异的成绩，还获得了良好的人缘，他周围的人，没有谁会嘲笑他，有的只是对他的敬佩和尊重。

经过不断的努力，他变得博学多才、颇有建树。后来，他参加总理竞选，他的对手居心叵测地利用电视广告夸张他的脸部缺陷，然后写上这样的广告词："你要这样的人来当你的总理吗？"但是，这种极不道德的、带有人格侮辱的攻击招致了大部分选民的愤怒和谴责。当他的成长经历被人们知道后，他赢得了极大的同情和尊敬，他说的"我要带领国家和人民成为一只美丽的蝴蝶"的竞选口号，使他高票当选为总理，人们因此亲切地称他为"蝴蝶总理"。他，就是加拿大第一位连任两届、跨世纪的总理——让·克雷蒂安。

【人生箴言】

其实，人的成长也是一个由蛹化蝶的过程，非常痛苦，同时也是一个不断挑战自我、超越自我的心理历程。一个人只有默默地忍受着破蛹而出的痛苦，才会积蓄着展翅高飞的力量。人生是一场没有终点的长跑，要成为最终的赢家，只有经历痛苦的蜕变，才能迎来破涌而出的美丽。

香港富豪霍英东

意志坚强的人能把世界放在手中像泥块一样任意揉捏。

——歌德

香港富豪霍英东出生时，家里穷得无法形容，苦得难以言述。在苦难中长大成人的他，进入社会后的第一份工作是在一艘旧式的渡轮上做加煤的工作，做了不久便被老板炒了鱿鱼。

霍英东天资聪颖，人又勤奋，为什么会被解雇呢？原因是他家贫穷，长期营养不良，体重只有90多斤，瘦骨嶙峋，根本无法负荷夜以继日的体力劳动。他后来回忆说："早上时体力还可以，但到了晚上我就感到身心疲惫不堪。我当时一日三餐，都是吃不饱的。"

后来，霍英东在启德机场当苦力，每天有七角半工资及半磅米配分。他说："为了省钱，每天清晨5时就由湾仔步行至天皇码头，坐一角钱船过九龙，再骑脚踏车往启德机场。"可是由于体力不足，他在扛货时，一只手指被压断了。

工头看他可怜，便安排他做修车学徒。但他爱好冒险，擅自驾车，不小心撞上了另一部货车，于是又被解雇了。此后，霍英东曾应征做铁匠，却因为太瘦弱而没有成功；于是便上船做装订的工作，但很快再次被炒鱿鱼；接下来，他又到太古糖厂做制糖的工作。

一次又一次的苦难，并没有击垮霍英东，而是磨炼了他的意志，培育了他的坚强。将近而立之年时，他终于时来运转，在短短几年间就发了一大笔财。不久，他又向地产业进军，并参与航运业、娱乐业经营，终于跻身华人超级富豪的行列。

霍英东在发达之后，仍然不改"吃苦"的本色。他不抽烟、不喝酒，从不喜欢吃得过饱，主粮是芋头和粟米，每天都坚持游泳。现在虽然已到了耄耋之年，他依旧腰板挺直、行动敏捷，双目炯炯、精力过人。

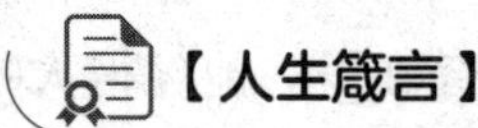
【人生箴言】

苦难是人生最好的老师。人生只有经受过苦难，思想才会受到锤炼，灵魂才会得到升华，意志才能得到坚强，才能真正认识人生，从而实现人生的最大价值。

打败命运的巨人

伟大人物的最明显的标志，就是他坚强的意志，不管环境变换到什么地步，他的初衷与希望仍不会有丝毫的改变，而终于克服困难，以达到预期的目的。

——爱迪生

在美国，有这样一个人——他到3岁才学会说话。就在家人为这个孩子能说话而感到欣喜后不久，一场灾祸发生了，特纳在横穿马路时被车撞飞，妈妈眼睁睁看着他头部着地，结果他只是轻微脑震荡，缝了几针就没事了。可是，从此以后，各种疾病就接踵而至，和他如影随形。麻疹、水痘、肺炎、湿疹、哮喘、皮疹、扁桃体肥大……一个病接着一个病，虽然不致命，但要一个孩子整天同病魔作斗争，惨痛是可想而知的。特纳至今还清楚地记得自己10岁那年面瘫的事。他本准备刷完牙去参加节日游行，可在刷牙的时候，他的半边脸突然没有知觉了。他非常想去参加游行，但只能再一次被妈妈送往医院。在去医院的路上，他问妈妈："妈妈，真的有上帝吗？"妈妈说："当然有了。"他说："那上帝为什么对我这么残忍，让我总是和医生打交道。"妈妈抱着他的头，对他说："孩子，不是上帝残忍，他也许是在考验你，把你磨炼得无比强大。"

一个10岁的孩子因为疾病，过早地懂事了，也过早地学会了坚强。因为面瘫，他不得不接受脊椎穿刺手术。其实也就是抽骨髓。别说一个孩子，就是成人也难以忍受手术所带来的剧痛。医生把一根针扎进他脊椎里。他疼得大喊大叫，但他却没有丝毫挣扎，没有对医生说："太疼了，我不做了。"做完脊椎穿刺，两周过后，面瘫的症状消失了。但是，不幸并没有放过这个坚强的孩子。面瘫消失后，本来说话就晚的他说话有些口齿不清。每次他张嘴说话，别人都弄不明白他想表达什么。甚至在家里，也只有和他朝夕相处的哥哥达柳斯能完全明白他想表达什么意思，连妈妈偶尔也需要达柳斯的"翻译"。为此他不得不又去令他深恶痛绝的医院，还去上演讲课。直到上高中，他在众人面前发言，才变得没有障碍。

多病的童年留给他的是痛苦的记忆，还有一个弱不禁风的身体。这个体弱多病的孩子却喜欢打篮球。尽管在篮球场上经常被别人碰倒在地，常常伤痕累累，但他却对篮球永远充满激情。他觉得在篮球场上，自己能强壮起来。由于他的身体实在太弱，没有谁愿意带他打篮球，只有哥哥愿意和他一起打篮球。贫困的家里没有篮球场，也没有篮球架。哥俩把一个装牛奶的板条箱固定在一根电线杆上，用铁棍捏了一个篮球圈。这就足够了，哥俩日复一日、年复一年在自家后面的小巷子里追逐着篮球，也追逐着梦想。他的身体越来越强壮，篮球技术也越来越高，高中时，就收到了俄亥俄州立大学提前录取的通知。而在2009年的大学联赛中，他有场均20.3分、9.2个篮板和5.9次助攻的火热表现。

谁能想到这个被多种病魔缠过身的孩子真的变成了一个强壮有力的巨人。2011年夏天有众多年轻人参加的美国NBA选秀大会上，他以榜眼的身份被费城76人队选中。签订了三年价值1200万美元的合同。这也是NBA规定的榜眼秀所能签订的最大合同。专家们对他的评价是：综合能力极强，融合了天赋、身材、爆发力、篮球智商、篮球大局意识的优秀球员。而此时的他身高1.97米，体重95公斤，臂展2.03米，原地摸高2.7米。在接受记者采访时，他说："别人的人生满是故事，而我的人生却满是事故。不过，我不埋怨。我和妈妈想的一样，那些疾病，只不过是命运的考验，只为把我磨炼得强大。我反而要感谢它们。"

说到这里，相信喜欢看NBA的朋友都猜到他是谁了？没错，他就是埃文·特纳。

不被残酷现实打倒的信念，就是埃文·特纳成功的原因，因为他活在自己坚定的意志中，用坚定的行动力证明，他不会被乖乖地被命运击倒，不但坚强地活下来，还达成了理想。

【人生箴言】

一个人的成功很大程度是意志的成功，任何人要想做成一件事都需要意志品质的支撑。坚强的意志是人们克服困难，战胜挫折，建功立业，战胜一切的精神支柱和力量源泉。如果你想要踏上成功之路，就要从磨炼坚强意志开始。

人生没有过不去的坎儿

谁有历经千辛万苦的意志，谁就能达到任何目的。

——米南德

有这样一位农村妇女，18岁的时候结婚，26岁赶上日本鬼子侵略中国，在农村进行大扫荡，她不得不带着三个年幼的孩子东躲西藏。村里很多人都受不了这种暗无天日的折磨，想到了自尽，她得知后就会去劝：“别这样啊，没有过不去的坎儿，日本鬼子不会总这么猖狂的。”

她终于熬到了把日本鬼子赶出中国的那一天，可是她的儿子却在那炮火连天的岁月里，由于缺医少药，又极度缺乏营养，因病夭折了。她的丈夫不吃不喝在床上躺了两天两夜，她流着泪对丈夫说：“咱们的命苦啊，不过再苦咱也得过啊，儿子没了咱再生一个，人生没有过不去的坎儿。”

刚刚生了儿子，却又遇上了三年自然灾害，她的丈夫因患水肿病而离开了人世。在这个巨大的打击下，她很长时间都没回过神来，但最后还是挺过去了，她把三个未成年的孩子揽到自己怀里，对他们说："爹死了，娘还在呢，有娘在，你们就别怕，没有过不去的坎儿。"

她含辛茹苦地把孩子一个个拉扯大了，生活也慢慢好转了，两个女儿嫁了人，儿子也结了婚。她逢人便乐呵呵地说："我说吧，没有过不去的坎儿，现在生活多好啊。"她年纪大了，不能下地干活，就在家纳鞋底，做衣服，缝缝补补。

可是，上苍似乎并不眷顾这位一生波折的妇女，她在照看自己的孙子时不小心摔断了双腿，由于年纪太大做手术有风险，因此一直没有做手术，只能躺在床上。她的儿女们都哭了，她却说："哭什么，我还活着呢。"

即便下不了床，她也没有怨天尤人，而是坐在炕上做做针线活，她会织围巾，会绣花，会编手工艺品，左邻右舍的人都夸她手艺好，前来与她学艺。

她活到86岁。临终前，她对她的儿女们说："都要好好过啊，没有过不去的坎儿……"

【人生箴言】

是的，人生中，没有过不去的坎儿，只有过不去的人。只要我们有良好的心态，咬咬牙，任何困难都会过去的。

战胜内心的恐惧

世界是属于勇敢者的。

——哥伦布

一位心理学家带他的学生去做一个心理试验。他把学生们带到了一个没有开灯的黑屋子里，屋子里有一座窄窄的桥。心理学家问："谁敢从这座桥上走过去？”不服气的学生们一个接一个踏上那座窄桥，并顺利地走了过去。

心理学家打开了一盏幽幽的小灯。灯光昏暗，但是学生们看清楚了桥下是漆黑的水潭。谁也不知道那水有多深，而且在幽幽的灯光下，水潭显得更加诡异莫测。心理学家再次问：“现在，谁敢从这座桥上走过去？”学生们有些犹豫，但是大部分人还是走上那座桥，依旧小心翼翼走了过去。

心理学家再次打亮一盏灯，这盏灯的灯光较先前的那盏亮多了，学生们看到水潭里的景象，心头不禁打个冷战。只见水潭里有数不清的蛇游来游去，有一条眼镜蛇还吐着长长的信子昂头冲着那座桥。学生们无不倒吸一口冷气，心里在庆幸自己幸好没有掉下去。心理学家再次问：“这下，谁还敢走过那座桥？”几乎没有学生敢再踏上那座桥了。

这时，只见心理学家踏上了那座桥，稳稳地走到了对面，学生们都惊呆了。心理学家没有说话，只是再次打亮一盏更亮的灯让学生们细看，原来桥和水潭之间密布着一张细细的铁丝网，学生们面面相觑。

心理学家这时开口了：“同学们，这就是我们心灵的力量。我们不知道，恐惧正是来自我们的内心。在灯开亮之前，我们所有人都能够小心地走过那座桥，那时候，黑暗对我们来说，不值得恐惧。反而是黑暗让我们变得小心，而不至于出错。但是，当灯被一盏盏打亮，我们被自己内心的恐惧限制住了，反而不敢迈步走向那座桥。其实，我们任何一个人都可以走过那座桥。那座桥，就是我们内心的力量。只要我们不被自己内心的恐惧所震慑，我们都有能力轻松地过桥。”

【人生箴言】

其实，很多时候恐惧都是我们自己强加给自己的。当不祥的预感、忧虑的思想在你心中发作时，你不应当纵容它们逐渐长大，你应该拿出勇气与它们相对抗，只要有勇气与信心，从心态上战胜恐惧，你就可以步步向前，迈向光明。

“经营之神”松下幸之助

尽管我们用判断力思考问题，但最终解决问题的还是意志，而不才智。

——沃勒

被称为“经营之神”的日本松下幸之助，白手起家，从生产电灯插座踏入商界。经过几十年的有效经营，到1995年，松下幸之助拥有的松下电器工业营业额达802．5亿美元，拥有资产800亿美元，雇聘员工25 4 059人。谁能想到这么一位世界屈指可数的大企业创始人，竟历尽人生坎坷！

松下幸之助的前半生是十分艰苦和不幸的，他11岁时因家庭生活贫困而辍学；13岁时父亲因无钱治病而早逝；他本人17岁时由于生活劳碌而差一点儿被淹死；20岁时母亲又病故，而他本人又因患肺病几乎死亡；34岁时唯一的儿子仅6个月就死去；他长期受病魔折磨，40岁前有一半时间因病卧床……

做人的关键在于有积极的人生观。饱经艰难的松下幸之助认为，坏事可能变成好事，危机可能变成时机，逆境可能变成顺境。他每当受到挫折和遇到打击时，就以乡下人洗甘薯的景象抚慰自己。

日本的乡下人洗甘薯是这样的：在木制的大桶里装满了水和甘薯，人们用一根木棍不停地搅动，大小不一的甘薯随着搅动，有的沉下去，有的浮起来，浮浮沉沉，互有轮替，甘薯最终被洗干净了。

松下幸之助说：“甘薯的浮浮沉沉，互有轮替的景象，正是人生的写照。每个人的一生，也会浮浮沉沉的，不会永远春风得意，也不会永远穷困潦倒。这持续不停地一浮一沉，就是对每个人的最好磨炼。”

松下幸之助没有因此潦倒，而是更加发奋地工作。在第二次世界大战结束后，他变卖了妻子的陪嫁饰物得了几块钱，自己生产电灯插座，然后逐步扩大生产，进而生产电器产品，最后坐上世界电器大王的宝座。这中间虽然遇到许许多多的挫折，但均被松下的奋斗精神所战胜。

日本松下电器的一家经销商，有一年因市场不景气，生意很惨淡，他向松下幸之助请教改善营运的秘诀。

松下听完那经销商的述说后说："目前市场萧条，生意不好，自然不能怪你，不过，我想请问你一个问题，你的尿有没有变红过呢？"

经销商感到奇怪，松下先生怎么反过来问这样的问题呢？他思考了一下后，摇摇头说："没有啊！我的尿从来没有变红过。"

松下说："问题就在这里。面对萧条的市场，你的生意清淡，而你的尿仍然清澈，这表明你奋斗努力的程度不够。每个成功的生意人，为了突破不景气，无不绞尽脑汁，寝食难安；连续几个晚上因焦虑与思考失眠，尿自然而然地会变红了。你今天向我请教改善营运的方法，我没有什么秘诀可提供给你，不过，我奉劝你闭门苦思，全力去挣扎，直到你的尿变红为止，我相信你会走出一条路来的。"

经销商听了松下的一席话后，回到店里彻底地自我反思，后来他召开全店职工会议，把他向松下幸之助请示的过程告诉了大家，并请大家按这位"经营之神"提供的"法宝"去努力奋斗。经过一番闭门思过后，他们重新布置橱窗，研究出加强服务的措施，并开始了上门推销和上门维修服务、送货上门等业务。半年后，该经销店销路好起来了，营业额直线上升。

一年后，这位经销商又登门拜访松下幸之助，但这回不是求教了，而是道谢。他感动地向松下说："感谢您'尿变红'的宝贵启示，我的店生意旺起来了，您赠予我的法宝真使我一生受用不尽。"

【人生箴言】

成功是令人神往的，但通向成功的道路是坎坷的、曲折的、艰难的。只有具备面对困难百折不回、遇到挫折坚持不懈精神的人，才有可能登上成功的巅峰。因为遇到一点儿困难就灰心丧气，受到一点儿挫折就悲观失望，并因此而打退堂鼓，这样的人是永远都不可能达到成功目标的。

石东的发迹史

没有伟大意志力，便没有雄才大略。

——巴尔扎克

石东是“美国联合保险公司”的董事长和最大股东，同时，也是另外两家公司的大股东和总裁。然而，他白手起家，能创出如此巨大的事业却是经历了无数次磨难的结果。有人说，石东的发迹史是他意志坚强的结果。这话不无道理。

少年时代，石东为了生计到处贩卖报纸。有家餐馆把他赶出来好多次，他却一再地溜进去，并且手里拿着更多的报纸。那里的客人都佩服他的意志坚定，纷纷劝说餐馆老板不要再把他踢出去，并且都掏钱买他的报纸。

石东常常陷入沉思。“哪一点我做对了呢？”“哪一点我又做错了呢？”“下一次，我该这样做，或许不会挨踢。”这样，他用自己的亲身经历总结出了引导自己达到成功的座右铭：“如果你做了，没有损失，而可能有大收获，那就放手去做。”

在母亲的指导下，石东16岁时开始了推销保险的生涯。当他因胆怯而发抖时，他就用卖报纸时被踢后总结出来的座右铭鼓舞自己。有一天，石东抱着“若被踢出来，就试着再进去”的念头推开了第一间办公室。幸运的是，他没有被踢出来。那天还有两个人买了他的保险。从数量而言，石东第一天的工作表示他是个失败者。然而，这是个零的突破，他从此有了自信，不再害怕被拒绝，也不再因别人的拒绝而感到难堪。第二天，石东卖出了4份保险。第三天，这一数字增加到了6份……

随着年龄增长和经验的积累，石东变得更成熟了。20岁时，石东设立了只有他一个职员的保险经纪社。开业第一天，销出了54份保险单。有一天，他更创造出一个纪录——130份。以每天8小时计算，每四分钟就成交了一份。在努力和坚持下，不到30岁时，石东已建立了巨大的石东经纪社，成为令人叹服的“推销大王”。

【人生箴言】

成功永远青睐于意志坚强的人，从来都与意志薄弱者无缘。人生的道路布满了荆棘，只有我们拥有坚强的意志，就能战胜困难、克服弱点、取得事业成功。

美国企业界的“女明星”

在不幸的境况中必须坚强。

——乔万尼奥里

伊娜，贝莉奥是美国家喻户晓的企业界“女明星”，她的成功让人们在惊叹中明白了坚强的可贵。

伊娜15岁时。父母便双双去世。少年的伊娜，无依无靠，孤苦伶仃。万般无奈之下，只好投奔叔叔，寄居在叔叔家里。叔叔是一个商人，颇有家产。然而他收留伊娜，有一个不可告人的目的，是想让伊娜与自己有些痴呆的儿子结婚。寄人篱下的伊娜，痛恨叔叔自私与冷酷的同时，也真正感受到了世态的炎凉。她陷入了进退两难的境地，留下来，就必须得和那个智力障碍者结婚；离开叔叔，又举目无亲，再也没有其他可托付依靠之人，而自己尚且年幼，如何继续今后的生活？但人是站着生活的，俯首乞食的生活，毫无意义可言。伊娜最终选择了离开。

离开叔叔家的生活虽然艰苦，但伊娜从未放弃对生活的追求。她变卖了父母遗留的微薄家产，到一处小胡同开了家小裁缝店，开始用自己稚嫩的双肩，挑起生活的重担。由于她的苦心经营，总是对生活充满信心，总是微笑着面对各种困难，顾客们对她也很照顾，所以生意还不错。伊娜终于可以在生活的重压下松口气，走过噩梦般的一段路程，她总算找到了一线曙光。

不久，伊娜认识了一个珠宝商人，两人不断交往，并产生了爱情。后来他们结了婚，感情很深，又有了个可爱的孩子，真可谓幸福美满了。然而好景不长，命运又一次剥夺了她的幸福——丈夫因心脏病而突然去世。难道真是命该如此吗？难道真是命运的捉弄吗？伊娜没有向命运屈服。从来好事多磨难，自古瓜儿苦后甜。已经历过人生风浪的伊娜，坚信自己的努力拼搏，一定会苦尽甘来。“今后怎么办？”伊娜苦苦思索着。虽然丈夫生前的好友愿意解囊相助，但伊娜谢绝了他们的好意。她已习惯了自强自立，不愿接受别人的施舍，这样只会消磨自己的意志，丢失自己的信心。最后，她决定将自己的裁缝店做大，在服装界开创自己的事业。善于动脑筋的伊娜，经过反复的思考、比较，最终开了一家专制女性内衣的店铺。她倾其所有，购置了先进机器，还雇用了一些女工，专门聘请裁缝师，自己亲任总经理。很快，就赚回了本钱，还有了盈利。她的企业渐渐地发展了起来。她也成为服装界的名人。

如今的伊娜，不仅为美国服装界作出了杰出的贡献，自己也享受到了成功所带来的甘甜。看到她今日的成就。谁会想到她曾是失去双亲的孤苦少女？谁会想到她曾经历失去丈夫的切肤之痛？伊娜用自己坚忍的意志，自强不息，开创了自己成功的天地。

【人生箴言】

坚强是一种力量，一种无往不利，可以改变整个世界的伟大力量。只有坚强的人，才能挺得住生活的风雨，经得住困难的考验。最终完成人生的飞跃，实现自身的价值。

人要有冒险精神

无论在个人经历中还是在社会历史中，冒险总能带来生机。

——威·博莱索

二战结束后，有一位年近六旬的老翁，敏锐地感觉到未来的石油发展应该是中东。他要在中东开发石油，在美国的炼油厂提炼。但当时中东地区早已被世界上7家实力雄厚的大公司所控制，要想打进去十分困难。可是没有人会想到，老翁竟然看中了沙特阿拉伯与科威特之间的一块不毛之地。这是一个属于两国共管的中立区，是一大片荒漠。老翁聘请的石油地质学家驾着飞机从空中观察地形地貌，断定那下面埋藏着石油。经过谈判，老翁获得了60年石油开采特许权，但他必须满足沙特提出的相当苛刻的条件，要冒极大的风险。美国石油工业界许多人公开指出，这样做注定要破产，他们认为那里根本不可能出油。但老翁很有信心，他敢于这样做，是因为他认为在沙特开采石油成本低廉，着眼于石油价格上涨因素，他断定那块地方从长远来看一定能赚到大钱。4年中，他先后投下了4000万美元，但只产出少量劣质油。这种油很难提炼，几乎没有商业价值。石油工业界的预言似乎已经被证实了，连他本人也显露出焦躁不安的情绪，毕竟他已经不再年轻。然而，在经历了4年之久的不断挫折之后，成功终于向勇敢人招手了。该地区的高产油井被一口接一口地打了出来，他的财富开始成倍地增加……这位颇富冒险精神的老翁叫保罗·盖蒂，他是当今最负盛名的石油大亨。

无独有偶。1956年，58岁的哈默购买了西方石油公司，开始大做石油生意。石油是最能赚大钱的行业，也正因为最能赚钱，所以竞争尤为激烈。初涉石油领域的哈默要建立起自己的石油王国，无疑面临着极大的竞争风险。首先碰到的是石油被几家大石油公司垄断，哈默无法插手；沙特阿拉伯是美国埃克森石油公司的天下，哈默难以染指……

如何解决油源问题呢？1960年，当花费了1000万美元勘探基金而毫无结果时，哈默再一次冒险地接受一位青年地质学家的建议：旧金山以东一片被行士石油公司放弃的地区，可能蕴藏着丰富的天然气，并建议哈默的西方石油公司把它租下来。哈默又千方百计从各方面筹集了一大笔钱，投入了这一冒险的投资。当钻到860英尺（262米）深时，终于钻出了加利福尼亚州的第二大天然气田，估计价值2亿美元以上。

【人生箴言】

冒险与收获常常是结伴而行的，风险和利润的大小也是成正比的，巨大的风险能带来巨大的效益。险中有夷，危中有利。要想有卓越的成果，就要敢冒风险。

滑冰世界冠军叶乔波

一个人的个性应该像岩石一样坚固，因为所有的东西都建筑在它上面。

——屠格涅夫

请看滑冰世界冠军叶乔波是怎样以她的顽强精神，向人们展示了一名成功女性的风采吧！ 10岁开始踏上滑冰场的小乔波是个追求完美的孩子，严酷的训练让年幼的她疲于奔命，但为了心中的梦想，她一路坚持下来。18岁那年，她的头椎受伤，经北京、沈阳几家大医院诊断后得到了相同的结论：再继续练将有瘫痪的危险。继续与放弃的艰难选择摆在乔波面前，生性好强不服输的乔波毅然选择了前者。

看似娇柔的乔波以顽强的意志力忍受着令人望而生畏的“牵引术”，将头椎治愈了，她忍受超越极限的苦练使自己重新飞旋在溜冰场上。

1988年，已进驻冬奥会选手村三天的乔波突然被国际滑联取消参赛资格，并被罚停赛15个月，理由是她所吃的中药里含有禁药成分。

这一次的打击无疑是沉重的，23岁的她还能有多长的运动生涯？面对这并非自己造成的过错，乔波欲哭无泪，但她却并未屈服！四年后的冬季奥运会上，乔波以一连串令人震惊的成绩，让世人刮目相看。

这时叶乔波已28岁了，去留的抉择又困扰着她：是急流勇退？还是继续努力争取1994年的冬季奥运会金牌？斟酌再三，叶乔波再次以超人的毅力留下来，为自己设定了更高的目标，超越荣誉的决心使她战胜了病痛，超越自我的信心使她不再患得患失，她要完成的是一项神圣的事业，胜利固然重要，失败同样值得鼓励。只要不断奋斗，就能发挥自身的价值，叶乔波用不断的奋斗来充实自己的人生经历。由于各种诱惑容易使人偏离既定目标，她必须以超乎寻常的意志来抵御诱惑。叶乔波将自己的乐趣建立在追逐目标的奋斗中，建立在实现目标的那一刻。

成功者总会经历无数的磨难，命运再次和这位顽强的女性开了一个玩笑，冬季奥运会前夕，叶乔波突然患盲肠炎，必须动手术。努力四年的叶乔波不禁泪流满面，心想难道自己四年的艰苦奋斗又将付诸流水吗？倔强的乔波恳求医生用中医疗法，意志力坚强的乔波三天后便奇迹般地回到了训练场。

叶乔波再一次战胜了命运的捉弄，凭着自己一流的技术和意志，获得了成功。

【人生箴言】

只要不向生活屈服，勇敢地选择坚强的生活，就永远不会被生活打败。只有经得起生活考验的人，才是真正的强者！

奥运女子百米冠军

一个人并不是天生就坚强，他的坚强和毅力，都是困难堆里磨炼出来的。

——高玉宝

她，是一个可怜的小女孩，从患有小儿麻痹症，只有依靠轮椅才能行动。每当看到同龄的小朋友蹦蹦跳跳的，她都感觉到自卑而又羡慕。随着年龄的增长，她的忧郁和自卑感越来越重，甚至，她拒绝着所有人的靠近。但也有个例外，邻居家那个只有一只胳膊的老人却成为她的好伙伴。老人是在一场战争中失去一只胳膊的，老人非常乐观，她非常喜欢听老人讲的故事。

这是个天气晴朗的一天，她被老人用轮椅推着去附近的一个公园里散步，草坪上孩子们动听的歌声吸引了他们。当一首歌唱完，老人说着："让我们一起为他们鼓掌吧！"她吃惊地看着老人，问道："我的胳膊动不了，你只有一只胳膊，怎么鼓掌啊！"老人对她笑了笑，解开衬衣扣子，露出胸膛，用手掌拍起了胸膛……那天已经是深秋了，虽然天气晴朗，但风中却夹着几分寒意，尽管如此，她却突然感觉自己的身体里涌动起一股暖流。老人对她笑了笑，说着："只要努力，一只巴掌一样可以拍响。你一样能站起来的！"

当天晚上，她让母亲在一张纸上写下了这样一行字：一只巴掌也能拍响。为了激励自己，她又让母亲又将这张纸贴到了墙上。从那之后，她开始配合医生做物理治疗。有时，甚至父母不在身边的时候，她自己扔开支架，试着走路。蜕变的痛苦是牵扯到筋骨的。她坚持着，她相信自己能够像其他孩子一样行走，奔跑……

就这样，经过蜕变的痛苦后，11岁时，她终于扔掉支架，可以自由地行走了。但她并没有满足，此后，她又向另一个更高的目标努力着，她开始锻炼打篮球和田径运动。现在的她，不但可以跑，而且跑得比别人快。1960年罗马奥运会女子100米跑决赛，当她以11秒18第一个撞线后，掌声雷动，人们都站起来为她喝彩，齐声欢呼着这个美国黑人的名字：威尔玛·鲁道夫。那一届奥运会上，威尔玛·鲁道夫成为当时世界上跑得最快的女人，她共摘取了3枚金牌，也是第一个黑人奥运女子百米冠军。

【人生箴言】

没有经历痛苦洗礼的飞蛾，脆弱不堪。同样，人生没有痛苦，就会不堪一击。正是因为有痛苦的存在，才能激发我们人生的力量，使我们的意志更加坚强。和飞蛾一样，人的成长必须经历痛苦挣扎，直到双翅强壮后，才可以振翅高飞。

中国女富豪张璨

只有勇敢坚强的人，才只有一种激动，一种气质，一种道德。

——雨果

张璨是现今中国极具影响力的十大女富豪之一。或许大家看到的都是她的辉煌，但却不知，在她的人生道路上，也经历了无数的挫折。

1982年，张璨以优异的成绩考入了北京大学，就读于国际政治系。大学期间，张璨努力学习、追求，屡屡创下佳绩。但令人没有想到的是，到了大三，学校竟以“张璨三年前考上某大学，但没有去报到，第二年又考上了北大”为由，注销了她的学籍。按照学校规定，有学不上的考生必须要停考一年。这突如其来的打击，让张璨一下子懵了。身边的同学怕她想不开而做傻事，就劝道：“没事，你就当散散心。”张璨也突然间懂得了一个道理：不管遇到什么事情都不能哭，遇到什么问题都应该想办法去解决。并且她还暗自下定决心：我一定要坚强，要比别的北大同学读更多的书。”

1986年的夏天，同学们都毕业了，很多人都被分配了工作，张璨很是羡慕。虽然她自己也完成了学业，但却因为没有文凭，只得到了一纸说明，大概意思就是：被注销学籍，但坚持上课，成绩合格，学校不管分配。

学校不分配工作，张璨只好自己找。她时常鼓励自己：没有工作，或许会更有前途，因为以后面对的机会比较多。

果然，功夫不负有心人，经过艰辛的努力，张璨终于创立了属于自己的公司。但不料，又遇到了一些打击。1992年，张璨的公司才刚刚起步，而家中就有四位老人纷纷患癌症住院，她的母亲和婆婆相继去世。这一系列的打击，在常人看来一定是很难承受的，但张璨却勇敢地挺住了。对此，她说：“面对这些，我只能逼着自己熬过去。其实，我只是一个普普通通的人，也会退缩、会懦弱。但是，当这些事实摆在面前的时候，怕是没用的，只能坚持。”在张璨看来，失败是人生历程中必经的一个坎。一直以来，张璨都在自己的办公桌上贴有这样一句话：风筝与强风对抗，方能飞向高峰。也正是抱着这样的思想，使她取得了最后的成功。

如今的张璨已经统领一个在信息技术、生物与健康和房地产三大领域进行投资与经营的大型民营高科技企业，拥有了属于自己的大厦、多家分公司和上亿美元的净资产。

在挫折面前，张璨并没有被打倒，而是勇敢地克服了它。也正因如此，才使得她有了今天的辉煌成就。

【人生箴言】

生活中不可能总是明媚的艳阳天，狂风暴雨随时都有可能来临。但只要我们有迎接厄运的勇气和胸怀，在低谷和挫折面前不低头，跌倒了再爬起来，以勇敢的姿态去迎接命运的挑战，就能迎来人生的辉煌。

撑死胆大的，饿死胆小的

“拿出胆量来”那一吼声是一切成功之母。

——雨果

井植岁男是日本三洋电机公司的创办人，他在1947年创立三洋电机公司时，公司只有20个人，从一间小厂房起步，到1993年，该公司已发展成为一个跨国经营的大企业。

井植岁男性格豪放，决断大胆，处事单纯明快，不拘小节。井植岁男从姐夫的公司走出来自己创立“三洋”，是其胆识的体现，经过几十年的艰苦经营，把“三洋”发展成为世界级的大企业，也是其胆识结出的硕果。

而许多人却因为没有胆识失去致富的机会。

1955年，井植岁男曾试图鼓励其雇用的园艺师傅自己创业，但这位园艺师傅却因为缺乏胆量而失去一个致富的机会。

有一天，园艺师傅向井植岁男请教说：“社长先生，我看您的事业愈做愈大，而我就像树上的一只蝉，一生都在树干上，太没出息了。请您教我一点儿创业的秘诀吧！”

井植点头说：“行！我看你比较适合园艺方面的事业。这样好啦，在我工厂旁有2万坪空地，我们合作种树苗吧！我想种树苗出售是项有前途的事业。你知道一棵树苗多少钱可以买到？”

“40元。”

井植又说：“好！以一坪地种2棵计算，扣除走道，2万坪地大约可种2．5万棵，树苗的成本刚好是100万元。三年后，一棵可卖多少钱呢？”

“大约3000元。”

“100万元的树苗成本与肥料费都由我支付，以后的三年，你负责浇水、除草和施肥工作。三年后，我们就有600万元的利润，那时我们每人一半。”井植岁男认真地说。

不料，那园艺师傅却拒绝说：“哇！我不敢做那么大的生意。”

最后，井植只好作罢了。他无可奈何地说：“要创业，必须要有胆识，否则，面对好的机会，不敢去掌握与尝试，这固然没有失败的顾虑，但是却失去了成功的机会。世上凡事都有风险，欲要成功，必须以胆量和力量去排除风险。”

【人生箴言】

在很多情况下，强者之所以成为强者，就是因为他们敢为别人所不敢为。如果缩手缩脚，即使有比别人更新的思想，也只能错过机会，成为过时的东西。

勇于做生活的强者

并非每一个灾难都是祸，早临的逆境常是幸福。经过克服的困难，不仅给了我们教训，并且对我们历次的奋斗有所激励。

——波普

杜鹃的父母早亡，家里又没有太亲近的人，从小就在村里流浪，靠村民的施舍度日，当然，上学对她来说更是奢望。

在她10岁那年，她离开了生她养她的村子，到大城市里以捡破烂为生，并且与一位同样艰难度日的老婆婆相依为命。但杜鹃是个坚强而好学的姑娘，她用捡破烂的钱买来纸笔学写字，趴在教室外听课……

后来，她在一家公司找了一份保洁的工作，用微薄的工资生活，还经常买书学习。23岁那年。杜鹃参加了成人高考。

正当生活有了转机的时候。她得了肝病，工作没有了，学习也被迫中断。无力支付药费的杜鹃也曾想过就此了却一生，但她永远忘不了充满苦难的童年，舍不得曾收留她的老婆婆……杜鹃回到家乡。在乡亲们的帮助和自己的努力下，看好了病。她想接着参加高考，不料遇到大雨，坍塌的泥墙砸断了她的一条腿，落下了终身残疾……乐观的杜鹃没有因此而退却，她决心凭自己的努力闯出一条路来。

她拄着拐杖，跑遍了各地，寻找致富门路，最后结合家乡地广人稀的特点。发展了药材种植业。

创业的艰辛对于一个残疾姑娘来说，那种难度很难想象。但杜鹃却凭一股韧劲儿，硬是挺了过来。

现在，她已是一家药材公司的总经理，并且又在开发养殖业，从来没有人想过，在她成功的笑容背后有多少血与泪。

【人生箴言】

生活并不总是一帆风顺，其间也夹杂着许多阴霾和磨难，只有那种勇敢、坚强、充满智慧的人才能最终战胜磨难，拨云见日般地走向成功。

有一种勇敢叫认错

偶尔犯了错误无可厚非，但从处理错误的态度上，我们可以看清楚一个人。

——松下幸之助

曾经有个博学的老和尚，带着一个颇有慧根的小和尚在山上静修。后来，小和尚受不了寺庙里清苦的生活，偷偷下山再也没有回去。多年以后，小和尚仍然为自己犯下的错误而自责，但是他没有勇气向老和尚承认错误。

终于有一天，小和尚望着小桥下的流水，蓝天上的浮云，感悟这复杂的人世，顿然悔悟。终于下定决心，鼓起勇气回寺庙向师傅请罪。

他跪在老和尚的面前，诚心诚意地请求师傅原谅他。

原来，自从小和尚逃走以后，老和尚以为他迷路了，痛苦万分，为了寻找他，老和尚走遍了大江南北，从来没有放弃过寻找他的念头。

现如今，看到小和尚竟然自己回来了，老和尚愤怒到了极点，告诉小和尚："要我原谅你也可以，除非佛珠上能长出莲花。"

小和尚坚信师父一定能再原谅他，于是，他一直跪在师父的房门外，默默等待师父的原谅。第二天，当老和尚醒来时，一睁眼，便看到胸前的念珠，洒落在地上，而且每一颗念珠上都长着美丽的莲花……

【人生箴言】

正所谓"好汉做事好汉当"，一个人犯错并不可怕，可怕的是没有认错的勇气。勇敢的人在犯了错误后不会推卸责任，因为"知耻近乎勇"，如果你勇于认错，知错就改，你就是一个勇士，也是一种成功。

第二章
隐忍冷静：沉住气方能成大器

冷静的飞机驾驶员

不管发生什么事，都要冷静、沉着。

——狄更斯

一位美国老驾驶员，他有许多年的飞行经验，曾经在一次采访中介绍过他一段飞行史中最不平常的经历，大概是这样的：在第二次世界大战时，他是F6型飞机的飞行员。一天，他们接到战斗命令，从航空母舰上起飞后，来到东京湾。他按要求把飞机升到距离海面300米的高度做俯冲轰炸，300米在今天可能不算什么，但在当时，这是个很高的高度。正当他以极快的速度下降并开始做水平飞行时，飞机左翼突然被击中，整架飞机翻了过来。人在飞机中，是很容易失去平衡感的，尤其在天和海都是蓝色的时候。飞机中弹后，他需要马上判断他的位置，以便决定他应该向上还是向下操纵他的飞机。在他飞机中弹的最初一瞬，在那生死攸关的关键时刻，他什么也没有做，没有去碰驾驶舱里任何控制开关，他只是强迫自己冷静，思考，绝不能激动。于是，他发现蓝色的海面在他的头顶上，他知道了自己确切的位置，知道了自己的飞机是翻转的。这时，他迅速推动操纵杆，把位置调整过来。在那一瞬间里，如果他冲动地依靠他的本能，一定会把大海当作蓝天，一头撞进海里葬身鱼腹。这位老飞行员在回忆时，语重心长地感慨道："是我的冷静挽救了我的性命。"没错，当时这个驾驶员，在机翼被击中时，如果不能冷静下来，只是胡乱地按飞机的操作按钮，浪费时间，那么那次飞行，将会是他的最后一次飞行。

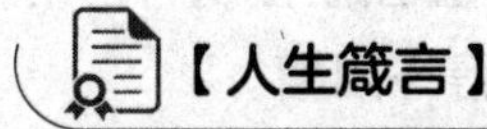

沉着冷静，是战胜困难的法宝。如果一个人在危急关头能够保持沉着冷

静，并做出正确的判断和决定，即便是在大难临头时，他也能逢凶化吉、转危为安。

伊莎贝拉的两个玻璃球

生气的时候，开口前先数到十，假设非常愤怒，先数到一百。

——杰弗逊

伊莎贝拉是一个脾气异常暴躁、情绪波动极大的女孩，经常因为小事和别人吵架，她的人际关系因此而愈来愈紧张，结果男友也难以忍受她的坏脾气，和他分手了。终于有一天，她觉得自己已经处于崩溃边缘。

她打电话向她的一个朋友约翰求救。约翰向她保证："伊莎贝拉，我知道现在对你来说是有点糟，可是只要你经过适当的指引，一切就会好转。"

"你现在的第一件事是让自己安静下来，好好地享受一下安静的生活。"

听了约翰的话，伊莎贝拉开始先前忙碌的生活，好好地放松一下自己，给自己休了一个长假。当她已经稳定了之后，约翰又建议道："在你发脾气之前，不妨想想，究竟是哪一点触动了你？"

"自己可以拥有两种思考，一种是让每一件事情都在脑海里剧烈地翻搅，另一种则是顺其自然，让思想自己去决定。"说着，约翰拿出了两个透明的刻度瓶，然后分别装了一半刻度的清水，随后又拿出了两个塑料袋。伊莎贝拉打开来，发现分别是白色和蓝色的玻璃球。约翰说："当你生气的时候，就把一颗蓝色的玻璃球放到左边的刻度瓶里；当你克制住自己的时候，就把一颗白色的玻璃球放到右边的刻度瓶里。最关键的是，现在，你该学会独立控制自己的情绪，如果你不试着控制自己的情绪，你会继续把你的生活搞得一团糟。"

此后的一段时间内，伊莎贝拉一直按照着约翰的建议去做。后来，在约翰的一次造访中，两个人瓶中的玻璃球都捞了出来。他们同时发现，那个放蓝色玻璃球的水变成蓝色了。原来，这些蓝色玻璃球是约翰把水性蓝色涂料染到白色玻璃球上做成的，这些玻璃球放到水中后，蓝色染料溶解到水中，水就呈现了蓝色。约翰借机对伊莎贝拉说："你看，原来的清水投入'坏脾气'后，也被污染了。你的言语举止，是会感染别人的；就像玻璃球一样，当心情不好的时候，要控制自己。否则，坏脾气一旦投射到别人身上的时候，就会对别人造成伤害，再也不能回复到以前。一定要控制好自己的言行。"

伊莎贝拉后来发现，当按照他的建议去做时，人真的不会那么混沌了，事情也容易理出头绪。在此之前，她的心里早已容不下任何新的想法和三思而后行的念头，已经形成了一种忧虑的习性，这些让她恐惧慌乱而情绪化。当约翰再次造访的时候，两人又惊又喜地发现，那个放白色玻璃球的刻度瓶竟然溢出水来——看来伊莎贝拉对自己的克制成效不小。慢慢地，伊莎贝拉已经学会把自己当成一个思想的旁观者，来看清自己的意念。一旦有了不好的想法就会很快发现，想法失控的时候及时制止。这样持续了一年，她逐渐能够信任自己并且静观其变。生活也步入常轨，并重新得到了一个优秀男士的爱，美好在她的生活中渐渐展现。

【人生箴言】

能否控制自己的情绪是一个人心理素质的体现。有效地管理和调控自己的情绪，就能够改变自己的处境，面对不如意的现实。一个能够很好地控制自己情绪的人，总是安详而快乐的。

男孩和钉子的故事

成功的秘诀就在于懂得怎样控制痛苦与快乐这股力量，而不为这股力量所反制。如果你能做到这点，就能掌握住自己的人生，反之，你的人生就无法掌握。

——安东尼·罗宾斯

有一个男孩脾气十分暴躁，经常和身边的人闹矛盾，朋友们都不喜欢他，他为此也伤心不已。于是他去找父亲，想让父亲帮助他。

父亲了解了事情的经过后，给了他一袋钉子，并告诉他，每当他感觉不好，很想发脾气的时候，就在院子里的篱笆上钉一根钉子。孩子抱着钉子欣然回去了。第一天，孩子发生了很多不如意的事情，他一下子钉了四十根钉子。第二天，情况稍微好点，他钉了三十根。这样，随着时间慢慢地推移，后面他钉的个数越来越少，他的脾气也好转了很多。他发现，相对于钉钉子，控制脾气反而简单得多。因为篱笆太坚硬，要在上面钉钉子对于还是一个孩子的他来说实在是有点费力。后来，终于有一天，他不再需要通过钉钉子来控制自己的坏脾气了，他高兴地跑去把这件事告诉父亲。

父亲又对他说："那好，从今天开始，如果你做到了一天没发脾气，就去把篱笆上的钉子拔掉一根。"孩子照做了。日子一天一天过，终于，篱笆上的钉子全被拔光了。他兴奋地告诉父亲。父亲牵着他来到篱笆前，语重心长地对他说："孩子，爸爸为你感到很欣慰。但是，你看看篱笆上的洞，这些洞是永远都不可能修复了。就像你和别人吵架一样，冲人家发脾气，说一些伤害他的话，就在他的心里留下了一个伤口，就像这个钉子洞一样，永远都无法复原了。"

【人生箴言】

人常常因为自己一时的沉不住气，控制不住自己的情绪而做出一些伤害他人或伤害他人与自己之间感情的事情，这是非常不可取的。表面的创伤可能很快恢复，一句抱歉，一句对不起就能释怀，但是心里面的伤口，是难以恢复的。所以每当你发脾气、或在愤怒的情绪时，你应该分析所有使你愤怒的原因，然后避免使自己暴露于那些痛苦之下，采取一些积极有效的措施来控制自己的情绪。

暴躁的巴顿将军

能控制好自己情绪的人，比能拿下一座城池的将军更伟大。

——拿破仑

1943年，第二次世界大战期间，著名的巴顿将军去战后医院探访伤员，发现一名士兵蹲在一个箱子上，身上没有一点受伤的痕迹，巴顿问他为什么住院，他的回答是："我受不了了。"医生见状赶忙过来向巴顿将军解释说："他得的是'急躁型中度精神病'，这是他第三次住院了。"巴顿听后勃然大怒，很多天积累起来的火气一下子都发泄在这个士兵的身上，他狠狠地痛骂了那个士兵，甚至用手打他的脸，大声地吼叫："我绝对不允许这样的胆小鬼藏在这里，他的行为是我们的耻辱，已经严重损坏了我们的荣誉！"说完十分气愤地离开了……第二次来探访的时候，巴顿将军又发现了另外一名没有受伤的士兵住在医院，顿时又是火冒三丈，他阴沉着脸问："你得的是什么病？"士兵明显已经被巴顿将军吓着了，他哆嗦着回答："我有精神病，能听到炮弹飞过，但听不到炮弹的爆炸声。"巴顿将军大怒，骂道："你真是个胆小鬼！你是我们集团军的耻辱，你必须马上回去参加战斗，你真应该被枪毙！"可怜的士兵当然逃不过巴顿的一顿耳光……很快巴顿的行为传到了艾森豪威尔将军的耳中，他说："看来巴顿已经到达顶峰了……"

巴顿是一名十分出色的将军，他战功显赫，但正是因为他狂暴的性格，使他葬送了自己的前程。面对有心理疾病的士兵，巴顿将军并没有认真地了解情况，在他眼中可能只有肉体上的痛苦才能算得上受伤与疾病。他对手下大打出手，几乎失去了理智，完全没有一个指挥官的风度，他的愤怒使他在人们心中的形象被破坏，虽然有大将的威严，但少了领袖的慈祥，这是他丧失晋升机会的重要原因。

【人生箴言】

愤怒常常使人丧失理智，做出不计后果的言行，最终使自己深受其害。因此，在日常生活中，当你被激怒时，千万不要轻易发火。谁若轻易地做了怒气的俘虏，谁的生活就会倾斜，谁就可能成为愚蠢与后悔的人。

隐忍的狄仁杰

忍耐是痛的，但是它的结果是甜蜜的。

——卢梭

唐代武则天专权时，为了给自己当皇帝扫清道路，先后重用了武三思、武承嗣、来俊臣、周兴等一批酷吏，以严刑峻法、奖励告密等手段，实行高压统治，对抱有反抗意图的李唐宗室、贵族和官僚进行严厉镇压，先后杀害李唐宗室贵戚数百人，接着又杀了大臣数百家；至于所杀的中下层官吏，就多得无法统计。

武则天曾下令在都城洛阳四门设置“匭”（意见箱）接受告密文书。对于告密者，任何官员都不得询问。告密核实后，对告密者封官赐禄；告密失实，并不受罚。这样一来，告密之风大兴，不幸被株连者不下千万，朝野上下，人人自危。

一次，酷吏来俊臣诬陷平章事狄仁杰等人有谋反行为。来俊臣出其不意地先将狄仁杰逮捕入狱，然后上书武则天，建议武则天下旨诱供，说什么如果罪犯承认谋反，可以减刑免死。狄仁杰突然遭到监禁，既来不及与家里人通气，也没有机会面奏武后，说明事实，心中不由焦急万分。

审讯的日子到了，来俊臣在大堂上读武则天的诏书，就见狄仁杰已伏地告饶。他趴在地上一个劲地磕头，嘴里还不停地说；“罪臣该死，罪臣该死！大周革命使得万物更新，我仍坚持做唐室的旧臣，理应受诛。”狄仁杰不打自招的这一手，反倒使来俊臣弄不懂他到底唱的是哪一出戏了。既然狄仁杰已经招供，来俊臣将计就计，判他个“谋反属实，免去死罪，听候发落。”

来俊臣退堂后，坐在一旁的判官王德寿悄悄地对狄仁杰说：“你也要再诬告几个人，如把平章事杨执柔等几个人牵扯进来，就可以减轻自己的罪行。”狄仁杰听后，感叹地说：“皇天在上，厚土在下，我既没有干这样的事，更与别人无关，怎能再加害他人？”说完一头向大堂中央的顶柱撞去，顿时血流满面。

王德寿见状，吓得急忙上前将狄仁杰扶起，送到旁边的厢房里休息，又赶紧处理柱子上和地上的血渍。狄仁杰见王德寿出去了，急忙从袖中抽出手绢，蘸着身上的血，将自己的冤屈都写在上面，写好后，又将棉衣撕开，把状子藏了进去。一会儿，王德寿进来了，见狄仁杰一切正常，这才放下心来。

狄仁杰对王德寿说：“天气这么热了，烦请您将我的这件棉衣带出去，交给我家里人，让他们将棉絮拆了洗洗，再给我送来。”王德寿答应了他的要求。

狄仁杰的儿子接到棉衣，听到父亲要他将棉絮拆了，就想：这里面一定有文章。他送走王德寿后，急忙将棉衣拆开，看了血书，才知道父亲遭人诬陷。他几经周折，托人将状子递到武则天那里，武则天看后，弄不清到底是怎么回事，就派人把来俊臣叫来询问。来俊臣做贼心虚，一听说武则天要召见他，知道事情不好，急忙找人伪造了一张狄仁杰的“谢死表”奏上，并编造了一大堆谎话，将武则天应付过去。

又过了一段时间，曾被来俊臣妄杀的平章事乐思晦的儿子也出来替父申冤，并得到武则天的召见。他在回答武则天的询问后说：“现在我父亲已死了，人死不能复生，但可惜的是法律却被来俊臣等人给玩弄了。如果太后不相信我说的话，可以吩咐一个忠厚清廉，你平时信赖的朝臣假造一篇某人谋反的状子，交给来俊臣处理，我敢担保，在他酷虐的刑讯下，那人没有不承认的。”

武则天听了这话，稍稍有些醒悟，不由想起狄仁杰之案，忙把狄仁杰招来，不解地问道：“你既然有冤，为何又承认谋反呢？”

狄仁杰回答说：“我若不承认，可能早死于严刑酷法了。”

武则天又问：“那你为什么又写‘谢死表’上奏呢？”

狄仁杰断然否认说：“根本没这事，请太后明察。”

武则天拿出“谢死表”核对了狄仁杰的笔迹，发觉完全不同，才知道是来俊臣从中做了手脚，于是，下令将狄仁杰释放。

【人生箴言】

忍耐是人生的第一要义，这是很浅显的道理，因为人的生命是一个过程，什么事情都不可能一蹴而就的。若想活下去，人不能不善忍。所以，大凡心志高远，胸怀韬略的明达贤哲，都能够保持一种平静的心态，养成“忍”的习惯，养成“忍”字功夫，从容不迫，处变不惊地处理各种问题。

误杀忠犬

需要温顺，不要过度地生气，由于从愤怒中常会产生出对易怒的人的重大灾祸来。

——伊索

早年，在美国阿拉斯加州的一个村庄，有一对相爱的年轻人结婚了。

婚后生育，年轻人的太太因难产而死，留下一个孩子。年轻人忙着挣钱生活，精力有限，急需找个人来帮忙照顾孩子，可是凭他微薄的薪水也雇不起佣人，亲戚朋友又都不在身边，他就训练了一只狗，希望那只狗替他看一看小孩。那狗很聪明也很听话，好像主人的意思它全明白一样，照顾起小孩来比一个佣人都强，既能咬着奶瓶喂奶给孩子喝，抚养孩子，又能在主人不在家时陪孩子玩。

有一天，年轻人因有事要出门，留这条狗在家照顾孩子，临走前再三嘱咐它，一定把小宝宝看好。狗像听懂了他的话一样，汪汪叫了两声，表示遵命。年轻人很放心地走了。到了别的乡村，因遇大雪，当天不能回来。

第二天赶回家，狗立即闻声出来迎接主人。年轻人把房门打开一看，大吃一惊，所见之处，一片血淋淋的，地上是血，床上也是血，孩子不见了，只有狗奄拉着长舌头卧在身边，满口也是血，年轻人发现这种情形，脑子里第一个想法就是：狗的兽性发作，把孩子吃掉了。盛怒之下，拿起刀来向着狗头一劈，把狗杀死了。之后，他也无力地瘫坐在地上，欲哭无泪。就在此时，忽然听到孩子的声音。年轻人心头一热，还没反应过来怎么回事，见他的小宝宝已经从床下爬了出来，身上也带着血。年轻人赶快抱起孩子，看看他有没有受伤，从上到下看了个遍，小宝宝身上有血却没有受伤，他也放了心。

但他很奇怪，不知究竟是怎么回事。再看看狗，腿上的肉没有了，床旁边有一只死去的狼，口里还咬着狗的肉。年轻人一下子全明白了：狗冒着生命危险救了小主人，并在与狼的搏杀中，将狼咬死，谁知却被主人误杀了。

【人生箴言】

人在生气的时候意志是最薄弱的，失去理性，从而减弱对事物的推想力，在这个时候无论我们做出任何决定，都一定会后悔。就像故事里的男主人公，一时冲动，杀了忠诚的狗，事后追悔莫及。所以，愤怒的时候，尽量不要做任何决定。一旦我们在这时决心去做某些事情，后果必然使我们无法承受的。

沉着冷静的毛泽东

一味的勇猛精进，不见得就有造就；相反，在平淡中冷静思索，倒更能解决问题。

——王小波

1929年2月初，毛泽东率领红四军来到江西省乌江县的圳下。圳下是一个四面环山的小村庄，中间是一块有几百亩地的狭长田垄，村里的群众就住在垄下和山脚下。毛泽东、朱德、陈毅等军部的领导就住在田垄中间的文昌祠和围子里。

为了防止敌人的突然袭击，军部做了极其严密的部署：红军第二十八团为左路，担任前卫警戒；红军第三十一团为右路，担任后卫；军部和特务营驻扎在村中间的小河边。

第二天，敌军两个旅和四个团，趁着晨曦，紧急集合，突袭红军。二十八团的战士先与敌军交上了火，但狡猾的敌人集中力量乘机猛攻左路。战士们虽然拼死抵抗，但是终因寡不敌众，不得不节节后退。后面的战士不知前面到底发生了什么事，就也跟着掉头往后跑。整个团的人都向村中央的小河对岸后退，河上的小桥很快就被堵塞了。有的人看到桥上过不去，就蹚水过河。一时间，桥上河里都是人，一片混乱。

就在这关系全军安危的时刻，毛泽东没有一丝一毫的慌张。他非常果断地向红三十一团下达了作战命令，要求部队立即出动，对敌人进行阻击，又让朱德组织另外两个营的兵力，全面投入战斗。然后，他迎着已过了河继续往后跑的二十八团战士，不顾一切地向桥的方向走去，并抽出手枪，朝天放了一枪，随后竭尽全力地高声喊道："不要往后跑！要消灭敌人！"直到这时正在奔跑的战士们才注意到，站在桥边高声呼唤他们的是全军的总指挥——毛委员。他们顿然醒悟，正在抢着过桥的战士停下了脚步；正在蹚水过河的战士立在水里；已经过了河的战士也站住了。还有许多人掉过头来，举着枪，跟着高声喊了起来："不要往后跑，要消灭敌人！"溃退完全被制止了，战士们转过身来，同追上来的敌人展开了厮杀。

【人生箴言】

从容镇定，临危不惧，是成大事者的基本品质。在危急的时刻，保持冷静对于稳定局势，安定人心，解除危难，都起着决定性的作用。冷静、果断不仅在于能够稳定自己的情绪，还能给他人一种信念、一种力量。可以说，没有沉着冷静的内心，就根本无法具备其他的品质，也无法掌控全局，化危为机。

泡制柠檬茶

火气甚大，容易引起愤怒的烦扰，是一种恶习而使心灵向着那不正当的事情，那是一时冲动而没有理性的行动。

——彼得·阿柏拉德

一天，一对情侣在咖啡馆里为一些小事发生了口角。双方互不相让，男孩愤然离去，女孩一人在咖啡店里独自垂泪。

心烦意乱的女孩不停地搅动着面前那杯柠檬茶，将杯中未去皮的新鲜柠檬片捣得烂烂的，喝起来自然有一股苦涩的味道。

为了泄愤，女孩叫来服务人员，要求更换一杯去皮柠檬泡成的茶。服务员将女孩子的浮躁情绪全部看在眼里，可是他并没有说什么，只是按照她的要求做。不过，茶里的柠檬仍然是带皮的。女孩见状，更加恼火。她又叫来服务员，似乎欲将满腔的愤怒全部发泄在服务员的身上："我跟你说过了，我要去过皮的柠檬茶，难道你没听到吗？"服务员静静地看着女孩，依然没有说话，似乎有意充当女孩的"出气筒"。当女孩发完牢骚后，他有礼貌地对女孩说："小姐，请不要着急。你可能有所不知，带皮的柠檬经过充分浸泡之后才能形成一种清爽甘洌的味道。急于求成什么事都办不成，包括品茶。如果您想在3分钟之内把柠檬的香味全部挤压出来，那样只会把茶搅得很浑，把事情弄得更加糟糕。"

听了服务员的话后，女孩似乎明白了什么。她抬头看着服务员，然后心平气和地问："那么，要等多长时间才能把柠檬的香味发挥到极致呢？"小伙子笑着告诉女孩说："12个小时以后，柠檬中的精华就会全部释放出来，那时你就可以品尝到一杯美味的柠檬茶。"

服务员停了停，然后继续说道："其实处理生活中的琐事和泡茶的道理如出一辙，只要你肯付出12个小时的忍耐和等待，你会发现，那些令你烦躁的事情并不像你想象的那样糟糕。”见女孩一脸的懵懂，他微笑着解释道：“我是想教你泡制一杯味道鲜美的柠檬茶，随便和你讨论一下如何做人。”

回到家后，女孩按照服务员的方法动手泡制柠檬茶。她把带皮的柠檬切成小圆薄片，放进茶里，然后静静地观望着柠檬片在杯中的变化。随着时间的推移，她发现它们开始慢慢地张开，柠檬皮的表层好像凝结着许多晶莹细密的水珠。刹那间，她体会到了柠檬茶的真正含义。

正当女孩深思时，门铃响了。开门后，只见男孩手捧一大束娇艳欲滴的玫瑰花。他站在女孩面前温柔地说：“还能再给我一次机会吗？”女孩没说话，只是用清澈的眼睛望着男孩，然后把他拉进房中，在他面前放了一杯她亲手泡制的柠檬茶。

男孩端起杯子欲饮，却被女孩阻止了。男孩不解地望着女孩，女孩神秘地告诉他12个小时以后才可以喝。男孩更加困惑了，不解地问：“为什么非要等那么久呢？”

女孩解释说：“我们都太过于冲动了，遇到问题时总是不能冷静地思考，所以一直被冲动的想法控制着行为。如果我们可以灵活一点，好好地利用一下时间，让自己冷静下来，会发现其实没有什么大不了的事。咱们订个协定吧，以后，不管遇到多少烦恼，都不许发脾气，切勿让急躁的情绪钻空子。”男孩赞同地点了点头。

【人生箴言】

一个人的情绪如果不能得到有效的调控，那么，他就有可能成为情绪的奴隶，成为情绪的牺牲品，说出一些不合时宜的话，甚至伤害别人。所以当陷入消极情绪而难以自拔时，应有意识地用理智去控制。当你掌控自己的情绪以后，你就会发现，所有的难题都能够轻松驾驭了！

改良牙刷

愤怒以愚蠢开始，以后悔告终。

——毕达哥拉斯

路易斯是一家牙刷制造公司的小职员，经常加班加点，很晚才回家休息，但第二天早上还要早起，赶到公司去上早班。

一天早上起床后，路易斯匆忙洗脸、刷牙，不小心把牙龈刷出血来。他不由得火冒三丈，因为他的牙龈不止一次被刷出血，而且用的是自己公司生产的牙刷！

路易斯怀着一肚子不满和牢骚冲出家门，怒气冲冲地向公司走去，他准备直接奔向技术部门，质问他们平时都在干些什么，使这样的技术问题一直得不到解决。他越想越气，觉得自己快像一只气球似的要胀破了。

走进公司大门，路易斯的脚步渐渐慢下来，因为他想起了在公司组织的管理科学学习班上学到的一句话："当你遇有不满情绪时，要认识到正有无穷无尽新的天地等待你去开发，这就需要你的忍耐。"他不禁想，发怒能够解决问题吗？既然不能解决问题，那还发怒有什么用呢？

路易斯改变了去技术部门发怒的初衷，开始琢磨解决牙龈出血的方法。他和同事一起，提出了改变刷毛的质地、改造牙刷的造型、重新设计刷毛的排列等各种方案，经过论证后，逐一进行试验。试验中路易斯发现了一个为常人忽略的细节，他在放大镜下看到，牙刷毛的顶端由于机器切割，都呈锐利的直角。"如果通过一道工序，把锐角变成圆角，那么问题就完全解决了！"他的建议立即得到了同事的赞同。经过多次试验后，路易斯和同事们把改进方案正式向公司提出。公司很乐意改进自己的产品，迅速投入资金，把牙刷毛的顶端改成了圆角。

改进后的产品很快受到了广大顾客的欢迎。路易斯也因此从普通职员晋升为部门主管。

【人生箴言】

与其浪费时间发脾气，不如利用时间来思考问题。如果你能像故事中的路易斯一样积极思考，把宣泄情绪的时间用在思索如何解决问题上，就会使自己迅速冷静下来，你不但不会陷入郁闷之中，还很有可能做出成绩。相反，只会把事情推向更糟糕的境地，问题得不到解决，你的心情还为此陷入长期的压抑和苦闷之中。

忍一时之辱

忍耐是一帖利于所有痛苦的膏药。

——塞万提斯

日本著名的三井物产的总裁八寻俊邦，是一个懂得忍一时之辱，最终成就了一番大业的典范。1940年，由于在越南的业绩非常突出，八寻俊邦被调回三井物产的总部，并升任为神户分店的橡胶课课长。但在他任课长期间，由于橡胶行情大幅下滑，加上他的应变措施出台太慢，给公司造成了重大的损失，八寻俊邦因此被降为一般职员。其实，业绩下滑在很大程度上是外在客观原因造成的，而将错误完全归咎于八寻俊邦未免有失偏颇，何况他还是有功之臣，但公司还是毫不留情地将他降了职。可能很多人在遭遇这样的情况时，会感到莫大的耻辱，甚至对企业失去信心，因此一走了之，另谋高就。但对八寻俊邦来说，受到这样的处罚虽然让他感到既难过又羞辱，对他打击也非常大，但他还是选择了忍耐。他从哪里跌倒，就要从哪里爬起来。

他真的做到了。八寻俊邦告诉自己：以前的光荣都已成为过去，重要的是今后再遇上问题时要懂得如何处理、应变。他在内心不断地鼓励自己："绝不气馁。"他很快调整了自己的心态，重新带着巨大的热情投入到工作中去。一年后，八寻俊邦被分配到石油制品部门，他感到展现自己才华的时机到了，于是开始大展拳脚。很快，他升任为三井物产化学品部门的部长。最终，他成为三井物产的总裁。

【人生箴言】

忍耐并不代表无能，今天的忍辱，是为了明天能够更好地负重。人的一生当中会遇到很多问题，如果你能忍第一个问题，你便学会了控制你的情绪和心志，以后碰到大的问题，自然也能忍，也自然能忍到最好的时机再把问题解决，这样才能成就大事业！

冲动是魔鬼

人最重要的价值在于克制自己的本能的冲动。

——塞·约翰逊

史蒂芬是英国中部城镇奥尔德姆的一名警察。一天晚上，他身着便装来到市中心的一间食杂店门前。他准备到店里买包香烟。这时，店门外一个流浪汉向他要烟抽。史蒂芬说他正要去买烟。流浪汉认为史蒂芬买了烟后会给他一支。

当史蒂芬从食杂店买完烟出来后，喝了不少酒的流浪汉再一次缠着他索要香烟。史蒂芬感到很反感，没有不给他，于是两人发生了口角。随着互相谩骂和嘲讽的升级，两人情绪逐渐激动。史蒂芬掏出了警官证和手铐，说："如果你不放老实点，我就给你一些颜色看。"流浪汉反唇相讥："你这个混蛋警察，你有什么了不起的，看你能把我怎么样？"在言语的刺激下，二人扭打成一团。旁边的人赶紧将两人分开，劝他们不要为一支香烟而发那么大火。

被劝开后的流浪汉骂骂咧咧地向附近一条小路走去，他边走边喊："自以为是的臭警察，有本事你来抓我呀！"失去理智、愤怒不已的史蒂芬拔出枪，冲过去，朝流浪汉连开四枪，那个流浪汉倒在了血泊中……

法庭以"故意杀人罪"对史蒂芬作出判决，他将服刑30年。

一个人死了，一个人坐了牢，起因是一支香烟，罪魁是冲动的情绪。

【人生箴言】

人们常说，"冲动是魔鬼"。日常生活中，许多人都会在情绪冲动时做出令自己后悔不已的事情来。所以，当我们遇到意外的情况时，就要学会控制自己的情绪，轻易发怒只会造成反效果。记住：学会有效管理和调控自己的情绪，是一个人走向成熟、迈向成功的重要基础。

勇敢的小女孩

克服恐惧最佳的对策，就是勇敢地面对它。

——罗斯福

在马里兰州的一座种植园里经营着一间磨坊，那里住着一家黑人。有一天，黑人家里的一个10岁的小女孩被遣到磨坊里向种植园主索要50美分。

园主放下自己的工作，看着那个黑人小女孩敬而远之地站在那里，似乎若有所求。于是他便问道："你有什么事情吗？"黑人小女孩没有移动脚步，回答说："我妈妈说想要50美分。"

园主用一种可怕的声音和严肃的脸色回答说："我决不干那种事！你快滚回家去吧，不然我用锁锁住你。"说完便继续做自己的工作。

过了一会儿，他抬头时看到黑人小女孩仍然站在那儿不走，便掀起一块桶板向她挥舞道："如果你再不滚开的话，我就用这桶板教训你。好吧，趁现在我还……"话还没说完，那黑人小女孩突然飞快地冲到他面前，扬起脸来用尽全身的气力向他大喊：："我妈妈需要50美分！"

慢慢地，园主将桶板放了下来，手伸向口袋里摸出50美分给了那个黑人小女孩。她一把抓过钱去，便像小鹿跑出去了。留下园主目瞪口呆地站在那儿回顾这奇怪的经历——一个黑人小女孩竟然镇住了他自己。在这之前，整个种植园的黑人从未敢想过。

【人生箴言】

世上没有什么事能真正让人恐惧，恐惧只不过是人心中的一道无形障碍罢了。每个正常的人都可以自发地控制情绪，可以改变自己对事物的认识，用理性和行动控制自己的一系列想法，克服自己的恐惧心理，形成无畏思想，激励自己采取能够战胜恐惧的积极行动。遇事你只要大着胆子去干，就会发现事情并没有自己想象的那么可怕。

争论解决不了问题

承认自己也许会弄错，就能避免争论，而且，可以使对方跟你一样宽宏大度，承认他也可能有错。

——戴尔·卡耐基

位于美国纽约自由街114号的麦哈尼公司，是一家专门经销石油工业非标准设备的公司。有一次，该公司接受了长岛石油集团公司的一批订单。长岛集团在石油界举足轻重，是麦哈尼公司的重要顾主。麦哈尼公司接受订单后不敢怠慢，抓紧时间把图纸设计好，送列长岛石油集团公司去审核。图纸经石油公司的总工程师批准后，麦哈尼公司开始动工制造。

然而，不幸的事情发生了：那位顾主是长岛石油集团公司的订货人，他在出席朋友家的私人宴会时，无意中谈起了这批订货。几位外行人竟然信口雌黄，说什么设计不合理、价格太贵等缺陷，大家七嘴八舌、叽叽喳喳。不负责任的流言飞短流长，使这位顾主产生被人欺骗了的感觉。这位顾主开始时六神无主，继而觉得真有其事，最后竟拍案而起，勃然大怒。他打电话给麦哈尼先生，大发雷霆，把麦哈尼公司臭骂一顿，发誓不接受那批已经开始静造的非标准设备。说完，啪的一声，把电话挂断。

电话那头，麦哈尼先生呆若木鸡。他被骂得丈二金刚，摸不着头脑。他还没来得及转过神，没有申辩一句，顾主就把听筒撂了。

麦哈尼先生从事石油非标准设备制造多年，经验丰富，是一位懂技术的经理。他把蓝图拿来，一一对照仔细检查，看不出半点纰漏。凭经验，他确认设计方案无误，于是就乘车去长岛公司求见那位顾主。在路上，他想，如果我坚持自己是正确的，并指责顾主在技术上错误的认识，那么必将激怒顾主，激化矛盾，使事态变得更加严重。当麦哈尼先生心情平静地推开顾主办公室的门时，那位顾主立刻从椅子上跳起，一个箭步冲过来，噼里啪啦数落了一顿。他一边龇牙咧嘴，一边挥舞着拳头，气势汹汹地指责着麦哈尼公司。

在一个失去理智的人的面前，麦哈尼先生不气不恼，两眼平静地注视着对方，一言不发。也许是麦哈尼先生不温不火的态度感染了顾主，使顾主发现自己对一个心平气和的人发火是没有道理的。他突然停止了指责，最后耸耸肩，两手一摊，用平常的声音说了一句："我们不要这批货了，现在你看怎么办？"麦哈尼公司为这批订货已经投入了2万美元。如果对方不要这批货了，重新设计制造．公司就要损失2万多美元；如果与对方打官司，就会失去这家重要的顾主。麦哈尼先生是一位出色的销售员，当顾主大肆发泄一通后，问他："好吧。现在你看怎么办？"麦哈尼先生心平气和地说："我愿意按照您的意愿去办这件事。您花了钱，当然应该买到满意合用的东西。"麦哈尼先生只用两句话，就平息了顾主的冲天怒气。他接着开始提问："可是事情总得有人负责才行，不知这件事该您负责，还是该我负责。"平静下来的顾主笑着说："当然得你负责，怎么要让我负责呢？"

“是的。”麦哈尼说，“如果您认为自己是对的，请您给我张蓝图，我们将按图施工。虽然目前我们已经花去两万美元，但我们愿意承担这笔损失。为了使您满意，我们宁愿牺牲两万美元。但是，我提请您注意，如果按照您坚持的做法去办，您必须承担责任，如果让我们照着计划执行——我深信这个计划是正确的，我负一切责任。”

麦哈尼先生坚定的神情、谦和的态度、合情合理的谈话，终于使顾主认识到他发脾气是没有道理的。他完全平静下来以后说：“好吧，按原计划执行，上帝保佑你，别出错！”结果当然是麦哈尼先生没有错，按期交货后，顾主又向他们订了两批货。

麦哈尼先生说：“当那位顾主侮辱我，在我面前挥舞拳头，骂我是外行时，我必须具备高度的自制力，绝对不能与他正面冲突。这样做的结果很值得。要是我赤裸裸地直接说他错了，两人争辩起来，很可能要打一场官司。那时的结果是：感情和友谊破裂，金钱受到损失。最终失去一位重要的顾主。在商业交往中，我深深相信，与顾客争吵是划不来的。”

【人生箴言】

争辩不能起到任何作用。当人们面红耳赤地争辩时，说起话来就会不管不顾，也忘了是否会伤害对方。所以，遇到争论时，你最好能尽量忍在心里，不要爆发，用理智来抑制激情，这样才能使大事化小，小事化无，达到自己的目的。

宴会中的意外

冷静如同是灼烧烈火之间的一场大水。冷静的人，才能成就未来。

——佚名

几个人去参加一个私人宴会，中途突然有一条毒蛇钻了进来。当这条毒蛇从餐桌下面爬到女主人的脚背上时，女主人先是一惊，但并未慌乱，而是立即冷静了下来，一动不动地让那条蛇爬了过去；然后，她叫身边的侍童端了一盆牛奶放到了开着玻璃门的阳台上。

这时，一起用餐的一位男士注意到了这件事情，他了解，将牛奶放在阳台上是引诱毒蛇的一种方式。他意识到房间里有蛇，便抬眼向房顶和四周搜寻，却并没有发现，所以，他断定蛇肯定在桌子下面。他平稳了一下情绪，为了不让大家受到伤害，他没有警告大家注意毒蛇，而是沉着冷静地对大家说："我和大家打个赌，考考大家的自制力，我数300下，这期间你们如能做到一动不动，我将输给你们100比索；否则，谁就输掉100比索。"顿时，餐桌边的人们都一动不动了，当他数到280下时，那条毒蛇向阳台的牛奶盆爬去。于是，他立即大喊一声扑上去，迅速把蛇关在玻璃门外。

客人们见此情景都惊呼起来，而后纷纷夸赞这位男士的冷静与智慧。

【人生箴言】

面对突发状况时，沉着、冷静地处理才是解决问题的关键。在成长的路上，我们难免会遇到一些突发的状况，有的人在面临突变时，会急得抓耳挠腮、方寸大乱，有的人则会临危不惧，理智应对突发状况。这就是冷静与不冷静人的性格界限。我们唯有保持冷静，尽量采取合适的解决办法，才能化险为夷。

不要在意别人的看法

人的一生应该为自己而活，应该学着喜欢自己，应该不要太在意别人怎么看我，或者别人怎么想我。其实，别人如何衡量你也全在于你自己如何衡量你自己！

——席慕蓉

有一个画家曾经想画出一幅人见人爱的画。经过数月的辛苦努力，他画好了一幅作品，便拿到街面上去展出。画家在画旁边放了一支笔，并附上一则文字：如果谁认为这幅画哪里有欠佳之处，请赐教，并在画中标出。等到晚上，画家带着画回去的时候，他发现整幅画都被涂满了标记——每个笔墨都被指出不足。画家心中十分不悦，感到失望。

第二天，画家决定换一种方法再去试试。于是他又画了一张同样的画拿到市场上展出。但这次，他请观赏者将其最欣赏的妙笔做上标记。结果是，一切曾被指责的笔墨，如今却都换上了赞美的标记。“原来如此！”画家不无感慨地说道，“我现在发现了一个奥妙，那就是我们不管做什么，都不要去在乎别人怎么评价，只要有一部分人认可就足够了。因为，在有些人看来是丑的东西，在另一些人眼里恰恰是美好的。”

【人生箴言】

许多不善于控制自己情感智力的人，面对他人的评论时，总感到无所适从，心灵任其啃噬。其实，这又何必呢？我们活着不一定要去在意别人的目光，不一定非要得到别人的认可。只要我们自己问心无愧，我们的人生可以活得更加轻松，没必要背负着别人的目光，加重自己的压力。不要太在意别人的看法，因为只有自己对自己的肯定才是生命的重心。

浮躁的心

浮躁的心态是要不得的，它急功近利，一旦所需要的东西不能实现，便会让人焦躁、烦恼。

——佚名

兰兰是名牌大学的优秀毕业生，各方面表现优异的她有着一种近乎本能的傲气。走入工作岗位后，她信心十足，一心想做出一点成绩。然而，上班后才意识到，每日打交道的基本都是一些琐碎的工作。既不需要表现出太多的能力，也同样没有什么成效，没有多久，兰兰就产生了浮躁的情绪，而且还时常感到很累。

一次，公司开会，他们部门的员工在公司通宵加班准备文件。由于她是新人，所以，仅仅给她分配了装订和封套的工作。经理一再叮嘱："一定要将所有工作做好，别到时弄得措手不及。"可是，在她的意识中，如此简单的工作，又有什么难的呢？因此，经理的再三叮嘱，使她感到一点意义都没有。

看着其他同事都在忙碌着，但她一点也不想过去帮忙，只是在那里浏览网页。后来，文件终于交到她手里，她开始了自己的装订工作。她一边打瞌睡，一边装订，但刚刚订了十几份，订书机的钉没有了。她有些不耐烦地抽开订书钉的纸盒，但里面已经没有订书钉了。

这下她马上精神了好多，立刻到处寻找，不知为什么，平时满眼皆是的小东西，现在竟连一个都找不到。她抬头一看，现在已是凌晨1点半了，而文件必须在早晨8点会议召开前就发到代表手中。

兰兰马上将这件事报告给经理。经理立刻生气地说道："不是告诉你做好准备吗？这点小事都不用心，真不知道你们大学生现在脑袋里除了浮躁，还有什么？"她当时感到十分羞愧，这一刻，她才发现长久以来积聚在自己心里的浮躁情绪是多么害人。毫无选择，她必须完成自己的工作。穿越了很多的大街小巷，终于，在凌晨5点的时候，她找到一家昼夜服务的商务中心，买到了订书钉。最后，她终于赶在8点开会之前，将文件发到了代表手中。

事后，她提心吊胆地等着经理骂她，但出乎意料的是，经理只对她说了一句：“有时让一个人感到身心疲惫的不是工作，而是你浮躁的心。”

【人生箴言】

轻浮、急躁，对什么事都深入不下去，只知其一，不究其二，往往会给学习、事业带来损失。如果你想成功，就要戒浮戒躁，遇事沉着、冷静，多分析思考，然后再行动。

拿破仑·希尔的教训

为小事生气的人，生命是短暂的。

——迪斯雷利

在拿破仑·希尔事业生涯的初期，他就曾受到个人情绪的困扰。有一次，拿破仑·希尔和办公室大楼的管理员发生了一场误会。这场误会导致了他们两人之间相互憎恨，甚至演变成了激烈的敌对状态。这位管理人员为了显示他对拿破仑·希尔一个人在办公室工作的不满，就把大楼的电灯全部关掉。这种情形已连续发生了几次，一天， 拿破仑·希尔在办公室准备一篇预备在第二天晚上发表的演讲稿， 当他刚刚在书桌前坐好时，电灯熄灭了。

拿破仑·希尔立刻跳起来，奔向大楼地下室，找到了那位管理员并破口大骂。他以无比火更热辣辣的词来对管理员痛骂，直到他再也找不出更多的骂人的词句了，只好放慢了速度。这时候，管理员直起身体，转过头来，脸上露出开朗的微笑，并以柔和的声调说道：“你今天早上有点儿激动，不是吗?”管理员的话似一把锐利的剑，一下子刺进拿破仑·希尔的身体。拿破仑·希尔的良心受到了谴责。待他控制了愤怒的情绪后，他平静了下来，他知道，他不仅被打败了，而且更糟糕的是，他是主动的，又是错误的一方，这一切只会更增加他的羞辱。于是，拿破仑·希尔歉意地说："对不起！我为我的行为道歉——如果你愿意接受的话。"管理员脸上露出那种微笑，他说："凭着上帝的爱心，你用不着向我道歉。除了这四堵墙壁以及你和我之外，并没有人听见你刚才说的话。我不会把它传出去的。我也知道你也不会说出去的。因此我们不如就把此事忘了吧?"

拿破仑·希尔向他走过去，抓住他的手，使劲握了握。拿破仑不仅是用手和他握手，更是用心和他握手。在走回办公室的途中，拿破仑·希尔感到心情十分愉快，因为他终于鼓起勇气，化解了自己做错的事。

之后，拿破仑·希尔下定决心，以后绝不再失去自制。因为当一个人不能控制自己的情绪时，另一个人——不管是一名目不识丁的管理员还是有教养的绅士——都能轻易地将自己打败。

【人生箴言】

生活中，扰人心情的事情时有发生，并成为影响我们情绪的罪魁祸首。我们要看清自己的弱点，不要受到情绪的影响，用意志来控制自己，从容应付突发事件。当我们能冷静面对生活中的各种不如意时，我们的坏脾气也会在不知不觉中得到改变。

承受极限训练

在人生的道路上，当你的希望一个个落空的时候，你也要坚定，要沉着。

——朗费罗

有一位年轻人毕业后被分配到一个海上油田钻井队工作。在海上工作的第一天，领班要求他在限定的时间内登上几十米高的钻井架，把一个包装好的漂亮盒子拿给在井架顶层的主管。年轻人抱着盒子，快步登上狭窄的、通往井架顶层的舷梯，当他气喘吁吁、满头大汗地登上顶层，把盒子交给主管时，主管只在盒子上面签下自己的名字，又让他送回去。于是，他又快步走下舷梯，把盒子交给领班，而领班也是同样在盒子上面签下自己的名字，让他再次送给主管。

年轻人看了看领班，犹豫了片刻，又转身登上舷梯。当他第二次登上井架的顶层时，已经浑身是汗，两条腿抖得厉害。主管和上次一样，只是在盒子上签下名字，又让他把盒子送下去。年轻人擦了擦脸上的汗水，转身走下舷梯，把盒子送下来，可是，领班还是在签完字以后让他再送上去。

年轻人终于开始感到愤怒了。他尽力忍着不发作，擦了擦满脸的汗水，抬头看着那已经爬上爬下了数次的舷梯，抱起盒子，步履艰难地往上爬。当他上到顶层时，浑身上下都被汗水浸透了，汗水顺着脸颊往下淌。他第三次把盒子递给主管，主管看着他慢条斯理地说："把盒子打开。"

年轻人撕开盒子外面的包装纸，打开盒子——里面是两个玻璃罐：一罐是咖啡，另一罐是咖啡伴侣。年轻人终于无法克制心头的怒火，把愤怒的目光射向主管。主管又对他说："把咖啡冲上。"此时，年轻人再也忍不住了，"啪"的一声把盒子扔在地上，说："我不干了。"说完，他看看扔倒在地上的盒子，感到心里痛快了许多，刚才的愤怒发泄了出来。

这时，主管站起身来，直视他说："你可以走了。不过，看在你上来三次的分上我可以告诉你，刚才让你做的这些叫作'承受极限训练'，因为我们在海上作业，随时会遇到危险，这就要求队员们有极强的承受力，承受各种危险的考验，只有这样才能成功地完成海上作业任务。很可惜，前面三次你都通过了，只差这最后的一点点，你没有喝到你冲的甜咖啡，现在，你可以走了。"

【人生箴言】

忍耐是对一个人性格的磨炼。懂得忍耐有利于成就事业，意气用事只会错失良机。如果你想在事业上有所成就，忍耐是个很重要的问题，如果心态浮躁，没有忍耐力，很难一步一步地向上攀登，登上更高的平台，同时也会使自己离成功更远。相反，如果你能学会忍耐，并有效控制自己的情绪和心志，以后即使碰到大的问题，自然也能忍受，也自然能忍到最好的时机再把问题解决。

爱生气的老妇人

凡事只要看得淡些，就没有什么可忧愁的了；只要不因愤怒而夸大局势，就没有什么事情值得生气了。

——屠格涅夫

从前，有一个老妇人，她的脾气很不好，经过为一些鸡毛蒜皮的小事大动干戈。虽然她知道尽量控制自己的情绪，但仍无法改变自己爱生气的习惯。万般无奈之下，她便去求一灯法师为自己谈禅说道，开阔心胸。

一灯法师听了她的讲述，一言不发地把她领到一座禅房中，然后将门锁上，自己则在房外坐禅。

老妇人气得捶胸跺足，破口大骂。骂了很长时间，一灯法师也不理会。老妇人又开始哀求，一灯法师仍置若罔闻。老妇人终于沉默了。此时，一灯法师问她：“你还生气吗？”

老妇人说：“我只为我自己生气，我怎么会到这地方来受这份罪。”

“连自己都不原谅的人怎么能心如止水？”一灯法师拂袖而去。

过了一会儿，一灯法师又问她：“还生气吗？”

“不生气了。”老妇人说。

“为什么？”

“气也没有办法呀。”

“你的气并未消逝，还压在心里，爆发后将会更加剧烈。”一灯法师又离开了。

当一灯法师第三次来到门前，老妇人告诉他："我不生气了，因为不值得气。"

"还知道值不值得，可见心中还有衡量，还是有气根。"一灯法师笑道。

当一灯法师的身影迎着夕阳立在门外时，妇人问："大师，什么是气？"

一灯法师将手中的茶水倾洒于地。老妇人视之良久，顿悟。叩谢而去。

【人生箴言】

很多时候，生气只能说是一种累赘。当一个人生气的时候，他会面红耳赤，大吵大闹，嘴巴张得很大的同时，智慧的大门却关上了，最后还可能失去理智和尊严，留给旁人一个"修养不好，涵养不够"的坏印象。生气也使我们情绪低落，对人对事冥思苦想却于事无补；它让我们夜间难以入眠，使我们卷入无谓的争执；它甚至给我们带来痛苦和疾病。既然生气有这么危害，我们为什么还要生气！

一个人要生气，总会有生不完的气。既然如此，何不更豁达地面对人生，少为一些无关紧要的小事去生气，多找快乐，过好珍贵的每一天。从今天起，让我们努力做一个不生气的人。

绕着房地走3圈

和白痴生气是冒着使我们自己也会变成白痴的危险。

——福楼拜

在很久以前，有一个叫东吉的人，每次生气和人起争执的时候，就以很快的速度跑回家去，绕着自己的房子和土地跑3圈，然后坐在田地边喘气，东吉工作非常勤劳努力，他的房子越来越大，土地也越来越广，但不管房地有多大，只要与人争论生气，他还是会绕着房子和土地绕3圈，东吉为何每次生气都绕着房子和土地绕3圈？

所有认识他的人，心理都起疑惑，但是不管怎么问他，东吉都不愿意说明，直到有一天，东吉很老，他的房地又已经太广大，他生气，拄着拐杖艰难的绕着土地跟房子，等他好不容易走3圈，太阳都下山，东吉独自坐在田边喘气，他的孙子在身边恳求他："阿公，你已经年纪大，这附近地区的人也没有人的土地比你更大，您不能再像从前，一生气就绕着土地跑啊！您可不可以告诉我这个秘密，为什么您一生气就要绕着土地跑上3圈？"

东吉禁不起孙子恳求，终于说出隐藏在心中多年的秘密，他说："年轻时，我一和人吵架、争论、生气，就绕着房地跑3圈，边跑边想，我的房子这么小，土地这么小，我哪有时间，哪有资格去跟人家生气，一想到这里，气就消，于是就把所有时间用来努力作。"

孙子问道："阿公，你年纪老，又变成最富有的人，为什么还要绕着房地跑？"

东吉笑着说："我现在还是会生气，生气时绕着房地走3圈，边走边想，我的房子这么大，土地这么多，我又何必跟人计较？一想到这，气就消了。

【人生箴言】

人生是多么的短暂，因一些鸡毛蒜皮、微不足道的小事而耿耿于怀，为这些小事而浪费你的时间、耗费你的精力是不值得的。所以说，我们不应让一些小事影响了自己的心情，而是用豁达的心态去面对，这样才会有一个好结果。

忍字头上一把刀

凡事当有远谋，有深识。坚忍一时，则保全必多，一时之不忍而终身惨矣。

——胡林翼

爱丽丝是一家电视台的记者，能力十分突出且又十分勤奋，长得也很漂亮。爱丽丝白天采访财经线，晚上7点半播报黄金档新闻。在旁人看来，爱丽丝的事业是一帆风顺，晋升是迟早的事。但是实际上呢，由于爱丽丝为人不够圆滑，因而得罪了新闻部主管——她的顶头上司，所以爱丽丝处处受到上司的压制。

有一次开会，新闻主管突然决定不让爱丽丝播报黄金档新闻，而改播深夜11点的直播新闻。消息一出，所有的人都愣住了，爱丽丝更是大吃一惊，她知道这是主管有意所为，很是愤怒，但是她极力保持镇定，欣然接受，没有做出任何过激的言行。

爱丽丝虽然受到不公正待遇，但是她从不报怨，反而更加努力，每天一下班就跑去进修，然后在10点多时赶回公司，预备夜间新闻的播报工作。因为在深夜播出，所以这一档节目的收视率非常低，但是爱丽丝丝毫没有因为夜间新闻不重要而在思想上有任何松懈，对每一篇新闻稿他都认真对待。

爱丽丝的努力很快有了成果，观众对这个节目好评不断，收视率直线上升。总经理也受到了惊动，亲自过问，他批评了新闻主管，并亲自下令让爱丽丝重新播报黄金档新闻。由于爱丽丝的出色工作，不久，她就被评为“全国最受欢迎的电视记者”。

但是新闻主管仍对爱丽丝耿耿于怀，一直在想办法给爱丽丝难看。一天，新闻主管故意当众宣布说：“虽然爱丽丝是学财经的，但是正是因为如此，让她采访财经新闻容易产生弊端，以后还是让她采访其他新闻吧。”此时，爱丽丝在财经采访上已经小有名气，新闻主管这么做，根本就是在当面侮辱她。爱丽丝真想当面同主管大吵一番，但是她心里清楚，只要她予以回击，就正好中了新闻主管的奸计，正好让她有借口把自己赶走，于是她强忍怒气，默默承受了这一切。

当爱丽丝正在跑其他新闻时，一天总经理打电话给新闻部主管，说：“财经部长后天会来公司参加晚宴，请爱丽丝过来作陪。”新闻主管支支吾吾地说：“爱丽丝现在不跑财经线了，还是换别人吧。”总经理也没和新闻主管多解释，直接说：“爱丽丝是专家，必须来参加。”新闻主管只好照办。从此，每当有重要的财经界人士来公司，都由爱丽丝作陪，并顺便专访。

由于爱丽丝经常采访大人物，所以时间一长，观众都认为爱丽丝是大牌记者，只采访重要人物。并且每一个曾被爱丽丝采访过的人，都以此为荣。而没有被爱丽丝采访的人，就心生不满，向总经理报怨，为什么不是由爱丽丝采访他们。于是总经理下令：“以后财经一律由爱丽丝跑，其他人都不要碰。”很快，爱丽丝风光无限地被“请”回了财经记者的位子。两年的时间很快过去了，新闻主管被调职，爱丽丝当之无愧地成为新的新闻主管。

【人生箴言】

忍是人生的大智慧，能忍人所不能忍，才能成人所不能成。懂得忍耐有利于成就事业，意气用事只会错失良机。面对别人的侮辱和伤害，我们没必要急急忙忙以一种对抗的方式来证明自己并非软弱可欺，因为路遥知马力，日久见真功，有效地忍耐，会使我们获得更多的收益。

淡然处之的吕燕

真正的虚心，是自己毫无成见，思想完全解放，不受任何束缚，对一切采取实事求是的态度，具体分析情况对于任何方面反映的意见，都要加以考虑，不要听不进去。

——邓拓

吕燕，作为一名国际知名的模特，她的长相并不算是传统意义上的美女：小小的眼睛，高高凸起的颧骨，没有笔挺的鼻梁，还有满脸的雀斑。因此，在她刚刚进入到大众视野的时候，遭到了很多人的质疑，甚至是嘲讽。很多人都说："如果这种长相也能当上世界名模，那么任何人都能走T台了。"可是，吕燕并没有把这些嘲讽放在心里。而是用坦然自信的态度来面对大众。因为倔强的她知道，一味地生气并没有用，如果把太多的心思放在反驳上，就等于是在浪费自己的时间和感情。倒不如心胸坦荡地走自己的路，还有可能会赢得成功。

果然，吕燕成了中国第一个走向世界的名模，也是国内获得荣誉最多、知名度最高的模特。在2009年的"60年中国十大风尚影响女性"的评选中，吕燕被评为新中国60年10大时尚人物，而且她也是这次评选中唯一入选的女模。

吕燕成功之后，又有人这样评价她："她的美不同寻常，是一种兼具了天使的纯洁和魔鬼的野性之美，她那性感的嘴唇和高挑的身材，使她能够在T台上大放光芒，无人能敌。"不管是嘲讽，还是褒扬，吕燕都淡然处之，不为所动。正是因为这种"不在意"的态度，才让她能够在自己的道路上越走越远。

【人生箴言】

人人都有发表批评意见的权利，不管是对还是错，这是你不能阻止的，只有自己才是真正的做者，有时"旁观者未必清"，他们的批评和立场是以他们自己的观点来说事。只要自己认准了就无怨无悔地去做，其实最后取得胜利的往往是你自己。问题在于在做事的过程，要排除这些不公正的恶意批评对自己的心情的影响。

在现实生活中，有的人一听到批评意见，就觉得如芒在背，也不管批评得对与不对，便想当然地认为批评者是存心跟自己"过不去"。其实我们完全可以用平常心去对待这些批评，心平气和地聆听，即便对方说得有些偏颇，我们也可以用更冷静的方式去应对。任何时候，生气抓狂只会让事情变得更加糟糕。

第三章
乐观积极：让生活里充满阳光

心理医生的处方

乐观的人永葆青春。

——拜伦

有个女人遇事总是很悲观，爱胡思乱想，给自己平添了许多烦恼。年终评选，觉得自己一定没有希望，不免唉声叹气；早上碰见某个同事没有向她打招呼，觉得说不定自己什么事得罪了对方……总之，她就是对所有事都抱有悲观情绪，精神一直处于不安当中。当她察觉到烦恼给自己带来高血压、心脏病时，才去咨询了心理医生。

医生建议她每天写一篇日记，纪录当天悲观的想法和情绪。但在写出负面情绪的时候，也要写正面情绪。让自己把正面情绪留在心里，把负面情绪留在日记里。

这个女人按照医生说的做，坚持记日记，遇上自己爱猜忌的事，便在日记里说服自己。她曾在一篇日记里写道："今天我在楼梯上向一位同事打招呼，可他阴着脸，皱着眉头，理也没理我。我想他态度冷漠不是冲着我来的，八成是家里出了什么事，要不然就是挨了上级的批评。"

她还在另一篇日记里提醒自己："我翻阅上月的日记，发觉那些悲观情绪完全是庸人自扰，现在完全消失了，我以后应该用积极的心态去看待所有事情。"

她坚持写了五年日记，发觉自己的处世态度有了很大的转变，遇事尽量不去往坏的方向想，总是告诉自己，事情有哪些积极的因素。后经医生检查证明，她的血压正常了，心脏病也好了。看，这就是心态的作用。

【人生箴言】

世间许多事情本身并无所谓好坏，全在于你怎么看。很多时候我们之所以感到生活枯燥乏味，是因为我们的心态是枯燥乏味的。如果想使生活变得有滋有味，就要改变心态——变悲观心态为积极心态。只有这样，我们才能改变自己的生活。

被征兵的大学生

悲观的人虽生犹死，乐观的人永生不老。

——拜伦

在一次征兵中，有一位刚毕业的美国大学生依法被征，即将到海军陆战队去服役。这位年轻人自从知道自己被海军陆战队选中的消息后，便显得闷闷不乐、忧心忡忡。在曾在大学任教的祖父见到孙子一副魂不守舍的模样，便开导他说："孩子啊，这没什么好担心的。到了海军陆战队，你将有两个机会，一个是留在内勤部门，一个是分配到外勤部门。如果你分配到了内勤部门，就完全用不着去担惊受怕了。"年轻人问祖父："那要是我被分配到了外勤部门呢？"祖父说："那同样会有两个机会，一个是留在美国本土，另一个是分配到国外的军事基地。如果你被分配在美国本土，那又有什么好担心的。"年轻人问："那么，若是被分配到了国外的基地呢？"祖父说："那也还有两个机会，一是被分配到和平而友善的国家，另一个是被分配到维和地区。如果你分配到和平友善的国家，那也是件值得庆幸的好事。"年轻人问："那要是我不幸被分配到维和地区呢？"祖父说："那同样还有两个机会，一个是安全归来，另一个是不幸负伤。如果你能够安全归来，那担心岂不多余。"年轻人问："那要是不幸负伤了呢。”祖父说：“你同样拥有两个机会，一个是依然能够保全性命，另一个是完全救治无效。如果尚能保全性命，还担心它干什么呢。”年轻人再问：“那要是完全救治无效怎么办？”祖父说：“还是有两个机会，一个是作为敢于冲锋陷阵的国家英雄而死，一个是唯唯诺诺躲在后面却不幸遇难。你当然会选择前者，既然会成为英雄，有什么好担心的。”

【人生箴言】

人生充满了选择，而生活的态度就是一切。你用什么样的态度对待你的人生，生活就会以什么样的态度来待你。你消极悲观，生命便会暗淡；你积极向上，生活就会给你许多快乐。

在沙漠里找星星

开朗的性格不仅可以使自己经常保持心情的愉快，而且可以感染你周围的人们，使他们也觉得人生充满了和谐与光明。

——罗曼·罗兰

有一个叫塞尔玛的女人陪伴丈夫驻扎在一个沙漠的陆军基地里。她丈夫奉命到沙漠里去演习，她一个人留在陆军的小铁皮房子里，天气热得受不了——在仙人掌的阴影下也有华氏125度。她没有人可谈天，只有墨西哥人和印第安人，而他们不会说英语。她非常难过，于是就写信给父母，说要丢开一切回家去。她父亲的回信只有两行，这两行信却永远留在她心中，完全改变了她的生活：两个人从牢中的铁窗望出去，一个看到泥土，一个却看到了星星。

塞尔玛一再读这封信，觉得非常惭愧，她决定要在沙漠中找到星星。塞尔玛开始和当地人交朋友，他们的反应使她非常惊奇，她对他们的纺织、陶器表示兴趣，他们就把最喜欢但舍不得卖给观光客人的纺织品和陶器送给了她。塞尔玛研究那些引人入迷的仙人掌和各种沙漠植物、物态，又学习有关土拨鼠的知识。她观看沙漠日落，还寻找海螺壳，这些海螺壳是几万年前，这沙漠还是海洋时留下来的——原来难以忍受的环境变成了令人兴奋、流连忘返的奇景。

是什么使这位女士内心有这么大的转变?

沙漠没有改变，印第安人也没有改变，但是这位女士的念头改变了，心态改变了。念头之差使她把原先认为恶劣的情况变为一生中最有意义的冒险。她为发现新世界而兴奋不已，并为此写了一本书以《快乐的城堡》为书名出版了。她从自己造的牢房里看出去，终于看到了星星。

【人生箴言】

人生过程中的挫折、逆境是无法避免的，而我们唯一能做的，便是改变我们自己的心态。只要拥有乐观的态度，总能找到快乐的理由。所以，我们应该用乐观的态度看待人生，用开朗的心情去感受生命，用虔诚的情绪去感激生活。

跳河的少妇

快乐不在于事情，而在于我们自己。

——理查德·瓦格纳

一位年轻的少妇因为对生活失去信心想投河自尽，恰被一老迈船夫救起。

船夫问少妇；“你这么年轻，今后的路还长，为何自寻短见?”

少妇流着泪说：“我实在太不幸了，刚结婚两年，丈夫狠心抛弃我；本想和唯一的孩子相依为命生活，可前不久病死了，你说我活着还有什么意思?”

听了少妇的哭诉，船夫有问；“你结婚前你生活如何？”

回想两年前，少妇脸上露出了一丝微笑。他说；“结婚前我无忧无虑，过得很快乐！”

“那时你有丈夫和孩子吗”

“当然没有！”

“既然如此，你又何必如此悲伤？现在的你不过是被命运之船送回了两年前罢了！”

【人生箴言】

同样的一件事，只是换了一个角度，我们就可以得到悲喜两种不同的结论。事实上，凡事只要换个角度，积极地从好的一面去想，便能发现真正的快乐。如果我们执意地强求一些不可能的事，那岂不是跟自己过意不去吗？那又何必呢？

被烧鱿鱼的山姆

永远以积极乐观的心态去拓展自己和身外的世界。

——曾宪梓

山姆失业了。他是突然被炒鱿鱼的，而且老板未做任何解释，唯一的理由是公司的政策有变化，不再需要他了。更令他难以接受的是，就在几个月以前，另一家公司还想以优厚的条件将他挖走，当时山姆把这事告诉了老板，老板极力地挽留他说：“我们更需要你！而且，我们会给你一个更好的前景。”

而现在，山姆却落到了如此田地，可想而知他是多么痛苦。一种不被人需要，被人拒绝以及不安全的情绪一直缠绕着他，他不时地徘徊、挣扎，自尊心深受损害，一个原来能干的山姆变得消沉沮丧、愤世嫉俗。在这种心境下，怎么可能找到新的工作呢？

有一天，山姆无意中翻出《积极思考的力量》这本书。看过一遍后，开始思考，他目前这种状况是否也存在一些积极的因素呢？他不知道，但他发现了许多消极负面的情绪，这些负面因素是使他一蹶不振的主要原因。他也意识到一点，要想发挥积极思考的作用，自己首先必须做到一点——排除消极的情绪。

没错！这便是他必须着手开始的地方。于是他开始改变思维方式，摈除消极的情绪，代之以积极的思想，使自己心灵复苏。他开始有规律地祷告："我相信这一切都是上帝的安排，我被解雇，相信也是如此。我不再抱怨自己的遭遇，只想谦卑地请问上帝，这事究竟如何？"一旦他开始相信所发生的一切事情都确有其因之后，他不再对老板愤愤不已，他认为，如果自己身为老板，也许会不得不如此。当他如此考虑之后，自己的整个心态完全变了，他又找到了自己的工作。

【人生箴言】

积极的心态对一个人成功的影响是至关重要的。如果你是一个能保持积极的心态，能掌握自己的思想，并引导它为自己的生活目标服务的人，你就能够获得成功。

一项心理学试验

希望是坚韧的拐杖，忍耐是旅行袋，携带它们，人可以登上永恒之旅。

——罗素

为了进行一项历史上从未有过的心理学试验，1900年7月，精神病学专家林德曼博士独自一人架着一叶小舟驶进了波涛汹涌的大西洋，他准备付出的代价是自己的生命。林德曼博士认为，一个人只要对自己抱有信心，就能保持身体和精神的健康。当时，德国举国上下都在注视着独舟横渡大西洋的悲壮的冒险。在此之前，已经先后有100多位志愿者相继驾舟横渡大西洋，结果均遭失败，无人生还。林德曼博士认为，这些死难者首先不是从身体上败下阵来的，主要是死于精神上的崩溃，死于恐怖和绝望。为了验证自己的观点，他不顾亲友们的反对，亲自进行了试验。

在这次危险的航行中，林德曼博士遇到了常人难以想象的困难，他多次濒临死亡的边缘，眼前甚至出现了幻觉，运动感觉也处于麻木状态，有时真有绝望之感。但只要这个念头一升起，他马上就大声对自己说："胆小鬼，难道你也想重蹈覆辙，葬身此地吗？不，我一定能够成功！"无论多么艰险，生的希望一直支持着林德曼，最后他终于成功地驾舟横渡大西洋。他在回顾成功的体会时说："其实，从开始到最后，我都从内心深处相信自己一定会成功，这个信念在艰难中与我自身融为一体，它充满了我身体周围的每一个细胞。"他的试验表明，人只要对自己不失望，对自己充满希望，精神就不会崩溃，就可能战胜困难而存活下来，并取得成功。

有位医生素以医术高明享誉医务界，事业蒸蒸日上。但不幸的是，就在某一天，他被诊断患有癌症。这对他不啻当头一棒。他曾一度情绪低落。最终他不但接受了这个事实，而且他的心态也为之一变，变得更宽容、更谦和、更懂得珍惜所拥有的一切。在勤奋工作之余，他从没有放弃与病魔搏斗。就这样，他已平安度过了好几个年头。有人惊讶于他的事迹，就问他是什么神奇的力量在支撑着他。

这位医生笑盈盈地答道：是希望，几乎每天早晨，我都给自己一个希望，希望我能多救治一个病人，希望我的笑容能温暖每个人。这位医生不但医术高明，做人的境界也很高。

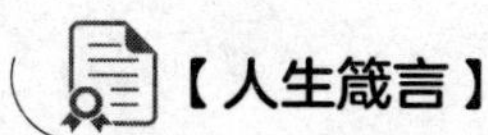

【人生箴言】

世上没有绝望的处境，只有对处境绝望的人。只要我们心中存在希望，只要我们心中有一颗希望的种子，那么就一定会创造出奇迹。

心态不同，结果不同

积极的人在每一次忧患中都看到一个机会，而消极的人则在每个机会都看到某种忧患。

——佚名

有一次，迈克到芝加哥的一个餐会为房地产经纪人演讲，那一次经历他至今仍记忆犹新。演讲之前，迈克愉快地和左边的绅士寒暄，这是迈克当天所犯的最大错误。当他问他最近生意如何，原以为他会谈得口沫横飞，没想到他却大吐苦水。他告诉迈克通用汽车公司正在罢工，所以根本没有人买鞋子、衣服、车子，当然更没人会买房子。他的消极态度深具传染性，迈克想只有他离开，房里的气氛才会开朗起来。

幸好后来有人问他问题，迈克的耳根才算清静下来。他赶快跟右边的女士交谈。问她："最近好吗？"这个问题有很大的发挥空间，结果你猜她说什么？"迈克先生，你知道通用汽车公司正在罢工……"迈克心想："天啊！又来了！"接着，她绽放动人的笑眉说："所以生意是相当好，大家现在都有时间仔细选购理想的家园。他们对美国经济有信心，知道罢工迟早会结束。最重要的是，他们知道现在是买便宜房子最好的时机，现在生意真是应接不暇。如果再继续罢工6个礼拜，我今年就可以开始休假了。"

【人生箴言】

同样一场罢工，可以使一个人面临破产，也可以使另外一个人致富，其中最大的差别就是两者的心态。如果你的思想消极，生活必定暮气沉沉，毫无起色；如果你的思想积极，生活也必定是一帆风顺，万事顺意。

乐观的玛丽娜

乐观是希望的明灯，它指引着你从危险峡谷中步向坦途，使你得到新的生命、新的希望，支持着你的理想永不泯灭。

——达尔文

玛丽娜是一个生性乐观的女孩，不论遇到什么事情，她都能积极面对。

有一次，她在海上度假的时候，遇到了大暴雨，结果在甲板上滑倒，腿部受了重伤，染上了腿部痉挛以及静脉炎等病症。因为伤得非常严重，所以医生觉得她应该把腿锯掉，这样才能保住生命。医生考虑到年轻女孩以后的生活，有些犹豫了，他担心玛丽娜接受不了这个事实。然而出乎这位医生的意料，当他把这件事告诉玛丽娜时，她只是看了他很久，然后非常平静地说："如果一定这样不可的话，那也就只好这样了。"

当她被推进手术室的时候，她的家人以及朋友都站在一旁哭泣。玛丽娜却只是朝他们挥了挥手，非常开心地说："我马上就会出来的，你们在这里等我。"

当手术完成后，玛丽娜很快就恢复了健康。虽然她失去了一条腿，但是她没有放弃自己的理想和追求，她选择忘记痛苦，使自己忙于建设更美好的明天，直到她去世为止。

【人生箴言】

不被命运所击倒，忘记昨天的悲伤，忘记自己所失去的，把精力和目光更多地给予现在，去争取更美好的未来，才能寻回自己的天空。生活永远是由两个选择构成的，既然悲剧已经发生了，那么痛苦下去又有什么用呢？我们不如选择积极、开心的那个方法，让自己的心态平静下来。如果我们在有限的生命里，把过多的时间都耗费在对失去的耿耿于怀中，那是多么大的浪费啊。

作家的一段往事

自卑虽是与骄傲反对，但实际却与骄傲最为接近。

——斯宾诺莎

美国作家诺拉·普罗菲特曾经讲述过他的一段往事。

许多年前，普罗菲特住在纽约的时候，一个春天的晚上，普罗菲特决定到百老汇娱乐区外的一座剧院去看音乐剧，在那里上演的戏剧作品，常为实验性的且价格便宜。普罗菲特在那里第一次听到萨洛米贝的演唱。他被迷住了，他对观众的稀少寥落感到很失望，他决定写一篇评论来帮助她引起公众的注意。

不过，由于普罗菲特当时并不是一名职业作家，也并不是一名记者，所以当普罗菲特打电话给萨洛米的时候他有点退缩了，但既然已经打了电话，他只好硬着头皮开始了采访。

采访开始后，普罗菲特聚集起全身的勇气，坐在那里，表现得非常沉着，尽量使自己看起来有深度。他一边以“你可以告诉我……”开头提出问题，一边在一个黄色的记事本上写下采访记录。

采访很快就结束了。普罗菲特一走出教堂，就飞快地跑上街道，因为他的神经紧张地快要崩溃了。

平安到家后，普罗菲特平静了下来，开始写这篇报道。但是，他每写下一个字，内心里的一个细小的、严厉的声音就要指责自己：你不是作家！你从来没有写过文章。而且，你甚至连像样的杂货清单都没有写过。你做不到的！

就这样，他努力地写了很多天，写了改，重写重改，他把他的草稿改了无数遍。终于，定稿了。他把它用隔行打印的方式整整齐齐地打印出来，装进一个大信封里，与它同时放进去的还有一个贴足邮资并写明自己姓名和地址的回信信封，然后，他把这个大信封丢进了一个邮箱中。当邮差把信取走之后，普罗菲特就开始猜测需要多长时间才能收到杂志编辑寄来的、毫无疑问是写着“讨厌”字样的回复信。

那并没有要很长时间。三个星期后，他的原稿——放在自己写的信封里寄回来了。这是一种什么样的侮辱啊！普罗菲特怎么从来就没有想过自己怎么能和一群以写作为生的职业作家竞争呢？那是多么的愚蠢啊！

因为自己没有勇气面对写着编辑讨厌他作品的拒绝信，他没打开信封就把它扔进了最近的一个橱柜里，并很快就把它忘记了。他把这件事当作他人生中的一次最糟糕的经历，随同那个信封一起丢在了橱柜里。

五年后，普罗菲特准备搬往加利福尼亚的撒克拉曼多去，因为他在那里找到了一份与销售有关的工作。在清理橱柜的时候，普罗菲特无意中发现一封写着自己姓名和地址的没有拆封的信，当时他对投稿的事已经淡忘了，但令他惊奇的是信封是他自己写的。为了揭开这个秘密，普罗菲特很快拆开信封。信封里除了稿子以外竟然还有一封编辑写给他的信。

亲爱的普罗菲特，你的有关萨洛米贝的故事非常好。我们需要在文章里增添一些引证。请把那些资料加进去，然后，立即把文章寄回来。我们将在下一期的杂志上把你的作品刊登出来。

信的内容使他非常震惊。过了很长时间他才从震惊中恢复过来。害怕被拒绝使自己付出昂贵的代价。他至少失去了500美元的稿酬，以及让自己的文章在一份重要杂志上发表的机会——同时也是证明他能够成为职业作家的机会。更重要的是，恐惧使普罗菲特枉费了宝贵年华，在过去的那么多年中，他本可以尽情徜徉在写作的欢娱中，并且能够写出很多好的作品。

今天，普罗菲特作为一名全职的自由作家已经六年了，他发表了100多篇文章。回顾过去的那次经历，普罗菲特获得了一个非常重要的教训：怀疑自己要付出很昂贵的代价。

【人生箴言】

自卑是自己为自己设置的障碍，只有控制住自卑心态，人们才会敢于积极进取，成为一个有主动创造精神的人，才能开拓事业的新局面，也才会有积极的人生态度，开始一种新的生活。自卑就像我们心中的阴云，只有拨开它，我们才能享受到灿烂的阳光，拥有人生的快乐。

抱怨不如改变

多思多想多看，少指责少抱怨少后悔。

——于丹

有一天，拿破仑·希尔在某市文化中心举行的企业家会议上发表演讲。当他正在讲台上致词的时候，有一名中年男子悄悄地走了过来，低声地对他说："尊敬的拿破仑·希尔先生，我有一个非常要紧而且严重的问题，想和您私下里谈一谈……"

看着中年男子一副诚恳的样子，拿破仑·希尔便答应在会议结束之后和他好好地谈一谈。很快，演讲结束了，拿破仑·希尔和中年男子在一家咖啡馆里坐了下来，问他："您想和我谈什么问题呢？"中年男子说："我准备在这个城市开创自己这一生中最大的事业，如果成功的话，将会对我产生无比重大的意义；但若不幸失败了，我将会失去所有的一切。"

听了这话，拿破仑·希尔微微地松了一口气——这位中年男子只是不够自信罢了，于是就安抚他，希望他能放松心情，当然也委婉地告诉他："你要知道，并非每件事情都能达到预期的理想结果。成功固然美好，但即使失败了，明天的风仍是继续地吹着，希望也依然存在。"

但是，中年男子跟着又说出一句让拿破仑·希尔大吃一惊的话：“但是，有件令我相当苦恼的事情，我发现这个城市似乎不怎么欢迎我：寻租店面的时候，房主盛气凌人；去市政咨询的时候，工作人员爱理不理；即便是坐地铁的时候，他们也眯缝着眼睛看我，像是在看什么怪物一样……”

这下子，拿破仑·希尔终于明白了：眼前的这位中年男子，原来是一个“抱怨狂”。想了一下，他对中年男子做出了这样的回答：“有一个方法可以解决你的问题：第一是埋头做自己的事情。无论你看到什么、听到什么，都不要把它们放在心上，而是一如既往地专心做各项准备工作。当然，你可能一时半刻难以做到这一点，不过没有关系，还有一个方法可以临时应急，以解决你迫在眉睫的问题。我要给你开一贴处方，若能好好地运用，想必能有效解决你的困难，并让你有一个近乎‘脱胎换骨’一般的转变。”拿破仑·希尔继续郑重地向中年男子说道：“就在今天晚上，当你走在这个城市的街上的时候，不妨在心里默念我将要告诉你的这句话；而且，等你回到旅馆躺在床上的时候，也要对自己重复说上几次。待到明天睡醒了，也要记得在起床的时候再把这句话说上几次。务必记住，只有用虔诚的心意来做这件事情，你才能获得足够的能力来面对这些问题。”

顿时，中年男子喜形于色，问：“您说，是什么话？拿破仑·希尔缓缓地说着：“热爱生活，而不仅仅是什么都不做而去抱怨它。”

很显然，在此之前，中年男子从未听过这句话，他带着激动的表情与口吻对拿破仑·希尔说：“好的，拿破仑·希尔先生，我知道了。”看着中年男子渐渐地远去，拿破仑·希尔会心地笑了起来。是的，尽管中年男子的身影看起来还有些悲伤的意味，但是那昂首挺胸的姿态，已经在无言地暗示着，像厚厚积雪一般的抱怨——正在慢慢地消融。

果然，三个月后，这位中年男子给拿破仑·希尔寄来了一封信：“拿破仑·希尔先生，您的这帖处方确实为我缔造了奇迹，简直令人难以置信，想不到这样一句话竟能产生这么大的效果，谢谢您。”

【人生箴言】

抱怨是世界上最没有价值的语言，只是一味地去抱怨自身的处境，对于改善处境没有丝毫益处，只有先静下心来分析自己，并下定决心去改变它，付诸行动，它才能向你所希望的方向发展。所以，不管现实怎样，我们都不应该抱怨，而要保持积极的心态，靠自己的努力来改变现状。

不要自寻烦恼

人们烦恼、迷惑，实因看得太近，而又想得太多。

——罗曼·罗兰

有两个穷人一起赶路，边走边聊天。其中一个人说："兄弟，咱俩这么穷，要是能拾到一笔钱该多好啊！喂，你说，要真拾到钱，咱俩该怎么办？"另一个人说："怎么办，那还用说，见面分一半，咱俩一人一半。""你说得不对，"第一个人说，"钱这东西，谁拾到就是谁的，凭什么我要分你一半呢？""咱俩一块儿出门赶路，一起看到的，一起拾到的钱，难道你还要独吞不成？真是个守财奴，不够朋友。不够朋友的人其实就是衣冠禽兽。"另外一个越说越激动。"你说谁呢？衣冠禽兽？你再说一遍。""说就说，我怕你呀，衣冠禽兽！"

话音未落，两人就扭打在了一块，你一拳我一脚，谁也不让谁，打得不可开交。这时从对面走过来一位老大爷，见状上前拉架。二人还是不肯住手，嘴里还在不停地叫骂。老大爷好不容易弄明白了原因，不禁哈哈大笑地说："我还以为真拾到钱了，还没拾到就打得鼻青脸肿啊！"

两人这时才回过神，跟同伴打了半天，其实啥都没拾到，耽误了赶路不说，衣服弄脏弄破了，而且搞得鼻青脸肿，这是何苦呢？这两个人正是自寻烦恼者的典型表现。

【人生箴言】

在生活中，我们常常会遇见各种烦恼，而这些烦恼就如同心中的枷锁一般，多数都是自己给自己锁上的。事实上，只要我们心中明朗，那把锁就永远不会锁上，我们又何必自寻烦恼，给自己的内心上锁呢？

从泪水中学会微笑

我要微笑着面对整个世界，当我微笑的时候全世界都在对我笑。

——乔·吉拉德

下面我们一起来读一读一个女孩的日记吧！

在我小学一年级的时候，我的父母由于种种原因离异了，这对于我来说，是多么严重的一件事啊。从那以后，我便跟着母亲一起生活。父亲很少来看我，于是我的字典里少了“父亲”二字。

虽然那时我还小，但我也知道我的生活是和别的小伙伴不一样的。放学后，他们总在身形高大的父亲“护送”下回家，而我却只能畏缩在瘦小的母亲身旁；受到同学欺负时，他们能把声色俱厉的父亲叫到学校，我却只能在母亲怀中低泣。母亲知道我的心思，所以她总是在物质上尽可能满足我的一切要求，在精神上还不断鼓励我要坚强，虽为女孩，也不要轻易落泪。

渐渐地，我长大了，思想也越来越成熟。我告诉自己不要总认为自己和别人不一样，遇到什么不顺心的事就偷偷落泪，我应该坚强一些，学会自己面对一切，不能总是依靠母亲。于是我在小学就学会了自己洗衣、做饭、刷碗……而这些都是我的大多数同龄人所不会做的，我便有了一份自豪感，也开始学会去发现生活的美了。

人越长越大，烦恼也就越多。来自学习上的压力，来自同学中的矛盾，特别是进入初中后，我很不适应全新的环境，我又茫然了。对于种种烦恼，我不哭出声而是把泪水流给日记。一次，我偶然看到一篇文章，里面一句话触动了我的心弦。“单亲家庭中成长的孩子是那只飞得最高的雄鹰。”对呀，我应该是一只雄鹰，我不能丢失属于自己的那份自豪。

从此，我又学会了去面对新的困难，去用心经营我的生活，让我的生活充满笑声。此后，我的日记中溢满的更多的是笑声。

我想，我能做到这些是因为我特殊的生活环境吧。我从一个爱哭的小女孩成长为一个爱笑的大女孩，从日记中点点泪光看到片片微笑，从对困难畏缩到坚强面对，这一切都是我的生活教给我的。要做一只能飞得更高更远的鹰，就要从泪水中学会微笑。

【人生箴言】

乐观的人总爱用微笑来诠释自己的心灵。而微笑是一种魔力，让人充满乐观的力量，永远活力四射。只要你拥有乐观的心态，用微笑面对困难，你的人生也会因此而精彩。

国王的梦

人生的道路都是由心来描绘的。所以，无论自己处于多么严酷的境遇之中，心头都不应为悲观的思想所萦绕。

——稻盛和夫

古时有一位国王，梦见山倒了，水枯了，花也谢了，便叫王后给他解梦。王后说：“大事不好。山倒了指江山要倒；水枯了指民众离心，君是舟，民是水，水枯了，舟也不能行了；花谢了指好景不长了。”国王惊出一身冷汗，从此患病，且愈来愈重。一位大臣要参见国王，国王在病榻上说出他的心事，哪知大臣一听，大笑说："太好了，山倒了指从此天下太平；水枯指真龙现身，国王，你是真龙天子；花谢了，花谢见果子呀！"国王全身轻松，很快痊愈。

【人生箴言】

同一个梦，因为看事情的角度不同，便产生了不同的看法。生活中很多情况就是如此，只要转变一下思考方式，改变了看问题的心态，结果就会大大的不同。

用乐观驱走不幸

乌云后面依然是灿烂的晴天。

——朗弗罗

米凯尔曾经是一个不幸的人。在一次意外事故中，他身上65%以上的皮肤都被烧坏了，为此他动了16次手术。手术后，他无法拿起叉子，无法拨电话，也无法一个人上厕所，但以前曾是海军陆战队成员的米凯尔从不认为他被打败了。他说："我完全可以掌握自己的人生之船，我可以选择把目前的状况看成倒退或是一个起点。"6个月之后，他又能开飞机了！

米凯尔为自己在科罗拉多州买了一幢维多利亚式的房子，另外还买了一些房产、一架飞机及一家酒吧。他和两个朋友合资开了一家公司，专门生产以木材为燃料的炉子，这家公司后来成为佛蒙特州第二大私人公司。

在米凯尔开办公司后的第4年，他开的飞机在起飞时不幸摔回跑道，他的12块脊椎骨被压得粉碎，腰部以下永远瘫痪！"我不解的是为何这些事老是发生在我身上，我到底是造了什么孽，要遭到这样的报应？"

尽管这样，米凯尔仍不屈不挠，丝毫不放弃，他日夜努力使自己能达到最高限度的“独立自主”。后来他被选为科罗拉多州孤峰顶镇的镇长，职责是保护小镇的美景及环境，使之不因矿产的开采而遭受破坏。再后来他参加竞选国会议员，他用一句“不只是另一张小白脸”的口号，将自己难看的脸转化成一项有利的资本。

尽管面貌骇人、行动不便，米凯尔仍坠入爱河，并完成终身大事。他还拿到了公共管理硕士证书，并且坚持他的飞行活动、环保运动及公共演说。

米凯尔说：“我瘫痪之前可以做1万件事，现在我只能做9 000件，我可以选择把注意力放在我无法再做的1 000件事上，或是把目光放在我还能做的9 000件事上。我的人生曾遭受过两次重大的挫折，但我选择不把挫折拿来当成放弃努力的借口。或许你也可以从一个新的角度来看待一些一直让自己裹足不前的难题。退一步，想开一点，然后你就有机会说：‘或许那也没什么大不了的！’”

【人生箴言】

在现实生活中，我们每个人都会遇上这样或那样的困难、挫折、悲伤、疾病以及死亡等，然而，只要我们能够正确面对，只要我们能用积极乐观的心态去对待，所有的一切都只能是暂时的。

半杯水的故事

一切的和谐与平衡，健康与健美，成功与幸福，都是由乐观与希望的向上心理产生与造成的。

——华盛顿

在很早以前，一个村子里有两个人，都想要通过茫茫的戈壁到沙漠的另一边的绿洲去开拓新的生活。而且他们都知道在沙漠的中间有一座暹罗人留下的古堡遗址，传说神秘的暹罗人的后代，经常在那里出没，并且经常在古堡旁边的两条小路上，分别放着两杯清水，专给穿越沙漠的人救命用。

有一年的夏天，他们两个决定：要去沙漠的另一边的绿洲去开拓生活。他们在后来的三天里，分别出发了，分别开始了穿越茫茫沙漠的开拓新生活壮举。

第一个人，当他走到古堡的时候，水已经喝用完了，他轻而易举地找到了那个水杯。但是，当他发现只有半杯水的时候，他就开始了抱怨、诅咒、谩骂，恨前边走过的人怎么喝了杯子里的半杯水，也骂暹罗人的吝啬。突然，天公作怒，一阵强风，飞起的沙粒落在了水杯里，当他还在那抱怨水里有了沙子怎么喝呀的时候，一阵狂风把他手中的水杯刮走了，水洒落在沙粒中。在他抱怨间，就连这半杯水，他都没有喝上。不久，他就死在了沙漠里。

第二个人，当他走到古堡的时候，水也已经喝完了，而且精疲力竭。他挣扎着找到了那个水杯。当他看到杯子里还有半杯水的时候，他立即端起水杯一饮而尽。然后他跪在地上感谢上天，感谢暹罗人的救命之恩。少顷，狂风大作，沙尘霏霏。他躲藏在古堡的残垣断壁下，休息着；风停了，他走出了沙漠，看到了绿洲，过上了幸福的新生活。

【人生箴言】

面对同样的境况，不同的人由于心态的不同，常会出现不同的观点与结论。当我们以悲观的心态去想问题的话，我们将错失许多“成功的机会”；相反，如果我们以乐观的心态去思考的话，我们就会挖掘出许多令人想不到的机会，即使是危机也可能藏着一线机会。

用热情实现梦想

一个人几乎可在任何他怀有无限热忱的事情上成功。

——查尔斯·史考伯

世界上第一位女性打击乐独奏家伊芙琳·格兰妮说："从一开始我就决定：一定不要让其他人的观点阻挡我成为一名音乐家的热情。"她成长在苏格兰东北部的一个农场，从8岁时她就开始学习钢琴。随着年龄的增长，她对音乐的热情与日俱增。不幸的是，她的听力却在渐渐地下降，医生们断定是由于难以康复的神经损伤造成的，而且断定她到12岁，就彻底耳聋。可是，她对音乐的热爱从未停止过。她的目标是成为打击乐独奏家，虽然当时并没有这么一类音乐家。为了演奏，她学会了用不同的方法"聆听"其他人演奏的音乐。她只穿着长袜演奏，这样她就能通过自己的身体和想象，感觉到每个音符的震动，她几乎用所有的感官来感受着整个声音的世界。

她决心成为一名真正的音乐家，而不是一名耳聋的音乐家，于是，她向伦敦著名的皇家音乐学院提出了申请。因为以前这家学院从来没有一个失聪学生提出过申请，所以一些教师反对接收她入学。但是她的演奏征服了所有的教师。她顺利地入了学，并在毕业时荣获了学院的最高荣誉奖。从那以后，她就致力于成为第一位专职的打击乐独奏家的目标而努力，并且为打击乐独奏谱写和改编了很多乐章，在当时几乎没有专为打击乐而谱写的乐谱。如今，她已真正地成了独奏家，她的成功就在于当她听到了医生的诊断后没有悲观地放弃自己的追求，而是以坚强的自信和热情，执着地为实现梦想奋斗着。

【人生箴言】

热情是一种积极向上的力量，拥有这种力量可以改变一个人的一切，乃至整个生命。一个人如果没有热情，不论他有什么能力，都很难发挥出来，也不可能会成功。成功是与热情紧紧联系在一起的，要想成功，就要让自己永远沐浴在热情的光影里。

出租车司机的改变

只有把抱怨环境的心情，化为上进的气力，才是成功的保证。

——罗曼·罗兰

有一天，拿破仑·希尔刚走出办公室，拦了一辆出租车。一上车便感觉到司机是个很快活的人。他吹着口哨，一会儿是电影《窈窕淑女》中的插曲，一会儿是美国国歌。看他乐不可支的样子，便搭腔说："看来你今天心情不错！"

"当然喽！为何要心情不好？我最近悟出了一个道理，情绪暴躁和消沉都没好处，因为事情随时都会发生转机。"接着，司机便讲了一个自己的故事。

"那天一早，我开车出去，想趁上班高峰期多赚点钱，可是事与愿违。那天天真冷，好像用手一摸铁皮，马上就会被粘住似的，车开出没多久，车胎便爆了。我也快气炸了！我拿出工具来，边换轮胎，边嘟囔着。可是天气太冷，只要工作一会儿，便得动动身子，暖暖手指头。就在这时，一辆卡车停了下来，司机从车上跳下来。使我更惊讶的是，卡车司机居然开始动手帮忙。轮胎修好之后，我一再道谢，但是卡车司机挥挥手，不以为然地跳上车走了。"

司机接着说："因为这件事，我整天心情都很好。看来事情总是有好有坏，人不会永远倒霉的。起初因为轮胎爆了我很生气，后来因为卡车司机帮忙心情就变好了。连好运似乎也跟着来了。那天早上忙得不得了，客人一个接着一个，所以口袋里进的钱也多了。塞翁失马，焉知非福。不要因为事情不如意就心烦，事情随时会有转机的，只要能用正确态度对待，好运将会陪伴着你。”

从此以后，那位司机再也不会有人生中的不如意来困扰他了。他将一生信奉这种理论，认为世事随时会有转变，都可能否极泰来，这就是真正的积极心态。

【人生箴言】

改变态度就会改变生活。我们怎样对待生活，生活就怎样对待我们。积极的态度能充分调动出心灵潜藏的能量和智慧，使我们的事业、健康和婚姻等都达到一种完美的境地，而消极的态度则阻碍了心灵能量和智慧的发挥，使我们的生活航船迷失方向，人生变得暗淡无光。所以说，态度决定成败，态度决定一切。

得失之间

失去春天的葱绿，却能够得到丰硕的金秋；失去青春岁月，却能使我们走进成熟的人生。

——佚名

有一个阿拉伯的富翁，在一次大生意中亏光了所有的钱、并且欠下了债。他卖掉房子、汽车，还清债务。

此刻，他孤独一人，无儿无女，穷困潦倒，唯有一只心爱的猎狗和一本书与他相依为命，相依相随。在一个大雪纷飞的夜晚，他来到一座荒僻的村庄，找到一个避风的茅棚。他看到里面有一盏油灯，于是用身上仅存的一根火柴点燃了油灯，拿出书来准备读书。但是一阵风忽然把灯吹熄了，四周立刻漆黑一片。这位孤独的老人陷入了黑暗。

这位孤独的老人陷入了黑暗之中，对人生感到痛彻的绝望，他甚至想到了结束自己的生命。但是，立在身边的猎狗给了他一丝慰藉，他无奈地叹了一口气沉沉睡去。

第二天醒来，他忽然发现心爱的猎狗也被人杀死在门外。抚摸着这只相依为命的猎狗，他突然决定要结束自己的生命，世间再没有什么值得留恋的了。于是，他最后扫视了一眼周围的一切。这时，他不由发现整个村庄都沉寂在一片可怕的寂静之中。他不由急步向前，啊，太可怕了，尸体，到处是尸体，一片狼藉。显然，这个村昨夜遭到了匪徒的洗劫，整个村庄一个活口也没留下来。

看到这可怕的场面，老人不由心念急转："啊！我是这里唯一幸存的人，我一定要坚强的活下去。"此时，一轮红日冉冉升起，照得四周一片光亮，老人欣慰地想："我是这个世界里唯一的幸存者，我没有理由不珍惜自己。虽然我失去了心爱的猎狗，但是，我得到了生命，这才是人生最宝贵的。"

老人怀着坚定的信念，迎着灿烂的太阳又出发。

【人生箴言】

人的一生，总在得失之间，在失去的同时，也往往会另有所得。因此在生活中，我们应该乐观一些，正确地看待得与失。这样才不至于因为失去而后悔，才能快乐地生活。

凡事往好处想

生活，就应当努力使之美好起来。

——托尔斯泰

有个美国的年轻女孩叫辛迪，她长得很漂亮，有爱她的父母，有一个爱她的男朋友，有一份不错的工作……但是辛迪却精神崩溃了，原因就是她总是在不停地发愁和忧虑："我很发愁，真的，我每天为无穷无尽的事情担忧。我担心新买的那件裙子的款式是不是有点过时了，我担心那双新靴子是不是冒牌货。我为自己的身材忧虑，因为我觉得我在发胖；我为自己的容貌忧虑，因为我发现我的美貌一天天在老去；我发现自己在掉头发，我担心有一天会不会掉光；我担心我有一天不再漂亮，人们会讨厌我；我担心我的男朋友有一天不再爱我，会离开我；我担心我的父亲会心脏病发作，他总是吃很多甜食；我担心我的工作有一天会出差错，会被别人超过，我担心我得不到老板的提拔和重用……我的内心越来越紧张，我就像一个没有压力阀的锅炉，压力达到了让人无法承受的地步。我控制不住自己的思想，充满了恐惧，只要有一点点声音，都会把我吓得跳起来。我躲开每一个人，常常无缘无故地哭。我每天都痛苦不堪，我觉得自己被所有人抛弃了，甚至上帝也抛弃了我，我真想跳到河里自杀。"

在这种种的担忧下，辛迪的精神状况越来越差，最后到了不堪重负的程度。她已经无法正常工作，正常生活，她的头脑被无尽的忧虑所占满了。于是，她辞去了工作。但是精神还没有好转。辛迪于是决定一个人到另外一个城市去旅行，希望换个环境能够对自己有所帮助。辛迪所有的亲人都为她担心。她上了火车之后，父亲交给她一封信，并且告诉她，让她到达目的地再看。

辛迪到了那座城市后，一切都没有好转。她忧虑的事情反而更多了，她开始担心能不能住到像样的旅馆，有没有好的房间，她担心路上可能会遇到劫匪，她甚至担心自己会被某个人暗杀……她遇到了各种各样的糟糕事，让她更加忧虑了。她想起了父亲的那封信，于是，她打开信，读了起来："辛迪，你现在离家1500里，你并没有觉得有什么不一样，对不对？你仍然把自己置身于各种忧虑之中无法自拔。我知道你会觉得没有什么不同，因为根源是你自己。无论你的身体还是你的精神，以及外界的一切，你住的房间，你看到的人，其实都没有什么问题，而最重要的是你的心态和你的想法有问题，你把一切看得太悲观了，你总是在想最坏的事情发生了怎么办。其实很多事情是不会发生的，而你却在这些无谓的忧虑当中耗费了自己的精力和时间，失去了自己的健康和快乐。一个人心里想的是什么样子，他就会成为什么样子。凡事往好处想，停止忧虑，停止想象吧，一切都会好起来。”

看了父亲的信，辛迪觉得父亲说的话很有道理。使她自己痛苦的，不是外界发生的事情，而是自己，她把任何事情都想得太悲观了。于是，辛迪开始改变自己，凡事尝试从好的方面想。她想自己的衣服或许很过时，但是穿在自己身上很合适，有另外一种味道；靴子或许是冒牌货，但是做得和真的一样，几乎没有人能看出来；自己或许真的有一点发胖，但是丰满也不是件坏事；容貌是一天天在变老，可是跟很多人相比，仍然很漂亮；男朋友或许会和我分手，但是我会有机会找到更好的男朋友；父亲的心脏病可能会发作，但是他现在很快乐……这样想的时候，辛迪发现自己的忧虑都消失了。慢慢地，她整个人变得开朗起来。她越来越快乐，最后恢复了健康，重新找到了一份工作，快乐地生活着。

【人生箴言】

凡事往好处想，内心便充满阳光，这种乐观的积极向上的心态，会激发我们的生命力，永远拥有成功的信心和希望。即便是身处绝境的情况下，也能以豁达开朗的心胸面对未来。

你永远不是最惨的人

乐观是希望的明灯，它指引着你从危险峡谷中步向坦途，使你得到新的生命、新的希望，支持着你的理想永不泯灭。

——达尔文

有一个年轻人，满怀着大志到外地经商，经过了三年的奋斗，终于能够有所成就，心里一直梦想着衣锦荣归光耀门楣的景象。不料，一场无情的大火把他三年的努力化为灰烬，美梦顿时成为泡影，伤心之余兴起了寻死的念头。

他想找一个山崖从上面跳下来，结束他这一事无成的一生。到了山崖，他发现已经有一个老人，在山崖上徘徊不决的走着。他好奇的走近问他，独自一个人在此徘徊的原因，那老人告诉他：

“我本来有一个小康的家庭，一家四口和乐地生活着，不料，几年前自己却生了一种怪病，看尽了名医都束手无策，花尽了家产也没有一点起色，现在为了看好我的病，妻儿们连三餐都得尽量节省，以筹措我的医药费，我成了家中的累赘，我想如果我死了，他们就可以不必再过这种生活了。”

听了那老人的话，年轻人的内心感触很多。

就在此时，不远处有个乞丐，手中提着包子一跛一跛兴高采烈地向山上走来。看他的样子，好像趁着日暖时上山来走走玩玩的。那乞丐看见那二人，不介意的在他俩人的旁边席地坐了下来，一面打开手中所提的包，一面口中念叨：

“今天天气真好，二位大哥兴致真高，这么早就来游山玩水。”

近身一看才知道，这乞丐不只是缺了一条腿而已，肩膀上还少了一只胳膊，原来那包是绑在他的袖子上的。看了这情形后，那年轻人想了想那老人的情形，再想想自己，心中不禁盘算着：

“我不过是失去了三年奋斗的结果，但我还年轻，还有机会再来一次，而那老人家，不过只是暂时失去了健康，但他却拥有孝顺的儿女和贤惠的妻子；那乞丐，虽缺胳膊缺腿，无依无靠，却自由自在的生活。比起他，我们实在是连死的资格都没有。”

他就对那老人说：“我不想死了！我觉得我们俩还不是天下最可怜的人，我们不过是没鞋穿而已，要知道世界上还有的人没脚；没脚的人都不愿意死，没鞋穿的人更没资格去死。”

老人略有所悟地点了点头，迈着脚步和那年轻人一起下山去了。

【人生箴言】

生活中，无论你境遇多么悲惨，你也不是最不幸最可怜的家伙，世界上比你更惨的人或许就在你身边，只不过他们具有乐观的心态，比你更懂得珍惜，因而你在他们脸上看到的始终只是灿烂的微笑。所以，当苦难降临时，我们不该逃避、不该抱怨，而应该以坦然、积极乐观的态度对待困难，最终战胜苦难。

第四章 自信进取：遇见最好的自己

找回自信

信心是命运的主宰。

——海伦·凯勒

有一个企业的经理，他把全部财产投资在一种小型制造业上。由于世界大战爆发，他无法取得他的工厂所需要的原料，因此只好宣告破产。金钱的丧失，使他大为沮丧。于是，他离开妻子和子女，成为一名流浪汉。他对于这些损失无法忘怀，而且越来越难过。后来，他甚至想到跳湖自杀。

一个偶然的机会，他看到了一本名为《自信心》的书。这本书给他带来勇气和希望，他决定找到这本书的作者，请作者帮助他再度站起来。

当他找到作者，说完他的故事后，那位作者却对他说："我已经以极大的兴趣听完了你的故事，我希望我能对你有所帮助，但事实上，我却没有能力帮助你。"

他的脸上立刻变得苍白。他低下头，喃喃地说道："这下子我完蛋了。"

作者停了几秒钟，然后说道："虽然我没有办法帮助你，但我可以介绍你去见一个人，他可以帮助你东山再起。"刚说完这几句话，流浪汉立刻跳了起来，抓住作者的手，说道："求求你，请带我去见这个人。"

于是作者把他带到一面高大的镜子面前，用手指着镜子说："我介绍的就是这个人。在这个世界上，只有这个人能够使你东山再起。除非你坐下来，彻底认识这个人，否则，你只能跳到密歇根湖里去。因为在你对这个人作充分的了解之前，对于你自己或这个世界来说，你都将是个没有任何价值的废物。"

他朝着镜子向前走了几步，用手摸摸他长满胡须的脸孔，对着镜子里的人从头到脚打量了几分钟，然后退几步，低下头，开始哭泣起来。

几天后，作者在街上碰见了这个人，几乎认不出他来了。他的步伐轻快有力，头抬得高高的。他从头到脚打扮一番，看来是很成功的样子。“那一天我进入你的办公室时，还只是一个流浪汉。但我对着镜子找到了自信。现在我找到了一份年薪3000美元的工作。我的老板先预支了一部分钱给我的家人。我现在又走上成功之路了。”他还风趣地说将再拜访作者一次，“我将带着一张签好字的支票，收款人是你，金额是空白的，由你填上数字。因为你介绍我认识了自己，幸好你要我站在那面大镜子前，把真正的我指给我看。”

【人生箴言】

在人生的道路上，自信心比什么都显得重要。它是人生最可靠的资本，它能使人克服困难，排除障碍，奔向成功。

NBA史上最矮的球员

一个人是否有成就只有看他是否具有自尊心和自信心两个条件。

——苏格拉底

蒂尼·博格斯是前美国职业篮球运动员，身高仅有1.60米，是NBA历史上身材最矮的球员。博格斯这么矮，怎么能在巨人如林的篮球场上竞技，并且跻身大名鼎鼎的美职篮球星之列呢？这是因为博格斯的自信。

博格斯从小就喜爱篮球，可因长得矮小，伙伴们都瞧不起他。有一天，他很伤心地问妈妈：“妈妈，我还能长高吗？”妈妈鼓励他：“孩子，你能长高，长得很高很高，会成为人人都知道的大球星。”从此，长高的梦像天上的云一样在他心里飘动着，每时每刻都在闪烁希望的火花。

“业余球星”的生活即将结束了，博格斯面临着更严峻的考验——1.60米的身高能打好职业赛吗？

蒂尼·博格斯横下一条心，要靠1.60米的身高闯天下。“别人说我矮，反而成了我的动力，我偏要证明矮个子也能做大事情。”在威克·福莱斯特大学和华盛顿子弹队的赛场上，人们看到蒂尼·博格斯简直就是个“地滚虎”，从下方来的球90%都被他收走，他是个儿矮，但他可以飞速地低运球过人。

后来，蒂尼·博格斯进入了夏洛特黄蜂队（当时名列美职篮第三），他的一份技术分析表上写着：投篮命中率50%，罚球命中率90%……

一份杂志专门为他撰文，说他个人技术好，发挥了矮个子重心低的特长，成为一名使对手害怕的断球能手。“夏洛特的成功在于博格斯的矮。”不知是谁喊出了这样的口号，许多人都赞同这一说法，许多广告商也推出了“矮球星”的照片，上面是博格斯淳朴的微笑。

他曾多次被评为该队的最佳球员。

博格斯至今还记得当年妈妈鼓励他的话，虽然他没有长得很高很高，但可以告慰妈妈的是，他已经成为人人都知道的大明星了。

后来，这位矮星说，他要写一本传记，主要是想告诉人们：“要相信自己，只有相信自己才能成功。”

【人生箴言】

在生命的旅程中，一个人最需要的就是自信，只有充满自信，相信自己拥有卓越的才能，才能真正开掘自己的无尽智慧，激发其内在无穷的力量，让你在人生的征途上健步如飞。

信念的魔力

信念，你拿它没办法，但是没有它你什么也做不成。

——撒姆尔·巴特勒

对于信念的伟大魔力，布里斯托尔深信不疑，而他本人的奋斗经历正是对这一观念的最好诠释。

1918年初，布里斯托尔以“临时”分遣兵的身份到了法国，待命于一个正规连。因此，他要等到几个星期以后才能得到津贴。那段日子，他没钱买口香糖、香烟和日用品。因为在他出发前，身上仅有的一点钱，已经花在运输船上的饮食店，以调剂船上单调的伙食。每当看到有人悠闲地抽着烟或嚼口香糖时，布里斯托尔便想到自己空空的钱包。虽然军队为每一位军人都提供了生活必需品，但他仍感到很难过，因为他既没有零花钱，想赚钱又无计可施。有一天夜晚，在开往前线的途中，布里斯托尔坐在一列拥挤的军用火车上下定决心，要在退伍之后“赚很多钱”。当时，布里斯托尔并没有认识到他正在为自己往后的一连串动机奠定基础，而这一连串动机会引发出惊人的力量，从而带给他巨大的成就。事实上，布里斯托尔从来就没想到自己可以用思想和信念赚进一笔财富。布里斯托尔的人生，也正是从那一刻起发生了重大改变。

在他的军中分类卡上，他被登记为记者。布里斯托尔曾读过一所军事训练学校，为的是要取得记者资格，但是就在他即将修完课程时，整个训练学校却关门了，于是学校当中大部分人都被征召到法国作战。但在布里斯托尔心中，仍然自认是个新闻记者，并且认为在“美国远征军”中，会有较适合他的职位。然而，他还是像其他大多数人一样，推着独轮车，运送沉重的弹药。

在一个普通的夜晚，事情发生了转机。布里斯托尔奉命去见司令官，司令官问他是否认识“第一军总部”的人。布里斯托尔一个也不认识，甚至连“第一军总部”在哪儿都不知道。当布里斯托尔告诉他实情后，司令官让他看了一份军令，上面命令他立刻向“第一军总部”报到。一个司机开车将布里斯托尔送了过去。第二天早晨，布里斯托尔开始在“第一军总部”负责编印每日战况报告。

接下来的几个月，他常常思考自己的职务，然后将事情的各环节开始串联起来。有一天，他突然接到一个命令，上级下令把他调到军报《星条报》任职。很久以来布里斯托尔就想进《星条报》，只是一直没有机会。

第二天，正当他准备前往巴黎报到时，上校递给布里斯托尔一份电报，是总部的军务局长办公室签发的，问他是否愿意接受另一个职务。布里斯托尔预见战争不久将结束，而且能跟其他记者在一起工作会比较愉快，所以他最后还是选择了到《星条报》去工作。

停战之后，布里斯托尔退伍的欲望变得非常强烈。他想要开始创造自己的财富，但是《星条报》一直到1919年的夏天才停刊，他回乡时已经是8月了。无论如何，布里斯托尔无意识地推动着的那些力量，已经在为他以及那笔财富布置着舞台。他回到家的第二天早晨，便接到一个知名俱乐部主席的电话。他叫布里斯托尔去拜访一个在投资银行界很杰出的人，因为这个人在报上看到布里斯托尔返乡的消息，想与布里斯托尔见见面。布里斯托尔去拜访了这个银行家。两天之后，他开始了投资银行家的长期事业，后来成为一家出名的太平洋公司的副总裁。

虽然走马上任之初薪水很低，但布里斯托尔知道自己从事的事业有很多致富的机会。布里斯托尔声称："当时并不清楚如何赚钱，我只是知道我会拥有自己心目中的那笔财富。"不到10年光景，布里斯托尔不但拥有了数目相当大的财富，还成为公司的大股东，同时在公司之外另有几项收益。在那几年中，他脑海里不断出现的是一幅致富的图像。直至后来，每当谈到自己的成功时，他还是认为："是那个信念协助我一直走向成功。"

【人生箴言】

信念从某种意义上来讲就是信仰。它是看不见的东西，但却能带你聚集能量，创造属于自己的奇迹。尽管很多时候，外界因素我们不能把握，但个人行动却可以产生前进的动力，这力量的源泉就来自坚定的信念。唯有信念，是永远不可战胜的。

生物遗传专家童第周

只有满怀自信的人，能在任何地方都怀有自信，沉浸在生活中，并认识自己的意志。

——高尔基

生物遗传工程著名专家童第周17岁那年考入宁波师范学校的预科班，第2年后，他又考入一所教会中学。这所中学对数理化、英语课的要求很严格，而这几门功课童第周的基础最差，有的课甚至根本没学过。

当时有人讥笑他说："我保证你不出3个月就得回家种地。"

果不其然，第一学期的期末考试，他的总平均成绩是45分，按学校规定，总平均成绩不及格的人必须退学或降级。他真的有点泄气想放弃了。

他的班主任找到了想打退堂鼓的童第周说："孩子，只要你有信心，愿意付出，就能战无不胜"。

童第周的心中又重新燃起了希望之火，他重新鼓足了勇气。从此，童第周每天天不亮就悄悄爬起来在路灯下朗读英语；晚上，熄灯的铃声响了，别人睡下后，他又悄悄地来到校园的路灯下，复习当天的课程。监学被他的顽强的学习毅力打动了，破例地允许他在学校熄灯铃打过以后在路灯下学习。就这样，童第周赢得了时间，在学习上的突飞猛进。第二学期的考试成绩公布了：他的总平均分超过了70分，几何还考了个百分。

童第周经过刻苦勤奋的学习，在28岁那一年终于以复旦大学生物系高才生的优异成绩留学比利时。

【人生箴言】

没有自信，便没有成功。自信对成功尤其重要，是人们事业成功的阶梯和不断前进的动力，同时自信又是积极向上的产物，也是积极向上的力量。一个获得了巨大成功的人，首先是因为他自信。如果我们在人生的道路上时刻保持自信，就会发现，成功并非遥不可及。

自我激励的皮特

自信是向成功迈出的第一步。

——爱因斯坦

在一个橄榄球队里，有一个很懒的男孩叫皮特。他喜欢听到人们为他欢呼，却不愿坚持不懈地向胜利冲刺。

每次教练让孩子们练习跑步时，皮特总会偷懒，后来教练将这一情况反映给皮特的父母。一天，父母给皮特来了一封电报："不能再懒下去了，你要用行动证明自己。我们虽然不能在你身边鼓励你，但是你自己可以鼓励自己。否则，爸爸妈妈为你付出的心血就没有任何意义了。"

几天后，要举行橄榄球比赛。比赛的哨声还未响起，就见皮特说："教练，今天能让我上场吗？我能上吗？"但是教练认为他是一个不合格的球员，因此拒绝了。

可是皮特还是不停地纠缠着教练："教练，求求你了，就让我上场吧，我今天非打不可。"第一节结束了，皮特那队输得很惨。中场时，教练在更衣室为队员打气，进行"战斗"动员："好好地听着，出去狠狠揍他们。咱们还有机会！一定要拿下这场比赛！"

整支队伍冲了出去，可是无法改变比分。教练一边喃喃自语，一边开始琢磨写辞职信。这时皮特又走上前来，说："教练，教练，让我上吧，求你了！"教练看了看记分牌。"好吧。"他说，"去吧'孩子'，反正现在也没什么关系了。"

皮特刚一上场，全队就像炸开了锅。他又奔又跑，又传又接，左躲右闪，阻截对方，好像巨星一样。这股劲头也激起了全队的士气和活力，比分开始接近了。就在比赛要结束的刹那间，皮特拦截了对方的球，直接触底得分，获得制胜的一球！

那一刻，观众席上沸腾了。当激动和兴奋平息下来，教练终于开口问皮特：“我从来没见过这样的场面，你到底有什么魔力，简直换了一个人！”

皮特说：“教练，几天前父母给我来电报，叫我不能继续懒惰下去，让我自己鼓励自己，是的，我今天就是这样做的，我告诉自己：一定能改变比赛的结局。结果我做到了。”

【人生箴言】

自我激励是一种精神动力，人的一切行为都是受到激励而产生的，通过不断地自我激励，就会使你有一股内在的动力，朝向所期望目标前进，最终达到成功的顶峰。

自我激励是成功的先决条件。人生的旅途就像马拉松赛跑，一路上虽然有人为我们喝彩、鼓掌、加油，但这些都只是外在因素，真正的力量，来自自我，来自内心。所以，在面对逆境时，我们要学会自我激励，以积极的心态去应对。

九枚正面硬币

自信是成功的第一秘诀。

——爱默生

在宋代，有一段时期战争频频，国患不断，一位大将军叫李卫，带领人马杀赴疆场，不料自己的军队势单力薄，寡不敌众，被困在小山顶上，注定被敌军吞没。就在士气大减，甚至有要交枪投降的可能之际，将军李卫站在大家的面前说：士兵们，看样子我们的实力是不如人家了，可我确一直都相信天意，老天让我们赢，我们就一定能赢，所以我这里有9枚铜钱，向苍天企求保佑我们冲出重围，我把这9枚铜钱撒在地上，如果都是正面，一定是老天保佑我们，如果不全上正面的话，那肯定是老天告诉我们不会冲出去的，我们就投降。

此时，各个士兵闭上了眼睛，跪在地上，烧香拜天企求苍天保佑，这时李卫摇晃着铜钱，一把撒向空中，落在了地上，开始士兵们不敢看，谁会相信9枚铜钱都是正面呢！可突然一声尖叫“快看，都是正面”。大家都睁开了眼睛往地上一看，果真都是正面。士兵们跳了起来，把李卫高高举起喊道：我们一定会赢，老天保佑我们了！

李卫拾起铜钱说：“那好，既然有苍天的保佑，我们还等什么，我们一定会冲出去的，各位，鼓起勇气，我们冲啊！”

就这样，一小戳人马竟然奇迹般战胜强大的敌人，突出重围，保住了军队。事后，将士们谈起了铜钱的事情都在说：“如果哪天没有上天保佑我们，我们就没有办法出来了！”

这时候李卫从口袋了掏出了那9枚铜钱，大家竟惊奇地发现这铜钱的两面都是正面！

【人生箴言】

信心是一个人成功的秘诀。如果要达到一个目标，首先要相信能达到这个目标。一个人如果不相信自己，怎么可能去努力？相信一定能做到，事实上就能够成功。反之，不相信自己，那就决不会成功。

最优秀的人是你自己

有信心的人，可以化渺小为伟大，化平庸为神奇。

——萧伯纳

有一位伟大的哲学家在临终前有一个不小的遗憾——他多年的得力助手，居然在半年多的时间里没能给他寻找到一个优秀的闭门弟子。

事情是这样的：这位哲学家在风烛残年之际，知道自己时日不多了，就想考验和点化一下他的那位平时看来很不错的助手。他把助手叫到床前说：“我的蜡烛所剩不多了，得找另一根蜡烛接着点下去，你明白我的意思吗？”

“明白，”那位助手赶快说，“您的思想光辉得很好地传承下去……”

“可是，”哲学家慢悠悠地说，“我需要一位优秀的承传者，他不但要有相当的智慧，还必须有充分的信心和非凡的勇气……这样的人选直到目前我还未见到，你帮我寻找和发掘一位好吗？”

“好的，好的。”助手很温顺很尊重地说，“我一定竭尽全力地去寻找，不辜负您的栽培和信任。”

哲学家底笑了笑，没再说什么。

那位忠诚而勤奋的助手，不辞辛劳地通过各种渠道开始四处寻找了。可他领来一位又一位，总被这位哲学家一一婉言谢绝了。有一次，当那位助手再次无功而返地回到哲学家病床前时，病入膏肓的哲学家硬撑着坐起来，抚着那位助手的肩膀说：“真是辛苦你了，不过，你找来的那些人，其实还不如你……”

哲学家底笑笑，不再说话。

半年之后，哲学家眼看就要告别人世，最优秀的人选还是没有眉目。助手非常惭愧，泪流满面地坐在病床边，语气沉重地说：“我真对不起您，令您失望了！”

“失望的是我，对不起的却是你自己。”哲学家说到这里，很失意地闭上眼睛，停顿了许久，才又不无哀怨地说，“本来，最优秀的人就是你自己，只是你不敢相信自己，才把自己给忽略了，不知道如何发掘和重用自己……”话没说完，一代哲人永远离开了他曾经深切关注着的这个世界。

那位助手非常后悔，甚至后悔、自责了后半生。

【人生箴言】

自信心是一个人能力的支柱，一个没有自信心的人，不能指望他能够做出实质性的成就。你可以敬佩别人，但绝不可忽略了自己；你也可以相信别人，但绝不可以不相信自己。在这个世界上，我们每个人都是独一无二的奇迹，都是自然界最伟大的造化。所以，只有正确认识自己的价值，对自己充满自信，不断发挥自身的潜力，才能将生存的意义充分体现出来。孩子们都应该牢记柏拉图的这句至理名言：最优秀的人就是你自己！

世界酒店大王希尔顿

哥伦布发现了一个世界，却没有用海图，他用的是在天空中释疑解惑的“信心”。

——桑塔雅娜

康拉德·希尔顿是美国旅馆业巨头，人称旅店帝王。他一手创立的全球连锁高档酒店——希尔顿，几乎无人不知，无人不晓。

创业初，希尔顿把眼光瞄准了酒店业。但是他几乎没有任何启动资金，但强烈的自信让他预感到了他将会成功。因此，他就凭其自信的言行四处游说，希望那些银行家和风险投资商们能为他的项目注入资金。最终，在希尔顿强烈自信心的感染下，再加上他的项目本身的切实可行，许多金融家纷纷投资。

有了资金作为铺垫，于是项目很快被启动。但就在酒店建设进行到一半时，有一个投资商由于听信了谣言而对希尔顿产生了怀疑，并嚷着要撤出资金。稍微有些金融常识的人都知道，假如这时有人突然撤资，很可能会引起雪崩般的连锁反应，到时一看形势不好可能所有的投资人都会提出这种要求。由于当时许多资金已经投资进去，希尔顿已经没有能力去全部偿还那笔钱，到时资不抵债的他很可能会被起诉。

面对这突然的变故，自信的希尔顿却冷静如常、镇定自若。他提前准备好了大量的现金和支票，随后把那个吵着要撤资的投资商请了过来，然后开诚布公地问他，想要现金还是支票？来人看到了希尔顿那里满抽屉的现金与支票后，仍然不为之所动。希尔顿又对他说：“等你走时，假如你还是要坚持撤回投资，那就现金支票任你选。”无疑，希尔顿的这番信心十足的话语，起到了一定的作用。那个人一时不再谈论要回投资的事，看着自己已稳住了对方的情绪，接着，希尔顿又乘胜追击，但并没有去直接反驳对方撤资的想法，而是入情入理地为他分析道：“你看，现在项目已经展开，如果按预定的计划进行下去，你一定能够得到应有的投资回报。但如果你这时宣布撤回投资的话，那么，你不仅得不到收益，而且还会因为破坏合同而必须进行赔偿，将会更加得不偿失。”那个人最终被希尔顿的自信乐观所感染，决定继续进行投资，酒店的建设也得以顺利进行，希尔顿的事业从此就开始了蒸蒸日上。

是什么让希尔顿获得了成功，无疑是他的自信。

【人生箴言】

一个人的成功不仅需要个人的才干，还需要自信。自信是人们从事任何事业最可靠的资本。自信者往往都自带光芒，他们承认自己的魅力和肯定自己的能力，总能冷静、沉着地处理各种棘手的问题，从而获得成功。

推销之神原一平的故事

只有把抱怨环境的心情，化为上进的力量，才是成功的保证。

——罗曼·罗兰

原一平，被称为日本推销之神。他刚涉足保险推销界的七个月里，连一分钱的保险也没拉到，但经过不断的努力，几年后，他的销售业绩，在公司中已经是名列第一了，但他并没有因此而满足，仍然保持着强烈的进取心，他构想了一个大胆而又破格的销售计划，找保险公司的董事长串田万藏，要一份介绍日本大企业高层次人员的“推荐函”，大幅度、高层次地推销保险业务。因为串田先生不仅是明治保险公司的董事长，还是三菱银行的总裁、三菱总公司的理事长，是整个三菱财团名副其实的最高首脑。原一平通过他经手的保险业务，不但可以打入三菱的所有组织，而且还能打入与三菱相关的最具代表性的全部大企业中。

但原一平并不知道保险公司早有被严格遵守的约定：凡是从三菱来明治工作的高级人员，绝对不介绍保险客户，当然这也包括董事长串田。

为了突破性的构想，原一平坐立不安，他咬紧牙关，发誓要实现自己的销售计划。他非常有信心地推开了公司主管销售业务的常务董事阿部先生的门，请求他代向串田董事长要一份“推荐函”。阿部听完原一平的计划后，默默地瞪着原一平不说话，过了很久，阿部才缓缓地说出了公司的约定，回绝了原一平的请求。原一平却不肯打退堂鼓，问道：“常务董事，能不能让我自己去找董事长，当面提出请求？”阿部的眼睛瞪得更大了，更长时间的沉默之后，说了5个字：“姑且一试吧。”说完，就挤出一副难以言状的笑容，把原一平打发出门了。

过了几天，原一平终于接到了约见通知，兴奋不已的他来到三菱财团总部，层层关卡，漫长的等待，把原一平的兴奋劲耗去大半。他疲乏地倒在沙发里，迷迷糊糊地睡着了。不知过了多长时间，原一平的肩头被戳了几下，他愕然醒来，狼狈不堪地面对着董事长。串田大喝一声：“找我有什么事？”原一平还没有清醒过来，当即就被吓得差点说不出话来，想了一会儿才结结巴巴地讲了自己的销售计划，刚说出：“我想请您介绍……”串田就截断他的话：“什么？你以为我会听你介绍保险这玩意儿？”

原一平在来这前，就想到过自己的请求会被拒绝，还准备了一套辩驳的话，但万万没有料到串田会轻蔑地把保险业务说成“这玩意儿”。他被激怒了，大声吼道：“你这混账的家伙。”接着又向前跨了一步，串田连忙后退一步。“你刚才说保险这玩意儿，对不对？公司不是一向教育我们说：‘保险是正当事’吗？你还是公司的董事长吗？我这就回公司去，向全体同事传播你说的话。”原一平说完转身就走了。

一个无名的小职员竟敢顶撞、痛斥高高在上的董事长，使串田十分生气，但对小职员话中“等着瞧”的潜台词，又不得不认真地去思索。

原一平走出三菱大厦后，心里非常不平静，他为自己的计划被拒绝又是气恼又是失望，当他无可奈何地回到保险公司，向阿部说了事情的经过，刚要提出辞职，电话铃响了，是串田打来的，他告诉阿部，原一平刚才对他的恶语相加，他十分生气，但原一平走后他再三深思。串田接着说：“保险公司以前的约定确实有偏差，原一平的计划是正确的，我们也是保险公司的高级职员，理应为公司贡献一分力量帮助扩展业务。我们还是参加保险吧。”

放下电话，串田马上召开临时董事会。会上决定，凡三菱的有关企业必须把全部退休金投入明治公司，作为保险金。”原一平的顶撞痛斥，不仅赢得了董事长的敬服，还获得了董事长日后充满善意的全面支援，他慢慢地实现了自己的宏伟计划：3年内创下了全日本第一的推销纪录，43岁后，15年里一直保持着全国推销冠军，连续17年推销额达百万美元。正是由于原一平有着积极进取的精神，他才能取得巨大的成绩。

【人生箴言】

进取心是一个人前进的动力。通往成功的路从来都不是平坦的，成功的大门也不是对任何人都开放的，只有拥有进取心的人才能一路披荆斩棘、过关斩将，才能信心满满地叩开成功的大门。

为梦想而奋斗

人人心中有盏灯，强者经风不熄，弱者遇风即灭。这盏灯，就是梦想。

——歌德

有一个叫查理斯的年轻人，他出生的时候医生就告诉他的母亲："这个孩子可能是个痴呆儿，将来什么也做不了。"

查理斯3岁那年才学会走路，但他的智商却明显低于其他孩子。有一次，姐姐指着镜子里的鼻子问查理斯："这是什么？"查理斯想了半天回答："这个是耳朵。"更糟糕的是，他口齿非常模糊，很多时候，就连他的父母都不知道他在说什么。

7岁那年，查理斯在翻看相册时看到姐姐在电视广告中的剧照。他一下子被迷住了。于是，他对父亲说："我也想上电视。"父亲忧心忡忡地回答："哦，那只是一个幻想。"查理斯马上反驳父亲说："不，不是幻想，这是我的梦想。"

从这之后，查理斯将这一梦想牢牢记在了心里。只要有时间，他就刻苦地练习唱歌和跳舞。5年后，他在学校的圣诞晚会上扮演了一位牧羊人，整场演出他只有一句台词。但就是这句话，查理斯在家反复练习了无数遍，就连说梦话都是这句台词。演出当天，查理斯的台词虽然只有一句话，但他表达得非常准确。在这次演出中，一位好莱坞的制片人记住了查理斯的名字。

10年后，这位制片人的一部电视剧中需要一个跑龙套的角色。于是，他拨通了查理斯的电话，就这样，查理斯接到了生命中第一个角色。终于，他圆了自己上电视的梦想。

接到这个跑龙套的角色后，查理斯仔细地琢磨着人物的性格，从多个角度思考着如何才能将这个人物演活。虽然这只是一个小小的龙套角色，查理斯也将它当成了一个不可或缺的重要角色。他每天都思考着如何才能将这个人物演绎得出色。功夫不负有心人，查理斯的努力没有白费。电视剧播出后，人们对于剧中的主角并没有太深的印象，反而对于查理斯演的这个出场次数不多的龙套角色产生了浓厚的兴趣。

就这样，查理斯得到了越来越多观众的认可，自己也频频出现在电视上。儿时的梦想终于成为现实。后来，一位编剧专门为查理斯量身打造了一部电影。影片中的人物原型正是少年时代的查理斯。

影片播出后，在社会上引起了强烈的反响。查理斯成了家喻户晓的明星，他终于实现了自己的梦想。

【人生箴言】

梦想是美好的，每个人都希望自己能美梦成真，但我们也要问问自己：你奋斗了吗？你为自己的梦想播种耕耘了吗？努力是通向理想的必经之路，而奋斗是通向理想的必要条件。人的一生只有一次，只有不懈的努力与奋斗，才能战胜人生中的激流，找到那条梦想之路，跳过梦想之门，找寻属于自己奋斗而得来的果实。

孩子，你的梦想是什么？为梦想努力奋斗吧！只要你为自己的梦想努力再努力，何愁不会成功呢？

克服自卑

一个人面对正当之事物，从正当的时机，而且在这种相应条件下感到自信，他就是一个勇敢的人。

——亚里士多德

“我将讲辞全部记下来，并对着树木和牛练习不下100遍……如果我不是在那次竞赛中得胜，我恐怕一辈子也进不了美国参议院。”艾摩·汤玛斯说。

艾摩·汤玛斯小时候一点也不优秀，甚至很自卑。

“我16岁时，经常为烦恼、恐惧、自卑所苦。就我的年龄来说，我实在长得太高了，但却瘦得像根竹竿。我身高六尺二寸，体重只有180磅。虽然我长得很高，，但体质却很差，永远无法和其他小男孩在棒球场上或田径场上竞争。他们开我玩笑，喊我‘瘦竹竿’。我忧愁而自卑，几乎不敢见人，而我确实很少与人见面，因为我们的农庄距离公路很远，四周全是浓密的树林。我经常整个礼拜没见到任何陌生人，所见到的只是我的母亲、父亲、姐姐、哥哥。”

“每一天，每一小时，每一分钟，每时每刻，我总是在为自己那高瘦虚弱的身体发愁。我几乎无法想到别的事情。我的难堪与恐惧如此严重，几乎难以描述。母亲知道我的感觉。她曾经当过学校老师。所以她对我说：‘儿子，你应该接受高等的教育，你应该依靠你的头脑为生，因为你的身体不行。’”

“由于我父母没有能力送我上大学，所以我知道我必须自己奋斗。因此，冬天，我去打猎、设陷阱，捕捉动物。春天时我把兽皮卖掉，得到4美元，然后用那笔钱买了两只小猪。我先用流质饲料喂它们，然后改用玉米作饲料，第二年秋天把它们卖掉，得到40美元。带了卖掉那两只猪的钱，我离开家乡并进入位于印第安纳州丹维市的‘中央师范学院’学习。我每周的伙食费是一元四角，房租每星期是五角；我身上穿的是母亲为我缝制的一件棕色衬衫；我也有一套西装，本来是父亲的——父亲的衣服不合我身；我穿在脚上的那双鞋子也是他的，同样不合我的脚——那种鞋子两侧有松紧带，你一拉时，它们就松开，但是父亲那双鞋子的松紧带早已没有弹性，顶端又很松，因此我一走起路来，鞋子就从我脚上掉下来。我觉得很不好意思，不敢和其他同学打交道，所以独自坐在房里看书。当时我最大的愿望，就是自己有能力购买一些商店中出售的衣服，既合我身也不会叫我为它感到羞耻。”

“日子一天一天重复，后来发生了四件事，帮助我克服了我的忧虑和自卑感。其中一件事，给了我勇气、希望和信心，并完全改变了我以后的生活。我把这几件事简单描述一下。”

“第一件：在进入师范学院只有8周之后，我参加了一项考试，获得一张‘三等证明’，使我可以在乡下的公立学校教书。说得更清楚一点，这张证书的期限只有6个月，但它表示他人对我有信心——这是除了我母亲之外，第一次有人对我表示信心。”

“第二件：一所位于‘快乐谷’地方的乡村学校的董事会聘请了我，每天薪水2元，月薪40元。这表示有人对我更具信心。”

“第三件：在我领到第一次薪水之后，我在店里买了一些衣服，穿上它们，使我不再觉得羞耻。如果现在有人给我100万，我也不会像当初花了几块钱买那些衣服那样地兴奋。”

“第四件：我生命中真正的转折点——我克服忧愁和自卑感的奋斗中第一次

胜利，发生在印第安那州班桥镇举行的一年一度的‘普特南郡博览会’上。母亲鼓励我参加一项公开演说比赛，那项比赛将在博览会上举行。对我来说，这个念头真是胆大。我甚至没有勇气面对一个人谈谈话，更不用说面对一堆观众了。但母亲对我的信心，几乎令人惊叹。她对我的前途充满信心——她是为她的儿子而活。她的信心使我毅然地参加比赛。我选择了我唯一够资格演讲的题目为《美国的自由艺术》。坦白说，我刚开始准备讲时并不知道什么是自由艺术，不过，无所谓，因为我的听众们也不懂。我将我那份文件的讲辞全部默记下来，并对着树木和牛练习了不下100遍。我急于在我的母亲面前好好表现一番。因此我是带着深厚的感情发表那篇演说的，不管如何，我得了第一名，我不禁呆了。听众中响起一片欢呼。那些一度讥笑我，称我为‘瘦竹竿’的男孩子，现在拍着我的背说：‘艾摩，我早知道你行。’母亲搂着我，高兴地哭了起来。现在回顾过去时我明白，在那次比赛中获胜，是我生命中的转折点。当地报纸在头版为我做了一篇报道，并预言我前途无限。我在当地声名大噪，成为人人皆知的人物，而更重要的是，这件事使我的信心倍增。如果我不是在那次比赛中得胜，我恐怕一辈子进不了美国参议院，这件事使我开了眼界，扩展了我的视野，使我明白自己拥有以前甚至不敢想象的潜在能力。不过，最重要的是，那场演讲比赛第一名的奖品，是中央师范学院一年的奖学金。”

“那时，我渴望多学一点知识。因此，在以后几年当中——从1896年至1900年——我把我的时间分为教学和学习两部分。为了支付我在迪保大学的费用，我曾经当过餐馆侍者，看过锅炉，剪过草，记过账，暑假在麦田和玉米田工作，并在公路工程中挑过石子。”

“1896年，当时我只有19岁，我发表过28场演说，呼吁人们投票选举威廉·杰宁斯·布利恩为总统。为布利恩竞选的那份兴奋情趣，引起了我自己步入政治圈的兴趣。因此，在进入迪保大学之后，我就选修法律和公开演说两门课程。1899年，我代表学校参加和巴特勒学院的辩论赛，比赛是在印第安纳州波利斯市举行，题目为《美国参议员是否应由大众选举》。我又在另一场演讲比赛中获胜，成为班刊和校刊的总编辑。”

“从迪保大学获得学士学位之后，我接受何瑞斯·葛里黎的建议，但我没到西部去，我向西南方去，我来到一个新地方——奥克拉荷马。在基俄革、康曼奇、阿帕奇印第安人的保留区公开放领之后，我也申请了一块土地，在奥克拉荷马的罗顿市开设一家法律事务所。我在州参议院服务了13年，在州下议院4年，当我40岁那年，我终于实现了我一生中的最大愿望：从奥克拉荷马被选入美国参议院。从1917年3月4日起，我一直服务于该职。自奥克拉荷马和印第安区成为奥克拉荷马州之后，我一直受到该州自由党的光荣提名——先是州参议院，然后是州议会，最后则是美国议院。”

“我述说这些往事，并不是在炫耀我的成就，如果我真有这种用意，恐怕不会有人产生兴趣。我这样做，只是希望能为一些目前为烦恼和自卑感所苦的可怜小伙子们灌输新勇气和自信心。想当初，在我穿着父亲的旧衣服，以及那双几乎要脱落的大鞋子时，那种烦恼、羞怯、自卑几乎毁了我。”

【人生箴言】

自卑是自己为自己设置的障碍，只有建立自信，跨越这道门槛，自卑者才能集中精力和斗志去从事自己的事业，开始一种新的生活。

地质学家李四光

除了人格以外，人生最大度的损失，莫过于失掉自信心了。

——培尔辛

李四光是我国卓越的科学家，地质力学的创立人。

在20世纪20年代之前，国际地质和地理学界长期流行一种观点，认为中国境内没有第四纪冰川。李四光想：外国地质学家并没有做过认真调查，凭什么说中国没有第四纪冰川？他不信洋人，1921年，李四光自到河北太行山东麓进行地质考察，1933到1934年又到长江中下游的庐山、九华山、天目山、黄山进行考察，然后写出论文，论证华北和长江流域普遍存在第四纪冰川。1939年，他又在世界地质学会发表《中国震旦纪冰川》一文，用大量实证肯定中国冰川遗迹的存在，这对地质学、地理学和人类学都是一大贡献。

20世纪初，美国美孚石油公司，曾在我国西部打井找油，结果毫无所获。于是以美国布莱克威尔教授 为首的一批西方学者，就断言中国地下无油，中国是一个“贫油的国家”。

年轻的地质学家李四光偏偏不信这个邪：美孚的失败不能断定中国地下无油。他说：我就不信，油，难道只生在西方的地下？在这种强烈的自信心的支配下，他开始了30年的找油生涯。他运用地质沉降理论，相继发现了大庆油田、大港油田胜利油田、华北油田、江汉油田。他当时还预见西北也有石油。今天正在开发的新疆大油田，也完全证实了他的预言。

李四光靠自信、自强彻底粉碎了“中国贫油论”。

【人生箴言】

信心是决定你成功的重要因素。在人生的道路上，一定要与自信同行，你才能更好地生存和发展。如果你对自己没有信心，那么你将永远无法到达成功的彼岸。

小仲马与《茶花女》

我们对自己抱有的信心，将使别人对我们萌生信心的绿芽。

——拉劳士福古

法国著名的小说家小仲马，年轻时喜欢创作，头几年写的作品统统被编辑退回来。他父亲大仲马怕儿子受不了打击，便建议说：“你如果能在寄稿时告诉编辑你是大仲马的儿子，或许情况就会好多了。”小仲马固执地说：“不，我不想坐在你的肩头上摘苹果，那样摘来的苹果没味道。”年轻的小仲马不但拒绝以父亲的盛名做自己事业的敲门砖，而且不露声色地给自己取了十几个其他姓氏的笔名，以免让那些编辑把他与大名鼎鼎的父亲联系起来。

小仲马面对那些冷酷无情的一张张退稿笺，没有沮丧，他对自己说：“我能成功，一定能成功！”这些激励自己的话，排除了失望、犹豫等消极因素的干扰，使他在积极心态的支配下，产生了力量，这种力量不断地推动他去思考，去创造，去行动，去完成使命。

他的长篇小说《茶花女》寄出后，终于以其绝妙的构思和精彩的文笔震撼了一位知名的老编辑。这位编辑曾和大仲马有过多年的书信来往，他发现《茶花女》投稿人的地址和大仲马的地址丝毫不差，怀疑是大仲马另取的笔名。但作品的风格却和大仲马的迥然不同。他带着这些疑问去拜访大仲马。

令他大吃一惊的是，《茶花女》这部伟大作品的作者，竟是大仲马的儿子小仲马。“你为何不在你的稿子上署上你的真实姓名呢？”老编辑不解地问小仲马，小仲马说：“我只想拥有自己真实的高度。”

小仲马的话充满了自信，难怪他能够把自己生命里的能量和积极性都充分地调动出来，化成强大的创作动力，使他奇迹般地向着自己希望的方向和目标前进。

【人生箴言】

有没有决心和信心，这是做事情能否成功的前提条件。自信赐予人成功的力量，使人能在荆棘中开辟一条坦荡之路，在暴风雨中固守一片鲜花盛开之地。诚然，事业上的成功是由多方面因素促成的，但自信却是成功者必备的特质。

激发自己的潜能

天生我材必有用。

——李白

有一位大学毕业生，应聘做了保险公司的推销员。刚开始，他还雄心勃勃，梦想着做一个最杰出的保险推销员。可是，干了几个月以后，他就对自己的能力发生了怀疑。有时候，大半个月他也不能谈成一个保户。他因此而陷入了苦恼：难道我真的不是干保险的材料吗？我真的连这点儿能力都没有吗？正当他打算打退堂鼓的时候，他看到了这样一句话："每个人都具有超出自己想象两倍的能力。"他决定试一试，看看这句话是否真的有道理。

他开始重新思考自己以往的工作态度及工作状况。他惊讶地发现，过去的工作并不是非常令自己满意，过去常常因为萎缩倦怠而白白浪费了许多机会，有的时候遇到大的保户，由于自己的胆怯没有及时抓住。他重新给自己订立了目标：增加每天的访问次数，绝不因各种理由而拖延访问；要多与顾客面谈，减少电话访问形式；对于有些客户要穷追不舍；访问有可能成为大保户的公司老板，不许怯弱和退却。

后来的结果如何呢？经过一段时间的努力工作，这位大学生惊讶地发现：自己的能力远远超出过去，每个月的保单比以前足足多了5倍。

【人生箴言】

每个人都隐藏着惊人的潜能，任其埋没，就会平庸一生；激发潜能，就能辉煌一生。如果我们能多给自己一点刺激，多给自己一些积极的暗示，多一点信心、勇气、干劲，多一分胆略和毅力，就有可能使自己身上处于休眠状态的潜能发挥出来，创造出令自己也吃惊的成功来。

一位清华学子的成功经验

天才在于积累，聪明在于勤奋。

——华罗庚

一位清华学生总结自己成功的经验时说：“我在初中时也很普通，只不过在一次华罗庚金杯赛上我取得了很好的成绩，那时老师和父母的朋友都夸奖我，我觉得我不该再混日子，我可以成为一名好学生，不能让别人笑话我。就这样我逐渐成了一名好学生。仔细回想这段经历，我并没有什么比别人强的地方，不过是竞赛上的考试题在画报上看过一些。因此比一般同学考得高，除此之外并没有什么。而它却成了我的转折点。”

“中考的成绩并不足以使我进入省重点学校，但金杯赛的成绩使我进入了省重点高中。由于担心跟不上会被开除，高一上学期我疯狂地学习，即使其他人玩的时候我也在学习。除了一些课外活动，我几乎都在学习。那段时间的付出得到了回报，我的成绩迅速升到年级前几名。从此以后，我学习起来便轻松了一些。”

“我个人认为，高一第一学期是十分重要的。这是因为在高中和初中，学习的内容和方法差异很大，而且大多数人中考后玩了一个暑假，即使到了高一也无法进入学习状态，而少数人的努力使成绩一跃而上，而且成绩好了以后，无论是自己的要求，还是周围的目光也都不允许你有明显的退步，正像大家看到的，过了高一第一学期，成绩已经相对稳定了。我劝刚入高中的同学不要放松，让自己一入校便停留在很好的位置上。如果没有以前的基础，也许就不会有这样的转折。高二后，我投入到物理竞赛的准备中去。因为保持高一那种学习的刻苦精神，在竞赛前付出了更多的汗水。一分耕耘，一分收获。我在全国物理竞赛中取得了第六名的成绩，并进入国家集训队，进而保送进入清华大学计算机系。”

“做什么事，都是要以许多付出为代价的。我有一个同学，她的成绩让人望尘莫及，我也不明白她何以有如此好的成绩。直到有一天我看到她书桌上放着3本做完的物理精编时，我才感受到什么是付出。”

【人生箴言】

只有辛勤劳作的汗水，才会换来成功。青年时期，正是耕耘播种的时期，现在种豆，将来就会收豆；现在种瓜，将来收的就是瓜。辛勤地付出了，努力了，忙过了人生的风雨，就会幸福在人生之秋的收获季节里。

没有什么不可能

为什么世界上95%的人都不成功，而只有5%的人成功？因为在95%人的脑海里，只有三个字“不可能”。

——林语堂

汤姆·邓普西生下来的时候，只有半只脚和一只畸形的右手。父母从来不让他因为自己的残疾而感到不安。结果任何男孩能做的事他也能做。如果童子军团行军10里，汤姆也同样走完10里。

后来他要踢橄榄球，他发现，他能把球踢得比任何在一起玩的男孩子远。他要人为他专门设计一只鞋子，参加了踢球测验，并且得到了冲锋队的一份合约。

但是教练却尽量婉转地告诉他，说他“不具有做职业橄榄球员的条件”，促请他去试试其他的职业。最后他申请加入新奥尔良圣徒球队，并且请求给他一次机会。教练虽然心存怀疑，但是看到这个男孩这么自信，对他有了好感，因此就收了他。

两个星期之后，教练对他的好感更多，因为他在一次友谊赛中踢出55码远得分。这种情形使他获得了专为圣徒队踢球的工作，而且在那一季中为他的一队踢得了99分。

然后到了最伟大的时刻，球场上坐满了6600名球迷。球是在28码线上，比赛只剩下了几秒钟，球队把球推进到45码线上，但是根本就可以说没有时间了。“邓普西，进场踢球。”教练大声说。

当汤姆进场的时候，他知道他的队距离得分线有55码远，由巴第摩尔雄马队毕特·瑞奇踢出来的。

球传接得很好，邓普西一脚全力踢在球身上，球笔直地前进。但是踢得够远吗？66000球迷屏住呼吸观看，接着终端得分线上的裁判举起了双手，表示得了3分，球在球门横杆之上几英寸的地方越过，汤姆一队以19比17获胜。球迷欢呼起来，为踢得最远的一球而兴奋，这是只有半只脚和一只畸形的手的球员踢出来的！

“真是难以相信。”有人大声叫，但是邓普西只是微笑。他想起他的父母，他们一直告诉他的是他能做什么，而不是他不能做什么。他之所以创造出这么了不起的记录，正如他自己说的：“他们从来没有告诉我，我有什么是不能做的。”

【人生箴言】

没有什么不可能！只要你不自我设限，就不会再有任何限制；突破自我设限，任何事情都不能阻止你。在积极者的眼中，永远没有“不可能”，取而代之的是“不，可能”。积极者用他们的意志，他们的行动，证明了“不，可能”的“可能性”。

第三版《草叶集》

伟大的作品不只是靠力量完成，更是靠坚定不移的信念。

——塞缪尔·约翰逊

美国著名作家爱默生在一次的演讲时说："谁说我们美国没有自己的诗篇呢？我们的诗人就在这儿呢……"

就是这次讲话，使惠特曼激动不已，热血在他的胸中沸腾，他浑身升腾起一股力量和无比坚定的信念。他要渗入各个领域、各个阶层、各种生活方式；他要倾听大地的、人民的、民族的心声，去创作不同凡响的诗篇。

惠特曼在1854年出版了他的诗歌集《草叶集》。他的诗热情奔放，冲破了传统格律的束缚，用新的形式表达了民主思想和对种族、民族与社会压迫的强烈抗议，并对美国和欧洲诗歌的发展起了巨大影响。

《草叶集》的出版使爱默生激动不已。他为自己国家诗人的诞生激动不已，并给予这些诗以极高的评价，称这些诗是"属于美国的诗""是奇妙的、有着无法形容的魔力""有可怕的眼睛和水牛的精神。"

尽管惠特曼的《草叶集》受到爱默生褒扬，使得一些本来把他评价得一无是处的报刊马上换了口气，温和了起来。但是惠特曼那种创新的写法，不押韵、不受束缚的格式，新颖别致的思想内容，并非那么容易被大众所接受，他的《草叶集》并未因爱默生的赞扬而畅销。然而，惠特曼却从中增添了信心和勇气。他印起了第二版，并在这版中又加进了二十首新诗。

不久，惠特曼决定发行第三版《草叶集》，并将补进些新作。这时爱默生劝阻惠特曼取消其中几首刻画性的诗歌，否则第三版将不会畅销。惠特曼却满怀信心地对爱默生说："放心，没事的，我相信它是好书，删后就不会是这么好的书了。”

执着的惠特曼仍是不肯让步，他对爱默生表示：“在我灵魂深处，我的意念是不服从任何束缚，我是走自己的路。《草叶集》是不会被删改的，任由它自己繁荣和枯萎吧！”他又说：“世上最脏的书就是被删灭过的书，删减意味着道歉、投降……”

第三版《草叶集》正像惠特曼自己想的那样，出版后获得了巨大的成功。不久，它便跨越了国界，传到英格兰，传到世界许多地方。

为什么惠特曼的第三版《草叶集》可以获得巨大的成功呢？原因很简单，就是因为信念，他相信自己的诗歌可以震撼人心，他坚信自己增加的诗歌能让自己的书成为最好的书。

【人生箴言】

信念是一切成功和奇迹的源泉。在成功之前，我们必须相信自己有能力成功。信念的力量在成功者的足迹中起着决定性的作用，要想事业有成，就必须拥有无坚不摧的信念。

保持本色的索菲亚·罗兰

一个人除非自己有信心，否则不能带给别人信心；已经信服的人，方能使人信服。

——麦修·阿诺德

意大利著名电影明星索菲亚·罗兰蜚声世界影坛，曾获奥斯卡和戛纳双料影后及5座金球奖，她能够取得令世人瞩目的成就，是和她对自己价值肯定以及接受自己的不完美分不开的。

她出生于意大利首都罗马一个穷苦人家。为了生存，以及对电影事业的热爱，16岁的罗兰来到了罗马，想在这里涉足电影界。没想到，第一次试镜就失败了，所有的摄影师都说她够不上美人标准，都抱怨她的鼻子和臀部。没办法，导演卡洛·庞蒂只好把她叫到办公室，建议她把臀部削减一点儿，把鼻子缩短一点儿。一般情况下，许多演员都对导演言听计从。可是，小小年纪的罗兰却非常有勇气和主见，拒绝了对方的要求。她说："我当然懂得我的外形跟已经成名的那些女演员颇有不同，她们都相貌出众，五官端正，而我却不是这样。我的脸毛病太多，但这些毛病加在一起反而会更有魅力呢。如果我们的鼻子上有一个肿块，我会毫不犹豫把它除掉。但是，说我的鼻子太长，那是无道理的，因为我知道，鼻子是脸的主要部分，它使脸具有特点。我喜欢我的鼻子和脸的本来的样子。说实在的，我的脸确实与众不同，但是我为什么要长得跟别人一样呢？"

"我要保持我的本色，我什么也不愿改变。"

"我愿意保持我的本来面目。"

正是由于罗兰的坚持，使导演卡洛·庞蒂重新审视，并真正认识了索菲亚·罗兰，开始了解她并且欣赏她。

人最重要的是保持自己的本色。在最初的演艺生涯中，罗兰没有对摄影师们的话言听计从，没有为迎合别人而放弃自己人个性，没有因为别人而丧失信心，所以她才得以在电影中充分展示她的与众不同的美。而且，她的独特外貌和热情、开朗、奔放的气质开始得到人们的承认。后来，她主演的《两妇人》获得巨大成功，并因此而荣获奥斯卡最佳女演员奖金像奖。

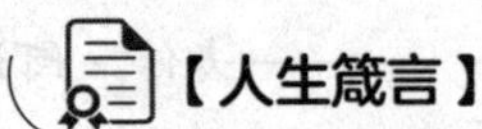

世界永远存在缺陷，我们的个人也就难免会有缺陷，关键在于我们如何

去对待它。只有接受缺陷才能够看到更完美的人生。我们要学会欣赏自己的不完美，学会利用缺陷，将它转化为成功的有利条件。正视缺陷，它将激发出我们更大的创造力和激情。

第五章
爱与善良：与这个世界温暖相拥

两条金鱼

爱之花开放的地方，生命便能欣欣向荣。

——梵高

在波斯里亚的一个小村庄里，住着一个叫弗西姆的妇人，她有两个可爱的儿子和一个善良的丈夫，她的丈夫在奥地利工作，有一天，丈夫从奥地利带回两条金鱼，养在鱼缸里。

不久，波斯尼亚战争爆发了，弗里姆的丈夫为国家献出了生命，而战争也毁灭了他们的家园，弗西姆只好带着孩子到他乡逃难，临行前，弗西姆并没有忘记那两条金鱼，因为那也是两条生命啊，而且还是丈夫给自己和孩子的礼物。她把金鱼轻轻地放入一个小水坑里，然后出发了。

几年以后，战争结束了，弗里姆和孩子们重返家园。而家乡仍是一片废墟，弗西姆不知道怎么样才能使自己的家重现生机。

忽然，她发现在她曾经放过金鱼的小水坑里，浮动着点点金光，原来是一群可爱的小金鱼。它们一定是那两条金鱼的后代。弗西姆突然间看到了希望，她像看到了丈夫的鼓励，她和孩子们精心饲养起那些金鱼来，她相信，生活会像金鱼一样，越来越好。

弗西姆和她的金鱼的故事逐渐流传开来。人们从各地赶来，观赏这些金鱼，当然，走的时候也不会忘记买上两条带回家。也许，那金鱼象征着希望。没用多长时间，弗西姆和孩子们凭着卖金鱼的收入，过上了幸福的生活。

弗西姆用自己的爱心拯救了两条金鱼的生命。虽然我们无法预言金鱼的繁衍，那是偶然的现象；但是，爱心不是偶然的，是从一个人的一举一动中显现出来的。它可以带给人们希望，创造幸福和快乐，还可以创造神话般的奇迹。

【人生箴言】

有爱，生命就会开花。生命本来没有意义，有了爱，它就有了意义。爱可以使生活闪光，爱可以创造奇迹。

善良的女人

在一切道德品质之中，善良的本性在世界上是最需要的。

——罗素

她一生清贫，因为小时候车祸被轧掉了一只胳膊，一直没有结婚，也没有什么正式工作，靠捡破烂维持生计。

有一次在捡破烂的时候，她捡到一个孩子，有三四个月大，孩子的腿有点残疾，她看着可怜就将其带回了家。那时候她已经40多岁了，由于过度的操劳，她的样子看起来显得更加苍老。孩子是个女孩，她就给孩子取名乐乐，希望她一生平安快乐。她很高兴，自己也有孩子了。

但是孩子是个不小的负担，才几个月大，正是花钱的时候，于是她就更加努力了。每天天不亮就起床，喂乐乐吃奶，自己再草草弄点吃的。因为孩子还小，放在家里不放心，她就把一个篓子背在身上，把乐乐放在里面。再带上尿布和奶瓶，还有几个装垃圾的袋子，就出发了。

一天的工夫，她要背着乐乐走去十几里地外的镇上捡破烂，什么饮料瓶，塑料袋，旧报纸，都被她分类放在备好的袋子里，好的时候，一天可以赚三四元钱。下午的时候，她会去菜市场，捡点儿人家不要的菜叶子回家吃，有的人看她可怜，还会送给她一些好点的菜，她就千恩万谢地给人家作揖。

多少年了，她从来就是这样，一件衣服穿了几十年还舍不得丢，破了就补补，吃了半辈子的菜叶子，从来没有舍得改善一下生活，就连过年都舍不得吃好的。但是她对乐乐却很慷慨，乐乐小的时候不懂事，总嚷着要吃的，她都会笑着买给她。

有一次，她甚至花20元给乐乐买了大大的玩具熊，因为她看到乐乐好几天一直盯着一家商店里的玩具熊。大概乐乐也感到那不是属于自己的东西，于是就没吱声。可是，捡破烂的妈妈居然给自己买了，乐乐紧紧地把玩具熊抱在怀里，引得路人注目。20元，她从来没有舍得花20元给自己买一件衣服、一双鞋。后来乐乐懂点事的时候，不好意思要了，她也会自作主张地给乐乐买。

就这样，乐乐渐渐长大了，到了该上学的年龄了，她作出了一个很大的决定，那就是送乐乐去上学。知道了她的这个决定后，很多人都劝她说，你自己那么不容易，还送孩子上什么学？把她养大就不错了，再说她的腿还有毛病，可是她笑笑说，孩子要上学才有出息。

乐乐被送进了附近的学校里，孩子上学了，光是学费就是一笔不小的开支，她就更忙了，除了捡破烂，她晚上还给人做手工活，以维持生活。她的头发白了，眼睛花了，背也驼了。乐乐学习成绩在班级里一直保持前3名，她很懂事，每天放学都抢着做家务，模样长得也俊俏，就是腿走路不方便。可是在乐乐即将小学毕业的时候，她又作出了一个的惊天动地的决定，那就是给乐乐治腿，她带乐乐去医院检查过，医生说乐乐的腿如果动手术的话，有希望治好。知道她的人都说她太傻了，为了一个捡来的孩子值得吗。

但是她什么都没说，带着所有的积蓄和乐乐坐上了开往省城的汽车，没想到，手术很成功，乐乐的腿渐渐好了，为此她偷偷地哭了一场。后来，乐乐考上了初中，又考上了省重点高中，模样也出落得越发好看了。有一天，乐乐对她说，自己不想读书了，她第一次朝孩子发了火，她说她就是拼上这条命，也要供乐乐读到大学毕业。

乐乐果然考上了大学，她也变得愈加苍老起来，她睡的时间更少了，她拼命挣钱，她不想乐乐在外面吃不好，穿不好。可是即便她再努力，乐乐读大学的学费还是像一座大山一样沉重地压在她的肩膀上，让她喘不过气来。她感觉自己的力量是那么渺小，她想办法租了个摊位卖菜，每天起早贪黑地操劳着。终于熬到乐乐大学毕业了，她却倒下了，她摸着乐乐上班第一个月挣回来的工资，带着微笑安详地闭上了眼睛，永远地离开了这个世界，身上穿的是一件补丁摞着补丁的衣服。

【人生箴言】

善良的人，能从内心流露出来一种柔韧的力量，这种力量是理解，是宽容，是悲悯，是博大，最终，它是大爱。善良，就是一颗缀在叶尖上的露珠，虽然它很小，但它可以滋润一朵花并让它美丽的开放。

天使的翅膀

善良的谎言，有时胜过不该说的真话。

——佚名

一天，五岁的约翰在大街上玩耍，由于疏忽大意，被飞驰而来的卡车撞倒了。经过医生的全力抢救，他的命算是保住了，但双手和胳膊却都被截掉了。

两年以后，约翰到了该上学读书的年龄。但是，由于肢体残疾，他不能像其他同学们那样正常的学习生活，因此被学校拒之门外。

每天早晨，约翰看着伙伴们高兴地从他家门前经过去学校时，便感到十分伤感，他用一种求助的眼神问妈妈："我的胳膊和手都没了，怎么办呀？"

妈妈拍拍孩子的肩膀，关切地说："孩子，不要着急，只要你坚持锻炼，你的胳膊和手还会再长出来的。"听完母亲的话，约翰脸上露出了灿烂的笑容。

于是在妈妈的帮助和指导下，他开始了艰苦的锻炼过程，学着用脚洗脸、吃饭、写字，以及做一些在自己能力范围内的事。约翰心中充满了希望，他坚信只要努力练习，失去的胳膊和手又会再长出来。他牢牢地记住了妈妈的话。

好几年过去了，约翰发现胳膊和手还是没有长出来，袖口依然是空荡荡的。

他感到有些疑惑，禁不住问妈妈：“怎么回事呀，我的胳膊和手怎么还没有长出来呢?是不是我不够用心?”

这一次，妈妈的眼神充满了希望，温柔地说道：“孩子，你好好想一想，别人用胳膊和手做的事情，你不也都会了吗?”

“是的，我用脚代替了胳膊和手，而且，有的事情比其他小伙伴做得还要好呢！”约翰自豪地说道。

“你自己说，你的胳膊和手有没有长出来。听着，孩子，每个人都有一副坚强的臂膀和一双强有力的手。而这些东西都装在自己的心里，只要你愿意，它就能帮助你战胜一切困难和挫折。”妈妈说。

男孩终于明白了，妈妈确实没有骗他，经过不断训练的胳膊和双手是永远也不会断的！从此，男孩更加刻苦学习，那无形的胳膊和双手帮他度过了一次又一次的难关，最终考上大学，并拥有了美满幸福的人生。

【人生箴言】

有时善意的谎言也能开出美丽的花朵，这个故事是最好的诠释。当我们为了那些需要帮助的人适度地说一些谎话的时候，善意的谎言便会变为一种理解和尊重，它具有神奇的力量，可以让人从心里燃起希望之火，促使人坚强执着，战胜脆弱。善意的谎言，丰富了人们生活的情趣，使人们之间的关系更为和谐，让人们确信世界上有爱、有信任、有感动，因而找到更多笑对生活的理由。

爱是一粒种子

1　爱是理解的别名。

——泰戈尔

有一个女孩，没考上大学，被安排在本村的小学教书。由于讲不清数学题，不到一周就被学生轰下了台。母亲为她擦了擦眼泪，安慰说，满肚子的东西，有人倒得出来，有人倒不出来，没必要为这个伤心，也许有更适合你的事情等着你去做。

后来，她又随本村的伙伴一起外出打工。不幸的是，她又被老板轰了回来，原因是剪裁衣服的时候，手脚太慢了，品质也过不了关。母亲对女儿说，手脚总是有快有慢，别人已经干很多年了，而你一直在念书，怎么快得了。

女儿先后当过纺织工，干过市场管理员，做过会计，但无一例外，都半途而废。然而，每次女儿沮丧地回来时，母亲总安慰她，从没有抱怨。

三十岁时，女儿凭着一点语言天赋，做了聋哑学校的辅导员。后来，她又开办了一家残障学校。再后来，她在许多城市开办了残障人士用品连锁店，她已经是一个拥有几千万资产的老板了。

有一天，功成名就的女儿凑到已经年迈的母亲面前，她想得到一个一直以来想知道的答案。那就是前些年她连连失败，自己都觉得前途渺茫的时候，是什么原因让母亲对她那么有信心呢。

母亲的回答朴素而简单。她说，一块地，不适合种麦子，可以试试种豆子；豆子也长不好的话，可以种瓜果；如果瓜果也不济的话，撒上一些荞麦种子一定能够开花。因为一块地，总有一粒种子适合它，也终会有属于它的一片收成。

听完母亲的话，女儿落泪了。她明白了，实际上，母亲恒久不绝的信念和爱，就是一粒坚韧的种子；她的奇迹，就是这粒种子执着而生长出的奇迹。

【人生箴言】

一粒种子，在爱的阳光下，会长成参天大树。爱是一种信念、一种执著、一种强大的精神力量。在人最沮丧最失望的时候，爱和信念能为你注入无穷的力量，让美梦成真，更让许许多多不可思议的事情成为现实。

上帝给母亲最好的礼物

善良的行为有一种好处，就是使人的灵魂变得高尚了，并且使它可以做出更美好的行为。

——卢梭

森林被皑皑白雪覆盖着，寒风从松树间呼啸而过。汉森太太和她的三个孩子围坐在火堆旁，她倾听着孩子们说笑，试图驱散自己心头的愁云。

一年以来，她一直用自己无力的双手努力支撑着家庭，但日子一直很艰难，正在烧烤的那条青鱼是他们最后的一顿食物。当她看着孩子们的时候，凄苦、无助的内心充满了焦虑。几年前，死神带走了她的丈夫。她可怜的孩子杰克离开森林中的家，去遥远的海边寻找财富，再也没有回来。

但直到这时她都没有绝望。她不仅供应自己孩子的吃穿，还总是帮助穷困的人。虽然她的日子过得也很艰难，但她相信在上帝紧锁的眉头后面，有一张微笑的脸！

这时门口响起了轻轻的敲门声和嘈杂的狗吠声。小儿子约翰跑过去开门，门口出现了一位疲惫的旅人，他衣冠不整，看得出他走了很长的路。陌生人走进来，想借宿一晚，并要一口吃的。他说："我已经有一天没吃过东西了。"这让汉森太太想起了她的杰克，她没有犹豫，把自己剩余的食物分了一些给这位陌生人。

当陌生人看到只有这么一点点食物时，他抬起头惊讶地看着汉森太太，"这就是你们所有的东西？"他问到，"而且还把它分给不认识的人？你把最后的一口食物分给一个陌生人，不是太委屈你的孩子了吗？"

她说："我们不会因为一个善行而被抛弃或承受更沉重的苦难。"泪水顺着她的脸庞滑下，"我亲爱的儿子杰克，如果上帝没有把他带走，他一定在世界的某个角落。我这样对待你，希望别人也这样对待他。今晚，我的儿子也许在外流浪，像你一样穷困，要是他能被一个家庭收留，哪怕这个家庭和我的家一样破旧，他一样会感到无比的温暖的。”

陌生人从椅子上跳起，双手抱住了她，说道：“上帝真的让一个家庭收留了你的儿子，而且让他找到了财富。哦！妈妈，我是你的杰克。”

他就是她那杳无音讯的儿子，从遥远的国度回来了，想给家人一个惊喜。的确，这是上帝给这个善良母亲最好的礼物。

【人生箴言】

投之以桃，报之以李。你播种了真情，收获的一定是美丽；你付出了善良，回赠的一定是甜蜜。

为非洲孩子挖一口井

爱是不会老的，它留着的是永恒的火焰与不灭的光辉，世界的存在，就以它为养料。

——左拉

瑞恩是加拿大一个普通家庭的一个普通的男孩。6岁的小瑞恩读小学一年级时，听老师讲述非洲的生活状况：孩子们没有玩具，没有足够的食物和药品，很多人甚至喝不上洁净的水，成千上万的人因为喝了受污染的水死去。

老师说：“我们的每一分钱都可以帮助他们：一分钱可以买一支铅笔，60分就够一个孩子两个月的医药开销，两块钱能买一条毯子，70加元就可以帮他们挖一口井……”

瑞恩深受震惊。他想为非洲的孩子挖一口井。

不过，她的妈妈并没有直接给他这笔钱，也没有把这个想法当成小孩子头脑一时发热的冲动。妈妈对瑞恩说："家里一时拿不出70加元。你要捐70加元是好的，但是你需要付出劳动。"妈妈让他自己来挣这笔钱，妈妈说："孩子你要多干一些活，多承担一些家务，慢慢地积攒，积攒到一定时候，就能够有这些钱了。"瑞恩说："好，我一定多干活。"

于是瑞恩开始承担正常家务之外做更多的事。哥哥和弟弟出去玩，他打扫了两小时地毯挣了两块钱；全家人都去看电影，他留在家里擦玻璃赚到第二个两块钱；他还要一大早爬起来帮爷爷捡松果；帮邻居捡暴风雪后的树枝……

瑞恩坚持了4个月，终于攒够了70加元，交给了相关的国际组织。

然而，工作人员告诉他："70加元只够买一个水泵，挖一口井要2000加元。"

小小年纪的瑞恩没有放弃，他开始继续努力。一年多以后，通过家人和朋友的帮助，他终于筹集了足够的钱，在乌干达的安格鲁小学附近捐助了一口水井。

事情至此并没有结束，因为还有更多的人喝不上干净的水，瑞恩决定攒钱买一台钻井机，以便更快地挖更多的水井。让每一个非洲人都喝上洁净的水成了瑞恩的梦想。他真的坚持了下去。

瑞恩的故事被登在了报纸上。于是，5年后，这当初是一个6岁孩子的梦想竟成为千百人参加进来的一项事业。2001年3月，一个名为"瑞恩的井"的基金会正式成立。如今，基金会筹款已达近百万加元，为非洲国家建造了30多口井。这个普通的男孩，也被评为"北美洲十大少年英雄"，被人称为"加拿大的灵魂"，影响着越来越多的人去爱和帮助他人。

【人生箴言】

爱是人类最美的语言，也是人类至纯的情感。爱，可以让我们察觉别人的困难，并唤醒我们的良知与感情。在生活中，不要放弃任何表达爱心的机会。

善待别人就是善待自己

对于我来说，生命的意义在于设身处地替人着想，忧他人之忧，乐他人之乐

——爱因斯坦

洛克菲勒年轻的时候曾经一无所有，像当时许多年少无知的人一样，到处流浪，得过且过。不过，洛克菲勒怀有十分远大的理想，他期望自己有一天能够有一笔任由自己支配的巨大财富。

带着这个伟大的梦想，洛克菲勒来到了距离家乡很远的一个偏僻小镇。在这个小镇上，洛克菲勒结识了镇长杰克逊先生。杰克逊先生已经年过五旬，他一直以来都生活在这个虽不繁华但是却令自己倍感亲切的小镇上。他担任这个小镇的镇长已经很多年了，镇上的人们却从来没有想到要选举新的镇长。

的确，杰克逊实际上也是担任镇长的最佳人选，他性格开朗、为人热情，而且平易近人，更重要的是，他的心地十分善良。无论是当地人，还是来到这个小镇上的人，只要与杰克逊有过一定的接触，他们就会深切地感受到镇长的热情和善良，同时也会受到感染。

洛克菲勒住的小旅馆就离镇长家不远。每当洛克菲勒站到旅馆旁的大门前向远方遥望时，他都会看到镇长家门口的那片长满各色鲜花的花圃。每次遇到洛克菲勒时，镇长都会停下忙碌的脚步问这个独在异乡的年轻人有什么需要帮忙的地方。当洛克菲勒需要一些生活用品时，热情的镇长夫人总是会十分高兴地给予帮助，而且镇长还会时不时地让女儿为洛克菲勒送去一些妻子做的可口点心。

在小镇上住了一段时间仍然感到一无所获的洛克菲勒决定过几天就离开这个小镇了，在离开小镇之前他要特别感谢镇长给予他的关照。就在他准备向镇长告

别的前几天，小镇迎来了连续几天的阴雨天气，洛克菲勒不得不继续留在这里，同时他也在心里咒骂着这该死的鬼天气。

小雨时断时续，每当雨滴停止的时候，洛克菲勒都会走出旅馆大门——实际上洛克菲勒就住在杰克逊家的斜对面，看看镇长家门前那些经雨露滋润而倍加娇艳的花朵。这一天，当他走出旅馆大门的时候，他看到镇上来来往往的人们已经把镇长家门前的花圃践踏得不成样子了。洛克菲勒为此感到气愤不已，他真为镇长和这些花朵感到惋惜，于是他站在那里指责那些路人的行为。可是第二天，路人依旧踩踏镇长家门前的那片可怜的花朵。第三天，镇长拿着一袋煤渣和一把铁锹来到了泥泞的道路上，他用铁锹把袋子里的煤渣一点一点地铺到了路上。一开始洛克菲勒对镇长的行为感到不解，他不知道镇长为什么要替这些践踏自己家花圃的路人铺平道路。可是很快他就明白了镇长的苦心，原来有了铺好煤渣的道路，那些路人再也不用踩着花圃走过泥泞的道路了。

洛克菲勒最后还是离开了这个小镇，不过他知道，自己再也不是一无所获地离开了，他带着镇长杰克逊告诉自己的一句话从从容容地踏上了追求梦想的道路，那句话就是“善待别人就是善待自己”。直到成为闻名于全美的石油大王，洛克菲勒依然牢牢地将这句话铭记在心中。

【人生箴言】

的确，善待别人就是善待自己。生活就像山谷回声，你付出什么，就得到什么；耕种什么，就收获什么。帮助别人就是强大自己，帮助别人也就是帮助自己，为自己铺开后路。其实，在很多情况下，帮人并不意味着自己吃亏。

农民与贵族

应该尊重彼此间的相互帮助，这在社会生活中是必不可少的。

——高尔基

100多年前的某天下午，在英国一个乡村的田野里，一位贫困的农民正在劳作。忽然，他听到远处传来了呼救的声音，原来是一名少年不幸落水了。

这位农民不假思索，奋不顾身地跳入水中救人。孩子得救了。

后来，大家才知道，这个获救的孩子是一个贵族公子。几天后，贵族家亲自带着礼物登门感谢，农民却拒绝了这份厚礼。在他看来，当时救人只是出于自己的良心，自己并不能因为对方出身高贵就贪恋别人的财物。

故事到这儿并没有结束。老贵族因为敬佩农民的善良与高尚，感念他的恩德，于是决定资助农民的儿子，到伦敦去接受高等教育。农民接受了这份馈赠，能让自己的孩子受到良好的教育，是他多年来的梦想。农民很快乐，因为他的儿子终于有了走进外面世界、改变自己命运的机会。

老贵族也很快乐，因为他终于为自己的恩人完成了梦想。

多年后农民的儿子从伦敦圣玛丽医学院毕业了。他品学兼优，后来被英国皇家授勋封爵，并获得1945年的诺贝尔医学奖。他就是亚历山大·弗莱明，青霉素的发明者。

那名贵族公子也长大了，在第二次世界大战期间患上了严重的肺炎。但幸运的是，依靠青霉素，他很快就痊愈了。这名贵族公子就是英国首相丘吉尔。

【人生箴言】

人之初，性本善。善良的人，终究吃不了亏，老天会给你最好的回报。

在凡尘俗世里，让我们永怀乐善之心，恒伸友爱之手，让我们永葆一颗纯洁美好的心灵。

老妇人与义工

善良的心灵胜于显贵的地位。

——佚名

在法国南部的某个城市，一位老妇人正在家中考虑应该以什么样的理由来拒绝一家慈善机构的请求——这家慈善机构在两个月前就派人来找这位老妇人交涉，希望老妇人能捐出郊外的一片土地为贫苦无依的孩子们盖一所孤儿院。他们之所以向老妇人提出这样的请求，主要有两个原因：第一个原因是，老妇人素以仁慈而闻名，经常通过慈善机构向那些遭受天灾人祸的人捐献财物；第二个原因是，慈善机构的义工们经过多日努力已经筹集到了不少资金，但是修建孤儿院的地址却一直没有找到。

虽然老妇人深知慈善机构的苦处，而且她也对那些可怜孩子们的处境深表同情，可是她考虑再三，决定还是要拒绝他们的这个请求。因为那片土地是她的祖辈历经辛苦才开拓出来的，她儿时最美妙的童年就在那里度过，而且她的身体日渐衰弱，她早已打算好了过几年就要到那片土地上养老。可以说，那片土地直接关系到她今后的生活。

这样想着，老妇人走出家门，想在今日就对此事做个了断。老妇人一心想着那片土地和孤儿院的事情，结果忘了外面已经是阴云密布了，一场大雨眼看就要来临。果然，在她刚走到距离慈善机构还有一半路的时候下起了大雨。她跑到一家商店避雨，可是雨并不是马上就要停的样子，她打算冒雨前行了。就在她推开商店门的那一刻，门口正准备下班回家的导购员伸手拦了她一下，把手中的一把伞递到老妇人手中，然后自己披着一件薄薄的衣服冲进了雨雾当中。老妇人拿着伞一愣神，然后继续朝慈善机构走去。

好在离慈善机构并不远了，一会儿她就到了慈善机构所在地。她推开大门进入走廊，走廊被进进出出的人们踩得湿乎乎的。她想找一双拖鞋进入大厅，可是她发现放拖鞋的地方什么也没有，老妇人心中有些懊恼，因为脚上湿淋淋的鞋子令她很不舒服。正在这时，有人递给她一双拖鞋，老妇人说声谢谢，穿好鞋回头看到递给自己拖鞋的正是慈善机构的一位义工，这位义工穿着白白的袜子站在湿湿的地上，原来她是把自己脚上的拖鞋给老妇人穿了。

看到那位义工穿着袜子在潮湿的地板上为自己倒水，帮助一些人填写资料，老妇人想到自己这个闻名于全市的"慈善家"平时的行为与自己一路上享受到的仁慈相比实在算不得什么，自己过去捐献给慈善机构的不过是些自己认为没用的东西，或者是一些多余的零用钱，而自己认为有用的东西是很少捐出去的。可是，今天那位商店导购员，还有眼前的这位义工，她们把自己当时最需要的东西送给了自己，这才是真正的仁慈。

老妇人看着那位善良的义工，径直走进了捐助办公室，她告诉该慈善机构的负责人，自己刚刚决定同意捐出郊外的土地，并且祝愿孤儿院能够早日建成。

【人生箴言】

真正的仁慈，不是随意的施舍，而是当别人最需要帮助的时候，献出你最宝贵的东西来帮助他。

一杯牛奶

慈悲不是出于勉强，它是像甘露一样从天上降下尘世；它不但给幸福于受施的人，也同样给幸福于施与的人。

——莎士比亚

有一个名叫詹姆斯的穷苦学生，为了付学费，他挨家挨户地推销商品。中午的时候，他觉得肚子很饿，但身上却仅有一个铜板。于是，他便下定决心，到下一家时，向人家要餐饭吃。然而当一位年轻貌美的女孩子打开门时，他却失去了勇气。他没敢讨饭，却只要求一杯水喝。女孩看出来他饥饿的样子，于是给他端出一大杯鲜奶来。詹姆斯把牛奶喝光后，说："应付多少钱？"而女孩却说："不用钱。母亲告诉我们，不要为善事要求回报。"于是他道谢后，离开了那个人家。此时，詹姆斯不但觉得自己的身体强壮了不少，而且自信心也增强了起来。

数年后，那个年轻女孩病情危急，家人将她送进了医院，正当一生们对女孩的病情束手无策时，主治医师詹姆士来到了病房。他一眼就认出了她，他的眼中充满了奇特的光辉。他立刻回到诊断室，并且下定决心要尽最大的努力来挽救她的性命。

经过一个多月的诊治后，女孩终于起死回生，战胜了病魔。当批价室将出院的账单送到詹姆士医生手中签字时，他看了账单一眼，然后在账单边缘上写了几个字。账单转送到了女孩的病房里，女孩不敢打开账单，因为她知道，她一辈子都可能还不清这笔医药费。最后她还是打开看了，医药费的确是一个天文数字。但在账单边缘上却写着这样一句话："一杯鲜奶已足以付清全部的医药费！"签署人：詹姆斯医生。女孩眼中泛滥着泪水，她心中高兴地祈祷着："上帝啊！感谢您，感谢您的慈爱，借由众人的心和手，不断地在传播着。"

【人生箴言】

爱心是无价的，它不需要回报，但却可以心心相传。当你拿出爱心去温暖别人的时候，别人也会以同样的方式温暖你自己。

一棵大树

爱是生命的火焰，没有它，一切变成黑夜。

——罗曼·罗兰

从前有棵树，她疼爱一个小男孩。

每一天，小男孩都跑来，接飘下的叶子，编桂冠，和树玩“森林之王”的游戏。

他攀上树，抓着枝子，荡秋千，吃苹果，跟树捉迷藏，玩累了，就在树荫下打盹。

男孩很爱树，树也很快乐。

日子过去，男孩长大了，很少来找树，树时常孤单。

有一天，男孩来到树这里，树说：“孩子，爬上来，抓着枝子荡秋千，吃我的苹果，快乐的在我荫下玩吧！”

男孩说：“我已经长大，不爬树也不玩了。我要买东西，要享受，我也需要钱。你能给我钱吗？”

树说：“钱，我没有，我只有叶子和苹果。你何不摘下我的苹果，送到城里卖。这样，你会有钱，也就会快乐。”

于是男孩爬上树，摘了苹果，背着走了。

树很快乐。

但男孩久去不回……

树就忧伤。

有一天，男孩回来了。树喜出望外，说：“孩子，爬上来，抓住我的枝子荡秋千，快乐吧！”

男孩说：“我现在太忙，不能爬了，我需要一幢房子使找温暖，我需要妻子，也需要儿女，所以我需要一幢房子，你能给我房屋吗？”

树说：“房屋我没有，森林就是我的房屋，但你可以砍下我的枝子盖幢房子，这样，你就会快乐。”

于是，男孩砍下她的枝子，去盖他的房子。

树很快乐。

男孩离开了很久，回来时，树高兴得说不出话来。“来，孩子，”她轻轻地说，“来玩吧。”

男孩说：“我现在又衰老，又悲伤，我已经没有心情玩了，我想要一只船，带我到遥远的地方去，你能不能给我一只船？”

树说：“你可以砍下我的躯干，做一只船，开到远方去并且快乐。”

男孩就砍下树的躯干，造了一只船，到远方去了。

树很快乐，但不真正快乐。

过了很久很久，男孩回来了。

树说：“孩子，我已经没有什么可给你，我的苹果没有了。”

“我的牙齿太松，咬不动苹果了。”男孩说。

“我的枝子没有了，你不能再来荡秋千。”树说。

“我老了，没有力气荡秋千了。”男孩说。

“我的躯干也没有了，你不能再爬上来了。”树说。

“我太累，爬不上去了。”男孩说。

树就叹息。

“我希望还能给你些东西……但我已一无所有。我只是根老树桩，已经没有用了。”

男孩说：“我现在没有别的需要，我只需要一个安静的地方，能坐下休息，我已精疲力竭了。”

“这样……”

树就挺起身来，说“老树桩还是有用的，来吧，孩子，你可以坐下来休息。”

那孩子坐了下来。

树很快乐。

【人生箴言】

爱是宽广无边的大海，却又是默默无闻的奉献。爱的实质在哪里，不用去寻找也无须来回答，因为爱就是无私的奉献，是不求回报的，是最纯洁的。

施比受更有福

爱就是充实了的生命，正如盛满了酒的酒杯。

——泰戈尔

圣诞节时，保罗的哥哥送他一辆新车。圣诞节当天，保罗离开办公室时，一个男孩绕着那辆闪闪发亮的新车，十分赞叹地问："先生，这是你的车？"

保罗点点头："这是我哥哥送给我的圣诞节礼物。"男孩满脸惊讶，支支吾吾地说："你是说这是你哥哥送的礼物，没花你半毛钱？我也好希望能……"

当然保罗以为他是希望能有个送他车子的哥哥，但那男孩所谈的却让保罗十分震撼。

"我希望自己能成为送车给弟弟的哥哥。"男孩继续说。

保罗惊愕地看着那男孩，冲口而出地邀请他："你要不要坐我的车去兜风？"

男孩兴高采烈地坐上车，绕了一小段路之后，那孩子眼中充满兴奋地说："先生，你能不能把车子开到我家门前？"

保罗微笑，他心想那男孩必定是要向邻居炫耀，让大家知道他坐了一部大车子回家。没想到保罗这次又猜错了。"你能不能把车子停在那两个阶梯前？"男孩要求。

男孩跑上了阶梯，过了一会儿，保罗听到他回来的声音，但动作似乎有些缓慢。

原来他带着跛脚的弟弟出来，将他安置在台阶上，紧紧地抱着他，指着那辆新车。

只听那男孩告诉弟弟："你看，这就是我刚才在楼上告诉你的那辆新车。这是保罗他哥哥送给他的哦！将来我也会送给你一辆像这样的车，到那时候你便能去看看那些挂在窗口的圣诞节漂亮饰品了。"

保罗走下车子，将跛脚男孩抱到车子的前座。满眼闪亮的大男孩也爬上车子，坐在弟弟的旁边。就这样他们三人开始一次令人难忘的假日兜风。

那一次的圣诞夜中，保罗才真正体会耶稣所说的"施比受更有福"的道理。

【人生箴言】

爱是给予而不是索取，付出比接受更让人开心。每一个人都应该想着如何才能给别人更多的关爱，使别人生活得更幸福，只有这样自己才会感觉到真正的幸福。

善行的回报

真诚的关心，让人心里那股高兴劲儿就跟清晨的小鸟迎着春天的朝阳一样。

——高尔基

有一对年轻夫妇，原本在同一个工厂上班，几年前，由于经济不景气，工厂面临着倒闭，两个人先后下岗了。好在夫妇俩平时待人就好，在街坊邻居中极有人缘，下岗不久，便在朋友们的帮助下，在小镇的商业街开起了一家火锅店。

火锅店刚开张时，生意较为冷清，全靠朋友和街坊邻居们关照。后来，由于夫妇俩的忠厚老实和热情公道，小店渐渐开始有了回头客，生意也一天一天地好了起来。

也许是女主人慈悲善良的缘故，几乎每到吃饭的时间，小镇上行乞的七八个大小乞丐都会相继光顾这里。食客们常对主人说："快把他们轰出去吧，这些人都是填不满的'坑'！"这时女店主也总是笑笑回应说："算了吧，谁还没个难处，再者你看他们风餐露宿的，也很不容易啊！"

人们常说，这两口子太善良了，从未见过小镇里其他店主能够像他们那样宽容平和地对待这些乞丐。若是其他店主们，一见到乞丐上门，就会扯下原本微笑的脸来，严厉地呵斥辱骂。而这夫妇俩则每次都会微笑着给这些肮脏邋遢的乞丐高举到面前来的盆盆罐罐里盛满热饭热菜，而且这些施舍又多是从厨房里取出来的新鲜饭菜。更让人感动的是，在他们施舍的过程中，没有丝毫的做作之态。他们的表情和神态十分亲和自然，就像他们所做的一切原本就是一件分内的事情似的。

一天深夜，服装市场里一家从事丝绸生意的店铺，由于打更老人早早睡去而忘记将烧水的煤炉熄灭，结果引发了一场大火。丝绸、化纤、棉麻制品，市场里所有的物品几乎都是易燃的，加之火借风势，眨眼的工夫整个市场便成了一片火海。

这一天，恰巧男主人出去进货，店里只留下女人照看。一无力气二无帮手的女店主，眼看辛苦张罗起来的火锅店就要被熊熊大火所吞没，心急如焚。这时，只见那班平常天天上门乞讨的乞丐不知从哪里钻了出来，在老乞丐的率领下，他们冒着生命危险将一个个笨重的液化气罐马不停蹄地搬运到了安全地段。紧接着，他们又冲进马上要被大火包围的店内，将那些易燃物品也全都搬了出来。消防车很快开来了，火锅店由于抢救及时，虽然也遭受了一点小小的损失，但最终给保住了。而周围的那些店铺，却因为得不到及时的救助，早已变成了一片废墟。

火灾过后，人们都说是夫妇俩平时的善行得到了回报，要是没有这些平时受他们施舍的乞丐们出力，火锅店恐怕要变废墟了。

【人生箴言】

人们常说："善有善报。"生活向来如此，当我们看到需要帮助的人时帮助他们一下，那在我们自己遭遇困难时，通常也能够得到别人善意的帮忙。你怎样对待别人，别人就会怎样对待你。这是人际交往中必须遵循的一条基本规律。

我比别人更在乎母亲

你可曾想到，失去了爱，你的生活就离开了轨道。

——拿破仑

15岁那年，他参加了全市组织的乒乓球比赛。不大的体育馆座无虚席。然而，他发挥得并不好。许多很有把握的球，他都没有打好。比赛结束后，观众散去了，其他队员也散去了，只有他坐在长凳上黯然神伤。他开始怀疑，自己是不是本无打球的天分，却错走到了这条路上。

他不知道一个人在体育馆呆坐了多长时间。他觉得有些饿了，开始收拾东西准备回去，就在这时候，他一回头，看到不远的看台上，还有另一个人静静地在那里坐着。他抬头的一刹，正好与她的微笑相对，是母亲。

他扔下所有的东西，疯一样跑上看台，一头扑进母亲的怀里，放声大哭起来。他一边哭，一边大声责问妈妈，为什么近在咫尺而不管他？

妈妈笑了，抚摸着他的头说："儿子啊，人生最难的路需要自己去走，妈妈不能帮你。"

他反问妈妈："那你为什么不和其他观众一起走，还要留在这里？"

妈妈说："孩子，无论你多难，妈妈都会站在你的身后，永远地看着你……”

第二年，还是在这个体育馆，还是一样的比赛，他战胜了对手，也战胜了自己。后来的岁月中，他取得过许多不同级别的乒乓球冠军。

有一个记者采访他，问他取得人生辉煌的原因，他说：“我能有现在，是因为这些年来母亲一直站在我的身后，不计成败地关注着我。她的眼神温和，慈祥，充满着鼓励、信任、欣赏以及期待……”

记者不解地问：“天底下每一个子女的身后，都有着母亲温暖的关注。有的人甚至远在异域他乡，依旧被母亲牵挂着，可为什么却不能取得像你一样的成功呢？”

他的回答很简单：“那是因为我比别人更在乎母亲。”

【人生箴言】

珍惜别人给予的爱，才会更懂得爱，才会让爱迸发出强大的力量，支撑你走过人生一道又一道的坎坷。

感恩的传递

感恩是精神上的一种宝藏。

——洛克

那是一个感恩节的清晨，有一家人睡醒了，却极不愿起床，他们不知道如何以感恩的心过这一天，因为他们的生活太窘迫了，几乎连吃饭的钱都没有了，更别想什么圣诞节的大餐了。

如果他们能提早联系一下当地的慈善团体，或许就能分得一只火鸡了，可是他们没有这么做，他们的自尊心很强，至少不想让别人把他们当成乞丐一样看待。所以，是怎么样就怎么过这个节。

俗话说：贫贱夫妻百事哀。贫穷往往是争吵的源泉，这对夫妇为了一点小事争吵起来。随着争吵的升级，火药味越来越重，家里的孩子在一旁吓坏了，只觉得自己是那么的无奈和无助。然而命运就在此刻改观了……

“咚咚咚”，沉重的敲门声响起，男孩跑去开门。此时，门外出现了一个高大的男人，满脸的笑容，手里还提着个大篮子，里头满是各种能想到的应节东西：一只火鸡、塞在里面的配料、厚饼、甜薯及各式罐头等，全是感恩节大餐不可少的。

面对着眼前的景象，这家人顿时愣住了。门口的那个高大的男人开口说道：“这份东西是一位知道你们有需要的人要我送来的，他希望你们晓得还是有人在关怀和爱你们的。”

这一家人都很意外，爸爸起初还极力推辞，不肯接受这份礼，可是那个男人却这么说：“得了，我也只不过是个跑腿的。”带着微笑，他把篮子搁在小男孩的臂弯里转身离去，身后飘来了一句话：“感恩节快乐！”

从那一刻起，小男孩的生命从此就不一样了。那个陌生男人的关怀，让他晓得人生始终存在着希望，随时有人——即使是个“陌生人”——在关怀着他们。在他内心深处，油然兴起一股感恩之情，他发誓日后也要以同样方式去帮助其他有需要的人。

时间过得很快，转眼这个小男孩到了18岁，他有了一份工作，终于有能力来兑现当年的许诺。虽然收入还很微薄，在感恩节期间他还是买了不少食物，不是为了自己过节，而时去送给两户极为需要的家庭。

他打扮成成送货员的模样，开着自己那辆破车亲自送去。当他到达第一户破落的住所时，前来应门的是位拉丁妇女，带着提防的眼神望着他。她有六个孩子，数天前丈夫抛下他们不告而别，目前正面临着断炊之苦。

这位年轻人开口说道：“我是来送货的，女士。”随之他便回转身子，从车里拿出装满了食物的袋子及盒子，里头有一只火鸡、配料、厚饼、甜薯及各式的罐头。见此，那个女人当场傻了眼，而孩子们也爆出了高兴的欢呼声。

这位年轻妈妈感动的说不出话来，突然，，崛起年轻人的手臂，没命地亲吻着，同时操着生硬的英语激动地喊着：“你一定是上帝派来的！”年轻人有些腼腆地说："噢，不，我只是个送货的，是一位朋友要我送来这些东西的。"

随之，他便交给妇女一张字条，上头这么写着："我是你们的一位朋友，愿你一家都能过个快乐的感恩节，也希望你们知道有人在默默爱着你们。今后你们若是有能力，就请同样把这样的礼物转送给其他有需要的人。"

年轻人把一袋袋的食物仍不停地搬进屋子，使得兴奋、快乐和温馨之情达到最高点。当他离去时，那种人与人之间的亲密之情，让他不觉热泪盈眶。回首瞥见那个家庭的张张笑脸，他对自己能有余力帮助他们，内心一股感恩之心。

他的人生竟是一个圆满的轮回，年少时期的"悲惨时光"原来是上帝的祝福，指引他一生以帮助他人来丰富自己的人生，就从那二次的行动开始，他展开了不懈的追求，直到今日。

【人生箴言】

感恩是一种对恩惠心存感激的表示，它是一种文化素养，是一种生活态度，更是一种社会责任。它会让我们的生活、社会更和谐、更幸福。如果我们每个人都能感恩思报，做到恩恩相报、善念存心，人间的真情至爱便可代代薪火相传，便可产生爱的叠加、裂变和良性循环，人与人、人与自然、人与社会才会变得更加的和谐，我们自身也会因此变得愉快而又幸福。

有同情心的总统

同情是善良心所启发的一种情感之反映。

——孟德斯鸠

很多年以前的一个寒夜，在弗吉尼亚州北部，一个老人等在渡口准备乘船过河，寒冷的冬季的霜雪已使他的胡子像上了一层釉。看来他的等待似乎是徒劳的。寒冷的北风把他的身体冻得麻木和僵硬了。

突然，沿着冰冻的羊肠小道上由远而近传来了有节奏的马蹄声，他怀着焦急的心情，打量着几个骑马的人依次从他身边过去。待最后一个骑手经过他时，老人站在雪中僵直得像一尊雕像，就在将要擦身而过的一瞬间，老人突然看着那人的眼睛说：“先生，您能否让一个老人和您乘一匹马共行？您知道，单凭用脚走，人是很难通过这一段路的。”

骑者勒住了自己的马，回答：“确实是这样，上来吧！”看见老人根本无法移动他那冻得半僵的身体，骑手跳下马来帮助老人上了马，骑手不仅把老人驮过河，而且送他到他要去的地方，那里有数英里远。

当他们走近一座小而舒适的村舍时，骑手的好奇心促使他问道：“先生，我注意到你让其他几个人过去而没有请求帮助，而当我经过时你却留住我借用我的马，我很奇怪这是为什么，在如此一个寒冷的冬夜，您却等待在这里并截住最后一个骑手，如果我拒绝您的要求并把您留在那里，结果会是什么？”

老人慢慢下了马，以一种惊奇的目光看着骑手，回答说：“我已经在这里等了一些时间，但我以为我知道谁更有美好的品德，”老人继续道，“我仔细观察了那几位骑手，立即便看出他们没有关心我的处境，这时候就是我求他们帮忙也无济于事。但是当我仔细一看您的眼睛，仁慈和同情之状是相当明显的。我知道，当时当地，您的友好态度使我得到了这样一个机会，使我在最需要的时候能够得到帮助。”

那些暖人肺腑的评价深深地触动了骑手，他说：“您的评价把我形容得太伟大了，”他告诉老人，“可能我以前在从事自己的事情上过于忙碌，所以我对需要安慰和怜悯的人帮助太少了。”

说完这些，那名骑手——托马斯·杰弗逊总统调转马头，踏上了通往白宫的路。

【人生箴言】

同情是对他人的一种善意态度。一个人只有拥有同情心，才会懂得珍惜、感恩和关爱。生活在冷漠心态中的人，永远进入不了高层次的精神境界。所以，人不可无同情心，同情心可以使人变得可亲可敬，变得伟大崇高。

美国南北战争中的故事

感人肺腑的人类善良的暖流，能医治心灵和肉体的创伤。

——罗佐夫

这是一个发生在美国南北战争时期的故事。

北军上尉指挥官龙德在一次战斗中，与两名对手短兵相接，经过半小时的搏斗，终于解决了对手。但龙德自己也伤痕累累，肩部被重重地刺了一刀，右小臂被割下一大块肉，疼痛几乎使他昏倒。好在没有倒下，不然会因昏迷中流血过多而死亡。可在他包扎好伤口准备离开时，一个声音吓得他全身一颤，尽管很小，很沉闷。它来自刚刚倒下的士兵。

"不要走……请等等！"那说话者嘴角仍在滴着血。

龙德猛转过身，两眼死盯着尚未死亡的士兵，一声不响。

"你当然不知道被你杀死的两人是兄弟了，他是我哥哥罗杰，我想他已不行了。"

他看了看另一个士兵，喘喘气又说："本来我们无冤无仇！可战争……我不恨你，何况是二对一，不过你的确太早一点送一对兄弟入地狱！看在上帝的分上，帮帮我们！"

"你要我做什么？"龙德问。

"我叫厄尔。萨莉·布罗克曼是罗杰的妻子，他们结婚快两年了，不久前罗杰错怪了萨莉，她一气之下跑回了父亲的农庄。对此，罗杰后悔不已，几次未得谅解，心里很难过，就在半小时前，我们还在谈论她。罗杰刚为她雕了一个……一个小像……"

这个自称厄尔的士兵还未说完便昏了过去。

“喂喂……”龙德上前扶起厄尔喊道。

厄尔吃力地抬起眼睑说：“请告诉萨莉，罗杰爱她，我也爱……”

说着，厄尔又昏了过去。

龙德放下厄尔。迅速收下了罗杰的遗物：一张兵卡，一块金表，上有一行小字：“ONLY MY LOVE! S. L.”显然是萨莉的礼物，还有一个握在手里的精美的女人头雕像。随后，龙德背起厄尔向战地救护所飞跑而去。

两年后战争结束了，厄尔回来见到萨莉时，两人满眼盈泪。

“对不起！萨莉，我没能保护住罗杰，回来的应该是他。”说完厄尔低下头。

“别这么说，厄尔，你很坚强，龙德已全告诉了我。”萨莉说，“罗杰牺牲了，你受伤被俘。当时我也不想活了，是龙德救了我。他好几天不离我左右，待我有点信心时，他留下这张字条：‘上帝知道我是无罪的，但我决心死后接受炼狱的烈火。’便默默地走了。别太悲伤了，厄尔，上帝会原谅我们！”

尽管后来厄尔和萨莉从没放弃打听龙德消息的机会，并几次亲自出马，但终无消息。

【人生箴言】

战争是残酷的，但人性却是善良的。保持着一颗善良的心，用热情和感激去生活，用宽容和爱心对待身边的人和事，可以给人很多慰藉。人性的善良，永远闪出动人的光辉。

玻璃球换蔬菜

善良，是一种世界通用的语言，它可以使盲人感到，聋人闻到。

——马克·吐温

在美国俄亥俄州背部的一个小镇上，有一位名叫奥尼尔的小蔬菜商。在经济大萧条的时期，奥尼尔先生总是在路边摆一个小菜摊，镇上的人办完事回家时，就顺便到这里采购一些新鲜的蔬菜。当时食品和钱都极度紧缺，物物交换就被广泛采用了。

在镇上，有几个家里很穷的孩子，他们经常光顾奥尼尔先生的菜摊。不过，他们似乎并不想购买什么东西，只是来欣赏那些在当时非常珍贵的物品。尽管如此，奥尼尔先生总是热情地接待他们，就像对待每一个来买菜的大人一样。

“你好，巴里！今天还好吧？”

“你好，奥尼尔先生。我很好，谢谢。这些豌豆看起来真不错。”

“可不是嘛。巴里，你妈妈身体怎么样？”

“还好。一直在好转。”

“那就好。你想要点什么吗？”

“不，先生。我觉得你的那些豌豆真新鲜呀！”

“你要带点回家吗？”

“不，先生。我没钱买。”

“你有什么东西和我交换吧？用东西交换也可以呀！”

“哦……我只有几颗赢来的玻璃球。”

“真的吗？让我看看。”

“给，你看。这是最好的。”

“看得出来。嗯，只不过这是个蓝色的，我想要个红色的。”

“你家里有红色的吗？”

“差不多有吧！”

“这样，你先把这袋豌豆带回家，下次来的时候让我看看那个红色玻璃球。”

“一定。谢谢你，奥尼尔先生。”

每次奥尼尔先生和这些小顾客交谈时，奥尼尔太太就会默默地站在一旁，面带微笑地看着他们谈判。她熟悉这种游戏，也理解丈夫所做的一切。

镇上还有两个像巴里一样的小男孩，这三个孩子的家境都非常不好，他们没有钱买菜，也没有任何值钱的东西可以交换。为了帮助他们，又显得非常自然，奥尼尔就这样假装着和他们为一个玻璃球讨价还价。就像巴里，这次他有一个蓝色的玻璃球，可是奥尼尔先生想要红色的；下次他一准儿会带着红玻璃球来，到时候奥尼尔又会让他再换个绿的或橘红的来。当然打发他回家的时候，一定会让他捎上一袋子上好的蔬菜。

多少年过去了，奥尼尔先生因病过世，镇上所有的人都去向他的遗体告别，并向奥尼尔太太表示慰问，包括那些年幼的孩子。在长长的告别队伍前面，有三个引人注目的小伙子，他们头戴礼帽，身着笔挺的黑西服白衬衫，相当体面庄重。

奥尼尔太太站在丈夫的灵柩前。小伙子们走上前去，逐一拥抱她，亲吻她的面颊，和她小声地说几句话。然后，她泪眼蒙蒙地目视他们在灵柩前停留，看着他们把自己温暖的手放在奥尼尔先生冰冷苍白的手上。这三个小伙子就是当年经常用玻璃球之类的小玩意儿和奥尼尔先生交换蔬菜食品的那几个穷孩子。在同奥尼尔太太握手慰问的时候，他们告诉她，他们多么感激奥尼尔先生，感谢他当年“换给”他们的东西。

现在，奥尼尔先生再也不会再对玻璃球的颜色和大小改变主意了，这三个孩子也再不需要他接济度日，但是，他们永远都不会忘记他。虽然奥尼尔先生一生从没发过大财，可是现在，他完全有理由认为，自己是爱达荷州最富有的人。在他已经失去生命的右手里，正握着三颗晶莹闪亮的红色玻璃球。

【人生箴言】

善良是人类最美好的一种情感。善良的人会用自己最大的能力关心身边人，用不给他人带来负担的行为温暖身边人。

黄香温席

不当家，不知柴米贵；不养儿，不知报母恩。

——谚语

在中国的古书上，有“香九龄，能温席”的记载。讲的是我国古代“黄香温席”的故事。

黄香小时候，家中生活很艰苦。在他9岁时，母亲就去世了。黄香非常悲伤。他本就非常孝敬父母，在母亲生病期间，小黄香一直不离左右，守护在妈妈的病床前，母亲去世后，他对父亲更加关心、照顾，尽量让父亲少操心。

冬夜里，天气特别寒冷。那时，农户家里又没有任何取暖的设备，确实很难入睡。一天，黄香晚上读书时，感到特别冷，捧着书卷的手一会就冰凉冰凉的了。他想，这么冷的天气，爸爸一定很冷，他老人家白天干了一天的活，晚上还不能好好地睡觉。想到这里，小黄香心里很不安。为让父亲少挨冷受冻，他读完书便悄悄走进父亲的房里，给他铺好被，然后脱了衣服，钻进父亲的被窜里，用自己的体温，温暖了冰冷的被窝之后，才招呼父亲睡下。黄香用自己的孝敬之心，暖了父亲的心。黄香温席的故事，就这样传开了街坊邻居人人夸奖黄香。

夏天到了，黄香家低矮的房子显得格外闷热，而且蚊蝇很多。到了晚上，大家都在院里乘凉，尽管每人都不停地摇着手中的蒲扇，可仍不觉得凉快，入夜了，大家也都困了，准备睡觉去了，这时，大家才发现小黄香一直没有在这里。

“香儿，香儿。”父亲忙提高嗓门喊他，

“爸爸，我在这儿呢。”说着，黄香从父亲的房中走出来。满头的汗，手里还拿着一把大蒲扇。

“你干什么呢，怪热的天气，”爸爸心疼地说。

“屋里太热，蚊子又多，我用扇子使劲一扇，蚊虫就跑了，屋子也显得凉快些，您好睡觉。”黄香说。爸爸紧紧地搂住黄香，“我的好孩子，可你自己却出了一身汗呀！”

以后，黄香为了让父亲休息好，晚饭后，总是拿着扇了，把蚊蝇扇跑，还要扇凉父亲睡觉的床和枕头，使劳累了一天的父亲，早些入睡。

9岁的小黄香就是这样孝敬父亲，人称扇温席的黄香，天下无双，他长大以后，人们说：“能孝敬父母的人，也一定懂得爱百姓，爱自己的国家。”事情正是这样，黄香后来做了地方官，果然不负众望，为当地老百姓做了不少好事，他孝敬父母的故事，也千古流传。

【人生箴言】

百善孝为先。孝是人的本分，是义不容辞的责任，是人类最真最善的行为，它和我们常说的感恩是一个意思。一个人如果对给予自己生命和辛勤哺育自己长大的父母都不知报答，不知孝敬，那就丧失了人生来就该有的良心，也丧失了道德。试想一下，一个连生养自己的父母都不爱，怎么能去爱别人呢？可见，人世间一切的爱都需要从对父母的爱开始。

5美元的帮助

只要还有能力帮助别人，就没有权利袖手旁观。

——罗曼·罗兰

罗伯特在美国的律师事务所刚开业时，连买一台复印机的钱都没有。移民潮一浪接一浪涌进美国时，他接了很多移民的案子，经常在半夜的时候被唤到移民局的拘留所领人。他开一辆破旧的车，在小镇间奔波。经过多年的努力，他的事业得到了很大的发展，业务扩大了，处处受到礼遇。

天有不测风云，一念之差，罗伯特将资产投资股票几乎亏尽——更不巧的是，岁末年初，移民法又再次修改，职业移民名额削减，顿时门庭冷落，几乎快要关门了。

正在此时，罗伯特收到了一封信，是一家公司的总裁写给他的，信中说：愿意将公司30%的股权转让给他，并聘他为公司和其他两家分公司的终身法人代理。看完信后，他又惊又喜，不敢相信这是真的。罗伯特带着疑惑找上门去。

总裁是个40岁开外的波兰裔中年人，见到他后，笑着问道："还记得我吗？"

罗伯特摇摇头，总裁微微一笑，从办公桌的大抽屉里拿出一张很皱的5美元汇票，上面夹的名片印着罗伯特律师的电话、地址。对于这件事，他实在想不起来了。

总裁看了看他，缓缓地说道："10年前，在移民局，我在排队办理工卡，当时人很多，我们在那里拥挤和争吵。当轮到我的时候，移民局已经快关门了。当时，我不知道申请工卡的费用涨了5美元，移民局不收个人支票，我身上没带钱，如果我再拿不到工卡，雇主就不会雇我了。就在这个紧急关头，你从身后递了5美元上来，我要你把地址留下，以后好还钱给你，你就给了我这张名片。"

罗伯特也慢慢想起了这件事，但是仍将信将疑地问："后来呢？"

总裁继续道："后来我就在这家公司工作，很快我就发明了两个专利。我到公司上班后的第一天就想把这张汇票寄出，但是，我却一直没这么做。我一个人来到美国闯天下，经历了许多冷遇和磨难。这5美元改变了我对人生的态度，所以，这张汇票是不能这么随随便便就寄出去的……"

罗伯特做梦也没有想到，多年前的小小善举竟然获得了这样的回报，仅仅5美元就把两个人的命运改变了。

【人生箴言】

正所谓“行下春风，必有秋雨”，许多人活一辈子都不会想到，自己在帮助别人时，其真正是帮助了自己。在日常生活中，许多偶然的事情，将会决定你未来的命运，而生活却从来不会说什么，但却会用时间诠释这样一个真理：帮助别人，就是帮助自己。

第六章
谦虚低调：请低下高傲的头颅

谦虚的总统

美国第三届总统托马斯·杰斐逊说："每个人都是你的老师。"托马斯·杰斐逊出身贵族，他的父亲曾经是军中的上将，母亲是名门之后。当时的贵族除了发号施令以外，很少与平民百姓交往，他们看不起平民百姓。然而，托马斯·杰斐逊没有秉承贵族阶层的恶习，而是主动地与各阶层人士交往。他的朋友中当然不乏社会名流，但更多的是普通的园丁、仆人、农民或者是贫穷的工人。他善于向各种人学习，懂得每个人都有自己的长处。

有一次，他和法国伟人拉法叶特说："你必须像我一样到民众家去走一走，看一看他们的菜碗，尝一尝他们吃的面包，只要你这样做了的话，你就会了解到民众不满的原因，并会懂得正在酝酿的法国革命的意义了。"由于他作风扎实，深入实际，他虽高居总统宝座，却很清楚民众究竟在想什么，他们到底需要什么。这样，他在密切群众关系的基础上，造就了自己，使成了一位伟人。

【人生箴言】

谦虚是一种美德，它有巨大的感召力，能够吸引人，提升自己的品格。只有做到谦虚为人，才能得到别人的尊敬，才能取得事业更大的进步。

自大的蚊子

一个夏夜，一只苍蝇被追得落荒而逃，躲藏在一个屋角。这时，一只蚊子悠闲地从书房中晃了出来，落在这只蝇子旁边。

“我说，兄弟，做什么这么气喘吁吁的啊？”

“你没见到，那人拿着把苍蝇拍，刚才差点我就完蛋了，幸亏我跑得快啊。呼……”苍蝇长长地呼了口气。

蚊子不屑地瞄了他一眼，说：“切！我们为什么要怕他们人类呢？”

“哎？”苍蝇很吃惊地说，“难道你不怕他们？”

这只蚊子摆摆前爪：“以前是害怕，不过现在我可不怕了。”“怎么回事？”

“你过来，我带你看一样好东西。”说完，这只蚊子就连拉带拽地将苍蝇带到了书房。

他们落在桌子上一本打开的书上，原来是一本哲学书。

然后蚊子指着打开的书说：“看看吧，上面是怎么写的。”蝇子盘旋了一会儿，说：“没有什么啊，只是有什么什么事物的联系啊。”

蚊子对苍蝇说：“看看这里是怎么写的。”

他说道，“一只蚊子在大洋的另一边扇动翅膀，可能会引起美国气候的改变。看到没有，可以引起美国气候的改变，以前我不知道自己有这个能力，没想到我是这么的厉害。现在我还怕什么人类，我只要站得远一点儿轻轻地扇一下我的翅膀，哈哈，他们就会被吹到九霄云外……”

“可是，可是，你以前吹走过人吗？”苍蝇打断他的话。

“那是因为我以前不知道，也没有试过，不自信，现在我很有自信，让我们去找个人下手，我要打败人类，我们蚊子要统治世界。哈哈……”蚊子狂笑着。

这时，一只壁虎出现了，然而苍蝇看到了，它飞起来，叫蚊子：“快逃跑啊，有壁虎！”

蚊子很傲慢地看了壁虎一眼，“切！我要打败人类，一只小小壁虎能拿我怎么样？正好拿你做试验，看我不把你扇到世界的尽头去！”

蚊子不但不飞走，反而扇动着翅膀非常自信地向壁虎走去，壁虎张开嘴，舌头一伸，蚊子不见了。

苍蝇叹了口气，飞走了。

风轻轻地吹进书房，哲学书翻到了下一页。

【人生箴言】

自以为是的人都非常自负、傲气十足，目中无人，唯我独尊，不自量力，最后害人害己，使自己陷入自危的境地，不能脱身。

鹰王与鼹鼠

一知半解的人，多不谦虚；见多识广有本领的人，一定谦虚。

——谢觉哉

鹰王从遥远的地方飞到远离人类的森林。它们打算在密林深处定居下来，于是就挑选了一棵又高又大、枝繁叶茂的橡树，在最高的一根树枝上开始筑巢，准备夏天在这儿孵养后代。鼹鼠听到这个消息，大着胆子向鹰王提出警告：“这棵橡树可不是安全的住所，它的根几乎烂光了，随时都有倒掉的危险。你们最好不要在这儿筑巢。”

“鼹鼠是什么东西，竟然胆敢跑出来干涉本大王的事情？”鹰王根本瞧不起鼹鼠的劝告，立刻动手筑巢，并且当天就把全家搬了进去。没过多久，外出打猎的鹰王带着丰盛的早餐飞回来。然而，那棵橡树已经倒掉了，子女都已经摔死了。看见眼前的情景，鹰王悲痛不已，它放声大哭道：“我把最好的忠告当成了耳边风！我不曾料到，一只鼹鼠的警告竟会是这样准确，真是怪事！”这时，谦恭的鼹鼠答道：“轻视从下面来的忠告是愚蠢的。你想一想，我就在地底下打洞，和树根十分接近，树根是好是坏，有谁还会比我知道得更清楚吗？”

【人生箴言】

刚愎自用，不听取他人意见，只会使自己走向失败。做什么事情，都不要一意孤行，而要听一下周围的人的意见。要知道，一个人所知道的事情毕竟是有限的，而大家知道的事情才是无限的，所以听听别人的忠告，对我们是非常有帮助的。

拒绝四星上将军衔

当我们是大为谦卑的时候，便是我们最近于伟大的时候。

——泰戈尔

乔治·马歇尔是美国一代名将，在第二次世界大战中，他作为美国陆军参谋长，对建立国际反法西斯统一战线做出了重大贡献。有鉴于其卓越功勋，1943年，美国国会一致同意授予马歇尔美国历史上从未有过的最高军衔——陆军元帅，但是，马歇尔坚决反对。他的公开理由是：如果称他“马歇尔元帅”，后两个字英文发音相同，听起来很别扭。

马歇尔真正反对接受元帅军衔的原因是，这样一来会使他的军衔高于当时已经病倒的陆军四星上将潘兴。马歇尔曾受到潘兴的提拔和力荐之恩。在第一次世界大战中，马歇尔随美军赴欧洲战场参战。当时担任美军远征军司令的潘兴非常欣赏马歇尔的才华，大战后期就将他提升为自己的副官，视其为得意门生。在潘兴的影响下，1939年马歇尔领临时四星上将军衔出任美国陆军参谋长。马歇尔对潘兴有着很深的感情。1938年春，潘兴说："乔治，总有一天你也会像我一样当上四星将军的。"马歇尔谦虚地回答："美国只有您才有资格荣获四星上将军衔，绝不可能再有另一个人。"马歇尔拒绝当元帅后，美国政府为了表示对他的尊敬，部队永不设元帅军衔。

【人生箴言】

谦虚是人们所推崇的一种高尚的德行。越成功的人，越谦虚。谦虚的品格，能使他们面对成功、荣誉时不骄傲，把它视为一种激励自己继续前进的力量，而不会陷在荣誉和成功的喜悦中不能自拔，他们总能不断反思与雕琢自我的人生，让自己不断进步。所以，我们也应该去做一个谦虚的人，并让谦虚成为自己性格中优秀的部分。

小和尚学艺

无论在什么时候，永远不要以为自己已经知道了一切。不管人们把你评价得多么高，你永远要有勇气对自己说：我是一个无所知的人。

——巴甫洛夫

从前有一个小和尚，他离开家乡到处寻找名师，想得到一些真正的修为。后来，他终于找到了一位高僧，并恳求师父收他为弟子。高僧见他一片诚心，又天资聪慧，便收下了他。

两年后，小和尚自以为学到了很多东西，得到了师父的真传，便不想再继续跟着师父参禅拜佛了，于是就向他的师父辞行，要下山去。高僧明白小和尚的心思，并没有阻拦小和尚下山，而是让小和尚拿来一个钵子，然后让他往里面装一些石头，装满为止。高僧问小和尚："钵子装满了吗？"小和尚答："满了，再也装不下什么东西了。"高僧便抓了一把芝麻撒进去，然后晃了晃钵子，芝麻一会儿就不见了，接着高僧又抓起一把芝麻撒进去，晃了晃钵子，芝麻又不见了。"钵子装满了吗？"高僧再次问小和尚。小和尚惭愧地告诉师父："看上去满了，可是还能装下很多东西。"这时，高僧又取来一只杯子，让小和尚往里面倒水。小和尚看杯子满了，就想停止倒水。高僧却说："不要停，继续倒。"结果钵子倒满了水后，多余的水都溢了出来。高僧这时候才让小和尚停止倒水，然后问他："满了还装得下别的东西吗?"小和尚明白了师父的一片苦心。

【人生箴言】

学无止境，自满则溢。假若一个人认为他已经有了足够的知识，那他就难以在学习和事业中取得突破性进展，难以向更高的空间发展。

晏子的车夫

凡过于把幸运之事归功于自己的稳明和智谋的人多半结局是很不幸的。

——培根

一次，晏子乘车外出，马车正好从车夫的家门前经过，车夫的妻子从门缝里偷偷地往外看，只见自己的丈夫替相国驾车，坐在车上的大伞盖下，挥鞭赶着高头大马，神气活现，十分得意。然而车夫回到家里，妻子却要求与他离婚。车夫大吃一惊，忙问什么原因。妻子说："晏子身为齐国宰相，在诸侯各国中很有名望。可我看他坐在车上，思想是那样深沉，态度是那样的谦逊。而你呢，只不过是给相国赶赶车罢了，却趾高气扬，表现出一副很了不起的样子。像你这样的人还会有什么出息呢？这就是我要跟你离婚的原因。”车夫仔细捉摸了一下妻子这番话，感到很惭愧，便向妻子认错。此后，车夫变得越发谦逊谨慎起来。车夫的这一重大变化，引起了晏子的注意，晏子感到非常好奇，就问车夫原因，车夫把妻子的话如实地告诉了晏子。晏子认为车夫的妻子很有见解，也对车夫勇于改过的态度感到很满意，于是便推荐车夫做了大夫。

【人生箴言】

一个人能否成功，可以从他对于自己的成就所持的态度上看出来。得意如果忘形，很可能就迷失了自我。而积累你的成就，会使你更上一层楼。所以，人生得意须清醒，对自己的暂时取得的成就要轻描淡写，永远不要得意忘形，只有要谦虚为怀，才会受到欢迎。

落水的博士生

谦逊基于力量，高傲基于无能。

——尼采

这一年，郑明获得了博士学位后，被分配到一家研究所工作，他成为研究所中学历最高的一个人。有一天，郑明闲来无事，就到研究所旁的一个小池塘去钓鱼，恰巧正副两位所长也在钓鱼。他只是微微点了点头，没有说话。

不一会儿，正所长放下钓竿，伸伸懒腰，蹭蹭蹭从水面上如飞地走到对面上厕所。郑明眼睛瞪得都快掉下来了，水上飞？不会吧？这可是一个池塘啊。正所长上完厕所回来的时候，同样也是噌噌噌地从水上漂回来了。怎么回事？郑明又不好去问，自己是博士生哪！

过一阵儿，副所长也站起来，走几步，噌噌噌地飘过水面上厕所。这下子博士更是差点昏倒：不会吧，到了一个武林高手集中的地方？

过了一会儿，郑明也内急了。这个池塘两边有围墙，要到对面厕所非得绕十分钟的路，而回研究所上又太远，怎么办？郑明也不愿意去问两位所长，憋了半天后，也起身往水里跨：我就不信本科生能过的水面，我堂堂的博士过不去！

只听“扑通”一声，郑明一下子沉到了水里。两位所长慌忙把他拉上来，问他为什么要下水。郑明尴尬地问：“为什么你们可以走过去呢？”

两所长一愣，然后相视一笑：“你不知道，这个池塘里有两排木桩子，由于这两天下雨涨水正好在水面下。我们都知道这木桩的位置，所以能踩着桩子过去。你怎么不问一声呢？”

郑明落水的原因，其实就因为他自恃高明，而不屑于向别人求教。

【人生箴言】

其实，每个人的认识都是有限的，我们不应像上例中的博士一样，把问“为什么”当作一件羞耻的事，而要做个敢于虚心向他人求教的人，这是一种博采众长的学习方法，也是一种提高自身的学习方法，它还体现了一个求学者应有的度量。

低调的华盛顿

妄自尊大只不过是无知的假面具而已。

——伏尔泰

乔治·华盛顿是美利坚合众国的第一任总统。他正是靠着他那平易近人的领导风格来赢得千万美国人的尊重和拥戴的。华盛顿虽然是个伟人，但他若在你面前，你会觉得他普通得就和你一样，一样的诚实、一样的热情、一样的与人为善。

有一天，他穿着一件过膝的普通大衣独自一人走出营房。他的低调让遇到的每一个士兵都没有认出他。当来到一条街道旁边时，他看到一个下士正领着手下的士兵筑街垒。那位下士双手插在裤袋里，站在旁边，对抬着巨大水泥块的士兵们喊道："一、二、加把劲！"但是，尽管下士喊破了喉咙，士兵们也经过了多次努力，但还是不能把石头放到预定的位置上。他们的力气几乎用尽，石块眼看着就要滚下来。这时，华盛顿疾步跑到跟前，用强劲的臂膀，顶住石块。这一援助很及时，石块终于放到了位置上。士兵们转过身，拥抱华盛顿，表示感谢。

华盛顿转身向那个下士问道："你为什么光喊加把劲却不帮一帮大家呢？""你问我？难道你看不出我是这里的下士吗？"那下士背着双手，霸气十足地回答道。

华盛顿笑了笑，然后不慌不忙地解开大衣纽扣，露出他的军装："按衣服看，我就是上将。不过，下次在抬重东西的时候，你也可以叫上我。"那个下士这时候才明白自己遇见的是谁，顿时羞愧难当。

【人生箴言】

越是功成名就的大人物越懂得放低姿态，不会高人一等。而只有底气不足的人，才生怕别人不知道自己的风光。把自己看成高人一等的人，一定是世界上最愚蠢的人。

祢衡之死

一种美德的幼芽、蓓蕾，这是最宝贵的美德，是一切道德之母，这就是谦逊；有了这种美德我们会其乐无穷。

——加尔多斯

三国时期的祢衡，自幼聪明伶俐，对事物有辨别能力，有过目成诵，耳闻不忘之才能，成年后，尤显博学多识，但却有“恃才傲物”的性格。当时的大司马北海太守孔融很器重祢衡的才华和抱负，就把他推荐给曹操。

曹操早闻祢衡狂妄自大，于是便派人把祢衡叫来，想当面侮辱他一回，打下他狂傲的气焰。祢衡来到，曹操大大咧咧地坐在座位上，并不起身，也不让你衡坐，把他当成不值得看重、尊敬的属员、杈仆，想以此羞辱对方，从而提高自己的地位。

不料祢衡连看也不看曹操一眼，却仰天长叹：“天地间虽然阔大，怎么竟连一个人也没有！”

“我手下有几十个人，都是当代英雄！你怎说没人？！”曹操不快地责问。

祢衡微笑，问：“愿听您说说。”

曹操昂然介绍：“荀彧、荀攸、郭嘉、程昱，智谋深远，就是萧何、陈平这两位汉初名臣也无法与之相比；张辽、许褚、李典、乐进勇不可当，虽是岑彭、马武之类猛士也不及他们；其余，像吕虔、满宠、于禁、徐晃、夏侯惇、曹子孝，都可谓天下奇才、人间英烈，你能说我这里没有人吗？”

祢衡冷笑道：“这些人，我都了解。你那几个谋士文官，像荀彧、荀攸、郭嘉、程昱之流，不过只能干点儿吊丧看坟、关门闭户的杂役；张辽、许褚、乐进、李典之辈，也只配放马送信、磨刀铸剑、砌墙杀狗；至于其他人，更是酒囊饭袋、衣服架子而已！没一个算正经人物！”

曹操怒问：“你有什么本事？”

“我上知天文，下晓地理，三教九流无所不晓，故典史籍无所不通。心怀大志，能拯救天下。岂是和你们这帮俗人相提并论的？”祢衡道。

当时武将张辽在曹操身边，听了十分愤怒，拔剑要杀祢衡。

曹操制止住张辽，冷冷地说：“这个狂妄的家伙，虽没真正治世救国的本事，却在文人间骗了个虚名。今天我们要杀了他，天下读书人定会诽谤我不能容人。他不是自以为天下第一能人吗？好，我就让他当我的一名鼓手，看他羞不羞！”

祢衡并不推辞，立即答应充当近于仆役的鼓手。

第二天，曹操大宴宾客，令祢衡站在厅前打鼓助兴。

祢衡穿一身破衣烂衫来到雍容华贵的宴会厅。左右众人喝道："为什么不换衣服？"

祢衡当着众宾客的面，在大厅之上脱光了所有衣服，赤条条一丝不挂，昂然而立。曹操大怒："你怎敢朝堂之上，赤身裸体地污辱大臣，失礼天下？"祢衡哈哈大笑："欺君犯上才是失礼。我暴露出父母给我的本来面目，有什么不光彩？你敢把你的里里外外全不掩遮地暴露在众人眼前吗？"接着不容曹操答话，就一面击鼓，一面历数曹操的罪过丑行，痛快淋漓地骂了起来。

曹操怒视祢衡良久，忽然笑了笑："我马上派你到刘表处，作为我的专使说他来降。你有才华，曹某也最重天下人才。等你完成这个任务回来，我可以让你做公卿，以示我求贤若渴之诚意。"

祢衡并不称谢，受命而去。祢衡到了荆州刘表处，仍是一派名士风度，狂妄自大，对刘表也讽讥、责骂，一如既往。刘表很恼火，便让他再去另一个地方军阀黄祖处。

祢衡到黄祖那里，起初黄祖对于祢衡还是相当信任的，委任祢衡做文书工作。然而不久，祢衡狂妄自大的老毛病又犯了，在一次酒醉之后，他骂了黄祖，黄祖一动怒，就砍了他的头，死时才26岁。

祢衡的确有才，但恃才傲物、狂妄自大，终招杀身之祸，这不能不说是一个大教训。

【人生箴言】

一个人有才能是好事，但若恃才自傲、自命不凡、目中无人，张扬行事，终会落得个惨淡的收场。所以，我们要正确看待的自己的才气，收敛自己的言行，切勿狂妄自大、目空一切、得意忘形。

学会反省自己

反省是一面镜子，它能将我们的错误清清楚楚地照出来，使我们有改正的机会。

——海涅

美国建国期间的伟人富兰克林有一个习惯，每天晚上都把一天的情形重新回想一遍。他发现他有13个很严重的错误，下面是其中的三项：浪费时间，为小事烦恼，和别人争论冲突。聪明的富兰克林发现，除非他能够减少这一类的错误，否则不可能有什么成就。所以他一个礼拜选出一项缺点来搏斗，然后把每一天的输赢做成记录。在下个礼拜，他另外挑出一个坏习惯，准备齐全，再接下去做另一场战斗。富兰克林每个礼拜改掉一个坏习惯的战斗持续了两年多。难怪他成为美国历史上最受人敬爱也最具影响力的人之一。

美国通用公司前任CEO韦尔奇也是一个善于反省的人。他虽然在任时工作很忙，但是每个星期的星期六晚上，他总要抽出一晚的时间，把自己关在书房里，安安静静地检查反思自己：自己在工作上有什么没做好，哪些地方今后应该继续做好，自己有没有武断地做出主观的决定。对于这每周必做的必修课，他的理由是：若每年检查一次则一年有十二次机会改正错误；若每天衡量一次，则一年就有三百多次机会改正错误。所以，每天衡量次数增多，机会当然会相对增加。因为韦尔奇的工作实在太忙了，所以只能一周一次。正因为这样，韦尔奇才能领导着危机重重的通用一步步走向辉煌。

【人生箴言】

自省是一个人得以认识自己、分析自己，并有效提高自己的最佳途径。

人们通过反省及时修正错误，不断地调整自己的心态和做事方法，所以掌握了自我反省的能力，就等于掌握了自我完善和健康成长的秘方。

我们不妨在每天结束时，好好问问自己下面的问题：（1）我今天学到了什么？（2）学习中遇到了哪些困难？（3）距离昨天定下的目标有多远？（4）为什么今天过得开心或者不开心？

向竞争对手学习

越是没有本领的就越加自命不凡。

——邓拓

在中国围棋界，没有谁怀疑常昊的实力。他位列中国围棋棋手等级分第一名，国内大赛的冠军头衔几乎多得数不过来。但在中国棋迷心目中，人们总是自然而然地拿常昊与韩国超一流棋手李昌镐进行比较。常昊与李昌镐，一比之下竟发现差距如此之大，非常昊不为也，是功力不到不能为也。

1998年8月的富士通决赛，常昊惨败给了李昌镐。从此，常昊逢李昌镐必输，接连三年不得翻身。常昊后来回忆说："那一阶段，我无论在国内还是在国际，都连续输掉了很多盘棋。尤其是对李昌镐的时候，有机会的棋，抓不住；没有机会的棋，更是输得一泻千里。"

在强大的竞争对手面前，常昊痛定思痛，没有退缩畏惧，他勇敢地面对现实，从竞争对手身上寻找自身的弱点。他觉得自己虽然属于那种棋风厚实，大局观较好的棋手，但却缺乏一种精妙的算度与稳若泰山的霸气。

与李昌镐相比，每每到关键时刻，自己的算度总是要出现一些偏差，在劣势面前难以力挽狂澜。由于对李昌镐的"赤字"太多，处在冲击地位的自己输得越多，就越想通过胜利来证明自己，而越想获胜，就越不能在比赛中笃定心神，就越容易出错，也就离胜利越远，如此陷入恶性循环之中。所谓"无欲则刚"，在以往和李昌镐的交锋中正是由于自己内心掺杂着太多的“欲念”，才在对局过程中心态失衡，要么患得患失；要么急躁冒进，全然不见平日那份沉稳坚韧。如果说竞争对手是一面镜子的话，那么在李昌镐这面镜子前，顾影自怜，显示出了脆弱和不够成熟的一面。

通过分析和学习，常昊认识到自己与竞争对手之间的差距，找到了失败的原因，然后努力改正自己的缺点和不足，揣摩竞争对手的优势。2001年11月9日，经过三年磨炼，常昊终于战胜竞争对手李昌镐，首次杀进了三星火灾杯决赛。

三星火灾杯赛前，常昊的心态平静而不失锋芒：“就好比两个人决斗，一个人的刀还没有拔出来，就被对方杀死了。这样不行，至少我的刀要出鞘！”果然，常昊拔出了他的刀，一举拿下了这场比赛，战胜了竞争对手李昌镐。

【人生箴言】

向竞争对手学习是自我增值的方式之一。生活中，每个人都有长处和短处，不要把竞争对手当作你成功路上的绊脚石，而是应该把它看作是你继续前进的动力。

向竞争对手学习，不仅是方法的问题，还是视野的问题、思想的问题、境界的问题。学习竞争对手身上的优点，把对方当成自己事业上突破的一个动力，这样你就会收获人际和事业的双成功。

只写一本书的作家

真正的科学家不可能不是谦虚的，因为他做出的事情越多，他就看得越清楚：还有更多的事情没有做。

——法郎士

有一位女作家被邀请参加笔会，坐在她身边的是一位匈牙利的年轻作家。

女作家衣着简朴，沉默寡言，态度谦虚。男作家不知道她是谁，他认为她只是一位不入流的作家而已。

于是，他有了一种居高临下的心态。

“请问小姐，你是专业作家吗?”

“是的，先生。”

“那么，你有什么大作发表呢?是否能让我拜读一两部?”

“我只是写写小说而已，谈不上什么大作。”

男作家更加证明自己的判断了。

他说：“你也是写小说的，那么我们算是同行了，我已经出版了339部小说了，请问你出版了几部?”

“我只写了一部。”

男作家有些鄙夷，问：“噢，你只写了一部小说。那能否告诉我这本小说叫什么名字?”。

“《飘》。”女作家平静地说。那位狂妄的男作家顿时目瞪口呆。

女作家的名字叫玛格丽特·米切尔，她的一生只写了一本小说。现在，我们都知道她的名字。而那位自称出版了339部小说的作家的名字，已经无从考查了。

【人生箴言】

世界上只有虚怀若谷的求知者，没有狂妄自大的成功者。生活中，那些才识、学问愈高的人，在态度上反而愈谦卑，希望自己能精益求精，更上一层楼。相反，那些妄自尊大，过分自负的人总是居高临下、目中无人，喜欢炫耀自己的才能。

不可恃才傲物

自负对任何艺术是一种毁灭。骄傲是可怕的不幸。

——季米特洛夫

李晓明毕业于北京某著名学府，现就职于一家公关公司，李晓明的个人能力很强，是公司的得力干将，他主持策划的几套企业方案为公司带来了很大的社会效益，一些中小企业常常请他帮忙做些形象策划，并付给他丰厚的报酬。按常理来说，李晓明的资历和能力早该升到部门主管了，可到如今他还是个一般职员，在他眼里，公司里的人都是一些无能之辈，张三李四成了他评说的对象，王五赵六也不是他的对手，就连公司的老总他也不放在眼里，整天一副洋洋得意、高高在上的样子，但由于他的工作能力强，公司领导也想提拔他，可一到考核时，同事们都说与他不好共事，并不表示不愿到他所负责的部门做事。就这样，李晓明成了“孤家寡人”，而老总们一谈到他，也总是无可奈何地摇头说：“他就是恃才傲物，个性太强了。”

【人生箴言】

诚然，才华有助于一个人成就事业、创造辉煌。但是如果你不能完全控制它，它有时会变成你一生的拖累，甚至能毁掉一个人的事业。所以说，恃才傲物是做人一大忌。如果你不能改掉这个习惯，那么总有一天你会独吞苦果！

最差女主角奖杯

真正的虚心，是自己毫无成见，思想完全解放，不受任何束缚，对一切采取实事求是的态度，具体分析情况对于任何方面反映的意见，都要加以考虑，不要听不进去。

——邓拓

在第25届金酸莓电影颁奖仪式上，哈莉·贝瑞从颁奖人手中接过了金酸莓“最差女主角”奖杯。

金酸莓电影奖设立于1981年，跟奥斯卡奖正好相反，是专门为评选最差影片、最差导演和最差演员所设的奖项。对于这个带有恶作剧意味的颁奖，好莱坞的明星们对此大多都嗤之以鼻，过去不仅没有一个当红女明星参加过金酸莓颁奖仪式，更没有一个女明星有勇气到现场领取自己的“最差女主角”奖杯。

哈莉·贝瑞是美国好莱坞的女明星之一，曾获得第74届奥斯卡最佳女主角奖，但她主演的《猫女》却获得了第25届金酸莓奖。

得知这个消息后，哈莉·贝瑞便表示要参加金酸莓奖的颁奖仪式。她说：“我认为作为一个演员，不能只听他人的溢美之词，而拒绝接受别人对你的批评和指责。既然我能参加奥斯卡颁奖典礼并接过小金人，那么我也应该有勇气去拿金酸莓奖杯。”

颁奖的当晚，哈莉·贝瑞走上颁奖台，接过了金酸莓“最差女主角”奖杯。她发表获奖感言时说：“我这辈子从来没有想过我会来到这里赢得最差奖，这不是我曾经立志要实现的理想。但我仍然要感谢你们，我要将你们的批评当作一笔最珍贵的财富。”

这时，全场爆发了一阵又一阵热烈的掌声。

颁奖过后，记者围住了哈莉·贝瑞，问她为什么不怕丢丑前来领奖。她说接受批评不是丢丑，不接受批评反而会丢更大的丑。她举了举手中的“最差女主角”奖杯，说：“我要将它放在我的厨房里，我每天都会面对它，就是全世界的赞扬像飓风一样袭来的时候，只要看它一眼，我就不会被吹到云彩上面去。在许多人都赞扬和恭维你的时候，批评的声音是最珍贵的。因为它使你清醒，让你不会头脑发热自己找不到自己。”

此后，哈莉·贝瑞把金酸莓奖杯当作鞭策自己前进的动力，她孜孜不倦地投入到每一项工作当中，认真地扮演好每一个角色。她的努力使她迎来了成功，成为备受广大观众欢迎的当红女明星。

【人生箴言】

一个人要想获得进步，获得成功，就要接受批评、善待批评。坦然接受别人的批评，我们才能认真分析批评的对错和自己的得失。同时，敢于接受别人批评的人，也显示了自己莫大的勇气和自信。把别人的批评看作理所当然，并坦然接受，才能将批评本身的负能量转化成积极影响。如果闭目塞听，我们自会狂妄自大，或者盲目自卑

嫁给乞丐的公主

一娇百病生，傲慢万人疏。

——民谚

从前，有一位国王，膝下有一个女儿，因为生得美丽非凡，所以傲慢无礼，目中无人。公主渐渐地长大，临近出嫁的年龄，但众多的求婚者中没有谁能够中她的意。她不但回绝了他们的美意，而且还对人家冷嘲热讽。

有一回，国王举行盛大宴会，邀请了各地年龄适中的男子。先入席的是几

个国王，接着是王子、公爵、伯爵和男爵，最后入席的是其余所有应邀而来的男子。公主从这个行列面前走过，但是对每一位男子都是横挑鼻子竖挑眼：

第一个太胖，她就用轻蔑的口气说道："好一个啤酒桶。"

第二个又高又瘦，她就评头论足地说："活像一只大蚊子。"

第三个太矮，她就说："五大三粗，笨手笨脚。"

第四个脸色略显苍白，她就斜眼看人家："一具死尸。"

第五个脸色太红润，她笑着说对方是"一只公火鸡"。

第六个呢，因为身板不够直，所以被说成是"像一块放在炉子后面烤干的弯木头"。

有一位国王，下巴长得有点儿向上翘，更是免不了遭到她的大肆嘲笑："我的天哪！"她一边放声大笑着一边高声说道，"瞧这家伙的下巴，长得跟画眉鸟的嘴一模一样！"打那以后，这位国王就落了个诨名——"画眉嘴"。

总之，这位公主是看谁都不顺眼。

老国王看到女儿如此无礼，对每个前来求婚的人都嗤之以鼻，终于大动肝火，决意要将她嫁给一个叫花子。

之后，公主跟着她的叫花子丈夫一起生活，受了很多苦，做家务、编筐、纺线、卖陶器，她什么都不会做，生活非常艰难，只能勉强糊口。当她再次听闻皇宫中正在举行盛大舞会的消息时，不无哀伤地感叹自己的悲惨命运，她终于反省到：正是因为自己一向的傲慢无礼，目中无人，举止轻佻，才落得今天这般贫穷凄惨的境地，她感到痛悔不已。

【人生箴言】

为人处世傲慢无礼，摆出让人仰视你的姿态，这样你会把自己逼上绝路，往往也会自食恶果。事实上，人本无高低贵贱之分不管你的身份如何、地位怎样，无论跟谁交往，人格应该是平等的。人格的基本要求是不受歧视，不被侮辱，即要求平等。如果你不愿意遭到别人的反感、疏远，那么就要注意加强自我修养，切勿傲慢无礼和过分强调自我，谨防对别人造成伤害。

低调的洛克菲勒

大殿的角石，并不高于那最低的基石。

——纪伯伦

在一个既脏又乱的候车室里，靠门的座位上坐着一个满脸疲惫的老人，身上的尘土及鞋上的污泥表明他走了很多的路。列车进站，开始检票了，老人不急不忙地站起来，准备往检票口走。忽然，候车室外走来了一个胖太太，她提着一只很大的箱子，显然也要赶这班列车。可箱子太重，累得她气喘吁吁。胖太太看到了那个老人，冲他大喊："喂！老头，你给我提一下箱子，我一会儿给你小费。"那个老人想都没想，拎过箱子就和胖太太朝检票口走去。

他们刚刚检票上车，火车就开动了。胖太太抹了一把汗，庆幸地说："还真多亏你，不然我非误车不可。"说着，她掏出一美元递给那个老人，老人微笑地接过。这时，列车长走了过来对老人说："洛克菲勒先生，你好，欢迎您乘坐本次列车。请问我能为你做点什么吗?"

"谢谢，不用了，亲爱的列车长。我只是刚刚结束为期三天的徒步旅行，现在我要回纽约总部。"老人客气地回答。

"什么？洛克菲勒！"胖太太惊叫起来，"上帝，我竟让著名的石油大王洛克菲勒先生给我提箱子，居然还给了他一美元小费！我这是干了些什么！"她忙向洛克菲勒道歉，并诚惶诚恐地请洛克菲勒把那一美元小费退给她。

"太太，你不必道歉，你根本没有做错什么。"洛克菲勒微笑着说道，"这一美元，是我挣的，所以我收下了。"说着，洛克菲勒把那一美元郑重地放进了口袋。

【人生箴言】

低姿态，是一个人成熟的标志，也是一个人的实力见证。那些真正有实力、见过世面的人，都懂得在前行时放低姿态，待人接物保持谦卑。保持低调，这才是一个人最好的修养。

骄傲自大的商人

骄傲自满是我们的一座可怕的陷阱；而且，这个陷阱是我们自己亲手挖掘的。

——老舍

一个商人很幸运，从事航海贩运发了财。他曾屡屡战胜各种困难，各种各样恶劣的气候或地形都没有给他造成损失，命运女神格外垂青他。他的所有同行都得向主管生死的阿特洛波丝女神和海神乃普敦交税，只有他的船不交税也能够平安返航。代理人和经销商对他忠实守信，人们奢侈的享受和购买欲望使他财源滚滚，他所经营的砂糖、瓷器、肉桂和烟草，都能够顺利地贩卖出去，财富像雨点般落下，没过多久，他便是腰缠万贯的大富翁了。

他驾车走路，就是斋戒的日子里也有十分气派的排场。一个朋友目睹了他的豪华宴会之后，非常羡慕。“您的家常便饭也有这样的气派！”他的朋友说。

“这还不是靠我的聪明、我花的心血，靠我自己的努力奋斗，靠我抓住机遇投资准确得来的嘛！”这位商人觉得赚钱是很容易的事。因此，他把赚得的钱拿出去搞投机活动，这一次却不是那么顺利。他租了三条船，其中一条船的设备很差，遇到一点风浪就会翻船；另一艘船连基本的防御武器都没有，它接连遭受海盗的袭击；第三条船呢，虽然能够平安到港，但由于经济萧条，没有了往日那种追求奢华的风气和买货狂潮，货物积压时间太长，都变质了。另外，代理人的欺骗和商人花天酒地、挥金如土、大兴土木的生活方式，使他很快就变成了一个穷光蛋。

他的一个朋友看到他如今的境况，问他道："你怎么变成这样了？"

"唉，甭提了，全怪那不济的命运。"

"您别放在心上，如果命运不愿意看到你幸福，至少它会教你变得谨慎小心。"朋友安慰他说。

不知道他是否听进去了这个忠告，但可以肯定的是，人们在一般情况下，总爱把成绩归功于自己的才干，如果失败，那就要大骂命运女神。

【人生箴言】

骄傲的人之所以会失败，不是败在对手手中，而是败在自己手中。任何时候，都不要因一时的胜利而沾沾自喜或洋洋得意，随时提醒自己保持谦虚。

一个有尊严的粉丝

对一个有优越才能的人来说，懂得平等待人，是最伟大、最正直的品质。

——理查德·斯蒂尔

电影明星洛依德将车开到检修站，一个女工接待了他。她灵巧的双手和秀美的容貌一下子吸引了他。

巴黎人几乎都知道他，但这位姑娘却丝毫没有见到大明星时的惊讶和兴奋。

"您喜欢看电影吗？"洛依德禁不住问道。

"是的，先生。当然喜欢，我是个影迷。"她手脚很麻利，很快就修好了车，“您可以开走了，先生。”

洛依德却依依不舍：“小姐，您可以陪我去兜兜风吗？”

“不！先生，我还有工作。”女工很理智。

“这同样也是您的工作，您修的车，最好亲自检查一下。”

“那好吧，是您来开还是我来开？”

“当然是我开，是我邀请您的嘛。”

自然，车在行驶中一切正常。

姑娘问道：“看来没有什么问题，请让我下车好吗？”

“怎么，您不想再陪一陪我了？我再问您一遍，您喜欢看电影吗？”他又问道。

“我回答过您了，喜欢，而且是个影迷。”

“您不认识我？”

“怎么不认识，您一来我一眼就认出您是当代影帝阿列克斯·洛依德先生。”

“既然如此，您为何这样冷淡？”

“不！先生，您错了，我没有冷淡，只是没有像别的女孩子那样狂热。您有您的成就，我有我的工作。您来修车是我的顾客，如果您不再是明星了，再来修车，我也会一样地认真接待您。人与人之间不应该是这样吗？”

洛依德沉默了，在这个普通女工面前，他感到自己的浅薄与虚妄。

“小姐，谢谢！您使我觉得应该反省一下自己。现在让我送您回去。”

【人生箴言】

平等是人与人之间交往的基础。我们不要因为自己的身份、地位而产生高高在上或是自轻自贱的心理，而要把自己放在和他人平等的位置，有自信、有尊严地活着。

薯片的由来

能虚心接受人家的意见，能虚心去请教他人，才能集思广益。

——松下幸之助

乔治在纽约郊外著名的卡瑞月湖度假村工作。经常有许多有钱人到那边度假，缓解城市的紧张生活。

一个周末，乔治正忙碌不堪时，服务生端着一个盘子走进厨房对他说，有位客人点了这道油炸马铃薯，他抱怨切得太厚了。

乔治看了一下盘子，跟以往的油炸马铃薯并没有什么不同啊！从来也没有客人抱怨过切得太厚，但他还是重新将马铃薯切薄些，重做了一份请服务生送去。

几分钟后，服务生端着盘子气呼呼走回厨房，他对乔治说："我想那位挑剔的客人一定是生意上遭遇困难，然后将气借着马铃薯发泄在我身上，他对我发了顿牢骚，还是嫌切得太厚了。"

乔治在忙碌的厨房中也很生气，从没见过这样的客人。但他还是忍住脾气、静下心来，耐着性子将马铃薯切成更薄的片状，之后放入油锅中炸成诱人的金黄色，捞起放入盘子后，又在上面洒了些盐，然后请服务生再送过去。

没多久，服务生仍是端着盘子走进厨房找乔治，但这回盘子里空无一物。服务生对乔治说："客人满意极了，连连夸说这辈子从没吃过这么好吃的炸马铃薯，同桌的其他客人也都赞不绝口，他们还要再来一份。"

这道薄薄的炸马铃薯从此之后成了乔治的招牌菜，吸引许多人慕名前去品尝，慢慢传开后又被发展成各种口味，今天已经是地球上不分地域人种都喜爱的休闲零食。

可以说，乔治的成功，与他虚心听取客人的意见是分不开的。

【人生箴言】

聆听别人的意见是完善自我的必由之路。每个人对自己的思想和行为最熟悉，正因为太熟悉，所以对某些缺点总是习以为常。但人若想进步，就要经常“照镜子”，改变自己；就要虚心听取别人的意见和建议，这样才能快速成长。当然，听取建议并不是在意别人的飞短流长，而是要倾听那些有真知灼见之人的建议，以及真诚的意见。

找工作

气忌盛，新忌满，才忌露。

——吕坤

小赵大学毕业后，像其他学生一样顺利敲开了第一家用人单位的大门。在填写招聘简历的工资待遇一栏内，他毫不犹豫地填上了5000元。而且他心里还想着如果少给一分他都不干，因为在学校的时候，同学就跟他说，这不仅是钱的问题，要是自己的比别人少，就意味着自己没用。

考官很高兴地接过他的简历，迫不及待地看了起来，当看到工资待遇那一栏时，小赵发现他的眉头皱了皱，然后很客气地跟他说：“你先回去吧，我会在一个星期之内通知你的。”小赵在走出公司大门以后，他有点失落，因为他知道让自己回去等通知意味着什么，他心里想：莫非我的要价太高？

第二天，小赵为了生活只得再去另一家公司试试。面试的情况跟前一次差不多，只是当他填写工资待遇一栏时，他犹豫了一下，最后还是写上了4000元。他想，这个数肯定没问题。没想到和第一次的结果一样，考官还是让他回去等结果。

又一连试了几家公司，当他再次填工资待遇一栏时，他咬咬牙写了3000元。令他痛苦万分的是，这次跟前面多次的结果还是一样！他心里想着：天啊，听别人说南方遍地是黄金，看来这里的钱也不是那么好赚。

所以，当他再次面对工资待遇一栏时，他没有下笔，而是让其空在那里。考官微笑着走进了总经理室，总经理很快便接见了他。总经理说，如今很多大学生都很浮躁，你是来我公司应聘的大学生中第一个没提薪水要求的。总经理说，试用期为一个月，试用期工资为2000元……终于找到一份工作了，小赵几乎没等总经理把话说完，就忙着点了点头。

一个月后，他领到了第一份薪水，6000元整，当时他吃惊得眼睛都直了！总经理说，你工作能力强，且勤奋踏实，不讲条件，你被提前录用了，所以便取消了试用期，待遇当然要跟其他职员一样了。

【人生箴言】

抬高自己的身价，只能让路越走越窄，直到最后无路可走，而放低自己的身价，却能够让路越走越宽。现实生活中，我们只有敢于放低自己的身价，从小事做起，循序渐进，才能为自己日后的成长打下坚实基础，为谋求更大的发展际遇增添筹码。

第七章
坚韧执着：
支撑人生的不屈脊梁

玛丽·凯的成功

壮志与毅力是事业的双翼。

——佚名

美国玛丽·凯化妆品公司的董事长玛丽·凯是一个大器晚成的成功女性。在创业初，她历经过失败，承受了很大痛苦。走了不少弯路。但她从来不灰心，不泄气，用坚忍成就了自己的辉煌。

20世纪60年代初期，已退休在家的玛丽·凯不满足于寂寞无聊的生活，突然决定再拼搏一番。经过慎重而仔细的思考。她用一辈子的积蓄5000美元作为全部资本，创办玛丽·凯化妆品公司。

为了帮助母亲实现自己的理想，两个儿子一个辞去一家月薪500美元的人寿保险公司代理商，另一个也辞去了休斯敦月薪800美元的职务。加入母亲创办的公司中来，宁愿只拿250美元的月薪。玛丽·凯明白，这是背水一战，是在进行一次人生中的大赌博，只能成功，不能失败，否则，不仅自己一辈子辛辛苦苦的积蓄将血本无归，而且还可能连累两个儿子。

在公司创建后的第一次展销会上，她隆重推出了一系列功效奇特的护肤品，她充满信心，认为这次活动会引起轰动，一举成功。可是，她的如意算盘落空了，整个展销会下来，她的公司只卖出去1.5美元的产品。意想不到的残酷现实打击使她失声痛哭起来……

这次惨败迫使她对自己进行反思。

她经过认真的分析，终于找到问题所在：在展销会上。她的公司从来没有主动请别人来订货，也没有向外发订单，而是希望顾客们自己上门来买她的护肤品……难怪展销会是如此的结果，守株待兔让她付出惨重的代价。

商场就是战场，从来不相信眼泪，哭是不会哭出成功来的。玛丽擦干眼泪，从这次失败中站了起来，在抓生产管理的同时，加强了销售队伍的建设……经过20年的苦心经营，玛丽·凯化妆品公司由初创时的9个人发展到现在的5千多人；由一个家庭小公司成长为一个国际性的大公司，拥有一支20万人的营销队伍，年销售额超过3亿美元。

玛丽·凯终于实现了自己的梦想。是坚忍的毅力把她推向成功，是坚定的信念、永不放弃的品格引导她走向辉煌。

【人生箴言】

顽强的毅力是取得成功的最好秘诀，没有顽强毅力的人将一事无成。在人生的道路上，总会出现许多的坎坷和不平，当我们遇到困难和挫折的时候，我们要用毅力和智慧去征服它，只有这样，才能顺利地到达成功的彼岸。

遭遇18次辞退的电台广播员

不要失去信心，只要坚持不懈，就终会有成果的。

——钱学森

在美国，曾有一位电台女主持人被人贬得一文不值，并在自己的职业生涯中遭遇了18次辞退。

在最初求职的时候，她来到美国大陆无线电台面试。但是因为是女性遭到公司的拒绝。接着，她来到了波多黎各工作，由于她不懂西班牙语，于是又花了3年的时间来学习。在波多黎各的日子，她最重要的一次采访，只是有一家通讯社委托她到多米尼加共和国去采访暴乱，连差旅费也是自己出的。在以后的几年里，她不停面试找工作，不停地被人辞退，有些电台指责她能力太差，根本不懂什么叫主持。

尽管如此，她却从来没有放弃过。1981年，她来到纽约一家电台，但是很快被辞退，失业了一年多。有一次，她向两位国家广播公司的职员推销她的倾谈节目策划，都没有得到认可。于是她找到第三位职员，他雇用了她，但是要求她改作政治主题节目。她对政治一窍不通，但是她不想失去这份工作，于是她开始恶补政治知识。1982年夏天，她主持的以政治为内容的节目开播了，凭着她娴熟的主持技巧和平易近人的风格，让听众打进电话讨论国家的政治活动，包括总统大选，她几乎在一夜之间成名，她的节目成为全美最受欢迎的政治节目。

这个女人叫莎莉·拉斐尔。现在的身份是美国一家自办电视台节目主持人，曾经两度获全美主持人大奖。每天有800万观众收看她主持的节目。在美国的传媒界，她就是一座金矿，她无论到哪家电视台、电台，都会带来巨额的回报。

【人生箴言】

不管做什么事，只要放弃了，就没有成功的机会；不放弃，就会一直拥有成功的希望。成功的路上贵在持之以恒、百折不挠、屡败屡战，直到抵达成功的彼岸。

热爱苦难

苦难对于天才是一块垫脚石，对能干的人是一笔财富，对弱者是一个万丈深渊。

——巴尔扎克

有一次在聚会上，一些堪称成功的实业家、明星谈笑风生，其中就有著名的汽车商约翰·艾顿。

艾顿向他的朋友、后来成为英国首相的丘吉尔回忆起他的过去——他出生在一个偏远小镇，父母早逝，是姐姐帮人洗衣服、干家务，辛苦挣钱将他抚育成人。但姐姐出嫁后，姐夫将他撵到舅舅家，舅妈很刻薄，在他读书时，规定每天只能吃一顿饭，还得收拾马厩和剪草坪。刚工作当学徒时，他根本租不起房子，有将近一年多时间是躲在郊外一处废旧的仓库里睡觉……

丘吉尔惊讶地问："以前怎么没听你说过这些呢？"艾顿笑道："有什么好说的，正在受苦或正在摆脱受苦的人是没有权利诉苦的。"这位在生活中失意、痛苦了很久的汽车商又说："苦难变成财富是有条件的，这个条件就是，你战胜了苦难并远离苦难不再受苦。只有在这时，苦难才是你值得骄傲的一笔人生财富。别人听着你的苦难时，也不觉得你是在念苦经，只会觉得你意志坚强，值得敬重。但如果你还在苦难之中或没有摆脱苦难的纠缠，你说什么，在别人听来，无异于就是请求廉价的怜悯甚至乞讨……这个时候你能说你正在享受苦难，在苦难中锻炼了品质、学会了坚韧吗？别人只会觉得你是在玩精神胜利、自我麻醉。"

艾顿的一席话，使丘吉尔重新修订了他热爱苦难的信条。他在自传中这样写道：苦难是财富，还是屈辱？当你战胜了苦难时，它就是你的财富；可当苦难战胜了你时，它就是你的屈辱。

【人生箴言】

苦难是一种财富，是对人生的一种考验。不幸和挫折可能使人沉沦，也可能铸造成人的坚强品质，成就一个充实的人生。在人漫长的一生中，或多或少都会经历苦难，人是从苦难中成长起来的。关键是苦难面前你会用什么样的心理特质来面对，如果你内心足够强大，那么你就能善待苦难，忍受苦难，超越苦难，最终成为人们羡慕的成功者。

坚持自己梦想的克拉克

既然我已经踏上这条道路，那么，任何东西都不应妨碍我沿着这条路走下去。

——康德

耶鲁大学的教授克拉克从小有一个梦想，就是希望自己能像他心目中的英雄那样改变世界，服务于全人类。不过，要实现他的目标，他需要受最好的教育，他知道只有在美国才能接受他需要的教育。

无奈的是，他身无分文，没办法支付路费，而且，他根本不知要上什么学校，也不知道会被什么学校招收录取。

但克拉克还是出发了，他必须踏上征途。他知道如果没有开始，就永远没有结果。他徒步从他的家乡尼亚萨兰的村庄向北穿过东非荒原到达开罗，在那儿他可以乘船到美国，开始他的大学教育。他一心只想着一定要踏上那片可以帮助他把握自己命运的土地，其他的一切都可以置之度外。

在崎岖的非洲大地上，艰难跋涉了整整五天以后，克拉克仅仅前进了40多公里。食物吃光了，水也快喝完了，而且他身无分文。要想继续完成后面的几千公里的路程似乎是不可能的，但克拉克清楚地知道回头就是放弃，就是重新回到贫穷和无知。

他对自己发誓：不到美国誓不罢休，除非自己死了。他继续前行。

有时他与陌生人同行，但更多的时候则是孤独地步行。大多数夜晚都是过着大地为床，星空为被的生活，他依靠野果和其他可吃的植物维持生命。艰苦的旅途生活使他变得又瘦又弱。

由于疲惫不堪和心灰意懒，克拉克几欲放弃。他曾想说："回家也许会比继续这似乎愚蠢的旅途和冒险更好一些。"

他并未回家，而是翻开了他的两本书，读着那熟悉的语句，他又恢复了对自己和目标的信心，继续前行。

要到美国去，克拉克必须具有护照和签证，但要得到护照他必须向美国政府提供确切的出生日期证明，更糟糕的是要拿到签证，他还需要证明他拥有支付他往返美国的费用。

克拉克只好再次拿起纸笔给童年时曾教过他的传教士写了求助信。结果传教士通过政府渠道帮助他很快拿到了护照。然而，克拉克还是缺少领取签证所必须拥有的航空费用。

克拉克并不灰心，而是继续向开罗前进，他相信自己一定能通过某种途径得到自己需要的这笔钱。

几个月过去了，他勇敢的旅途事迹也渐渐地广为人知。关于他的传说已经在非洲大陆和华盛顿佛农山区广为流传。斯卡吉特峡谷学院的学生在当地市民的帮助下，寄给克拉克640美元，用以支付他来美国的费用。当克拉克得知这些人的慷慨帮助后，他疲惫地跪在地上，满怀喜悦和感激。

经过两年多的行程，克拉克终于来到了斯卡吉特峡谷学院，手持自己宝贵的两本书，他骄傲地跨进了学院高耸的大门。

【人生箴言】

成功的秘诀不在于一蹴而就，而在于你是否能够持之以恒。任何伟大的事业，成于坚持不懈，毁于半途而废。世上的事，只要不断努力去做，就能战胜一切。哪怕事情再苦、再难，只要我们不放弃，只要我们再坚持一下，我们就有希望，就有成功的可能。

贝多芬与《命运交响曲》

《命运交响曲》是贝多芬最杰出的一部作品，它的主题是反映人类和命运搏斗，最终战胜命运。这也是他自己人生的写照。这是第一乐章中连续出现的沉重而有力的音符。贝多芬说："命运就是这样敲门的。"

贝多芬是世界著名的音乐家，也是命运最糟的一个。童年，贝多芬是在泪水浸泡中长大的。家庭贫困，父母失和，造成贝多芬性格上严肃、孤僻、倔强和独立，在他心中蕴藏着强烈而深沉的感情。他从12岁开始作曲，14岁参加乐团演出并领取工资补贴家用。到了17岁，母亲病逝，家中只剩下两个弟弟，一个妹妹和已经堕落的父亲。不久，贝多芬得了伤寒和天花，几乎丧命。贝多芬简直成了苦难的象征，他的不幸是一个孩子难以承受的。尽管如此，贝多芬还是挺过来了。他对音乐酷爱到离不开的程度。在他的作品中，有着他生活的影子，既充满高尚的思想，又流露对人间美好事物的追求、向往。对美丽的大自然他有抒发不尽的情怀。说贝多芬命运不好，不光指他童年悲惨，实际上他最大的不幸，莫过于28岁那年的耳聋。先是耳朵日夜作响，继而听觉日益衰弱。他去野外散步，再也听不见农夫的笛声了。从此，他孤独地过着聋人的生活，全部精力都用于和聋疾苦战。贝多芬活在世上，能理解他的人太少了，而唯一能给他安慰的只有音乐。他作曲时，常把一根细木棍咬在嘴里，借以感受钢琴的振动，他用自己无法听到的声音，倾诉着自己对大自然的挚爱，对真理的追求，对未来的憧憬。他著名的《命运交响曲》就是在完全失去听觉的状态中创作的。他坚信"音乐可以使人类的精神爆发出火花"。"顽强地战斗，通过斗争去取得胜利"这种思想贯穿了贝多芬作品的始终。

1827年3月26日，一个雷雨交加的夜晚，音乐巨人与世长辞，那时他才57岁。贝多芬一生是悲惨的，世界不曾给他欢乐，他却为人类创造了欢乐。贝多芬身体是虚弱的，但他是真正的强者。

【人生箴言】

常言道："自古英雄多磨难。"磨难是检验我们心志的一种最好方式。不要抱怨生活中遇到的困难与挫折，而应把这当成磨炼自己的机会。无论什么人，做任何事情，都会碰到这样或那样的困难，都需要具有坚强的意志和毅力，而在努力的过程中，我们只有知难而进、迎难而上，才能使人们在各自的领域上取得成功。

姐妹两人不同的命运

要在这个世界上获得成功，就必须坚持到底：至死都不能放手。

——伏尔泰

有一对姐妹从农村来城里打工，她们既没有学历又没有工作经验，几经周折才被一家礼品公司招聘为业务员。

姐妹二人没有固定的客户，也没有任何关系，每天只能提着沉重的影集、钥匙链、镜框、手电筒以及各种工艺品的样品，沿着城市的大街小巷去寻找买主。半年过去了，她们跑断了腿，磨破了嘴，仍然到处碰壁，连一个钥匙链也没有推销出去。

无数次的失望磨掉了妹妹最后的耐心，她向姐姐提出两个人一起辞职，重找出路。姐姐说，万事开头难，再坚持一阵，兴许下一次就有收获。妹妹不顾姐姐的挽留，毅然告别那家公司。

第二天，姐妹俩一同出门。妹妹按照招聘广告的指引到处找工作，姐姐依然提着样品四处寻找客户。那天晚上，两个人回到出租屋时却是两种心境：妹妹求职无功而返，姐姐却拿回来推销生涯的第一张订单。一家姐姐四次登门过的公司要召开一个大型会议，向她订购二百五十套精美的工艺品作为与会代表的纪念品，总价值二十多万元。姐姐因此拿到两万元的提成，淘到了打工的第一桶金。从此，姐姐的业绩不断攀升，订单一个接一个而来。

几年过去了，姐姐不仅拥有了汽车，还拥有一百多平方米的住房和自己的礼品公司。而妹妹的工作却走马灯似的换着，连穿衣吃饭都要靠哥哥资助。

妹妹向姐姐请教成功真谛。姐姐说："其实，我成功的全部秘诀就在于我比你多了一份坚持。"

【人生箴言】

有的时候，成功者与失败者之间的区别也就仅仅在于是否能够坚持到底。成功不在于力量的大小，而在于能坚持多久。只有你锲而不舍地坚持到底，那么你就能取得成功。

博通的墓志铭

人生的光荣不在永不失败，而在于能够屡败屡战。

——拿破仑

该亚·博通早年埋头于发明创造，他先是发明了脱水肉饼干，但他的发明却没有给他带来多少好处，相反，更使他在经济上陷入了窘境。有了第一次失败的教训，又经过两年反反复复的实验，他终于又制成了一种新产品——炼乳，并决定把它推向市场。

博通的工厂是由一家车店改造的，租金便宜。在刚开业时，博通每天花费18个小时在工厂里指导炼乳的生产方法，监督生产程序，检查卫生清洁情况。由于附近有纯正、营养丰富的牛奶供应，因此炼乳的成本也是比较低廉的。

于是，博通小心地挑选了一位社区领袖作为他的第一位顾客，因为，这位社区领袖对炼乳的意见，会有助于博通巩固新公司以及新产品在该地区的地位，可喜的是这位社区领袖对产品表示了赞赏。但是，由于当时当地顾客的习惯是把掺有水分的牛奶放入一些发酵品，进行蒸馏。他们觉得炼乳稀奇古怪，对它有疑心，所以很少有人问津。博通两次出师不利，甚至到了山穷水尽的地步——他的两位合伙人为此都失去了信心，第一家炼乳厂就这样被迫关闭了。

在失败面前，该亚·博通破釜沉舟，在此基础上又建起了一个新厂，他的不懈努力有了成效，他的第二次尝试终于获得了成功。他的公司在他逝世时，已根深蒂固，在当时已成为美国具有领导地位的炼乳公司。

在博通的墓碑上，写着这样一段墓志铭：“我尝试过，但失败了。我一再尝试，终于成功。”这是博通对他自己一生的总结。

【人生箴言】

自古成功在尝试。很多时候，不去尝试，就永远都不会知道结果。尝试过后或许会失败，但是却可以从失败中吸取教训，从而为下一次的尝试做准备。

逆境是一所学校

超越自然的奇迹多是在对逆境的征服中出现的。

——培根

很久以前，在法国里昂的一个盛大宴会上，来宾们就一幅绘画到底是表现了古希腊神话中的某些场景，还是描绘了古希腊真实的历史画面，彼此间展开了激烈的争论。看到来宾们一个个面红耳赤，吵得不可开交，气氛越来越紧张，主人灵机一动，转身请旁边的一个侍者来解释一下画面的意境。

这是一位地位卑微的侍者，他甚至根本就没有发言的权利，来宾们对主人的建议感到不可思议。结果却大大出乎了人们的意料，这位侍者的解释令所有在座的客人都大为震惊，因为他对整个画面所表现的主题作了非常细致入微的描述。他的思路显得非常清晰，理解非常深刻，而且观点几乎无可辩驳。因而，这位侍者的解释立刻就解决了争端，所有在场的人无不心悦诚服。

大家对这位侍者一下子产生了兴趣。

“请问您是在哪所学校接受教育的，先生？”在座的一位客人带着极其尊敬的口吻询问这位侍者。

“我在许多学校接受过教育，阁下。”年轻的侍者回答说，“但是，我在其中学习时间最长，并且学到东西最多的那所学校叫作‘逆境’。”

这个侍者的名字叫作让·雅克·卢梭。他的一生确实都是在逆境中度过的。早年贫寒交迫的生活，使得卢梭有机会成为一个对社会有着深刻认识的人，尽管他那时只是一个地位卑微的侍者。然而，他却是那个时代整个法国最伟大的天才，他的思想甚至对今天的生活仍有着重要的影响。卢梭的名字，和他那闪烁着智慧火花的著作，就像暗夜里的闪电一样照亮了整个欧洲。

就像卢梭说的那样，他这一切伟大成就的取得，莫不得益于那所叫做“逆境”的学校。

【人生箴言】

逆境是检验强者和弱者的试金石，也是造就英雄和豪杰的先决条件。人生虽非尽是坦途在前，但也绝不可因一点小障碍而放弃走路，要知道障碍过后，对于经历坎坷的脚来说，路会一点点变得平坦起来，历史告诉我们，成就大事业的人都是历经逆境才走向人生巅峰的。只要我们在逆境面前迎难而上，直面挫折，定能成就完美的人生！

物理学家霍金的故事

没有播种，何来收获；没有辛苦，何来成功；没有磨难，何来荣耀；没有挫折，何来辉煌。

——佩恩

斯蒂芬·霍金，是20世纪享有国际盛誉的伟人之一，剑桥大学应用数学及理论物理学系教授，当代最重要的广义相对论和宇宙论家。20世纪70年代他与彭罗斯一道证明了著名的奇性定理，为此他们共同获得了1988年的沃尔夫物理奖。他因此被誉为继爱因斯坦之后世界上最著名的科学思想家和最杰出的理论物理学家。

这么出色的一个人物，又有谁会想到他曾是一个被医生判为“死刑”的人，因患卢伽雷氏症，他全身瘫痪，并且无法说话，但他却克服了常人难以想象的困难，顽强地活了下来，并成长为一个当代最杰出的理论物理学家。在患病期间，他曾犹豫彷徨过，甚至想到过死亡，但他凭借着坚强的意志来面对生命不能承受之重。

霍金在剑桥读研究生那年，母亲发现儿子的动作有异常状况，他的身体协调能力变得笨拙，常常没有任何原因地跌倒。后来，他被送到医院进行各种各样的检查，被确诊患上了“卢伽雷氏症”，即运动神经细胞萎缩症。医生告诉母亲说，霍金的病情随着时间的推移会很快恶化，他将全身瘫痪，只有心脏、肺和大脑还能保持正常运转，到最后，心和肺也会失效。霍金被“宣判”只剩两年的生命。

是否将这个不幸的消息告诉儿子？母亲痛苦地思考着。看着瘦弱的儿子深邃专注的眼睛闪着智慧的光芒，母亲认为应该把真实情况告诉他。如果儿子是个坚强的人，他一定会承受这个灾难，勇敢地面对；一味隐瞒事实，反而引起儿子的怀疑，不利于他面对现实。

当母亲将这个消息告诉霍金时，他的大脑一片空白。他躺在床上呆呆地望着天花板，一句话也不说。母亲看着沉默的儿子，知道他内心非常痛苦。许久，母亲问："你知道苏格拉底吗？他为了科学而献身，死亡丝毫没有影响他的意志，直到生命的最后一刻还在研究问题。"

霍金点了点头。母亲告诉他，与其消极地等死，不如趁活着做些有兴趣的事情。她不断地引导儿子要扼住命运的咽喉，挑战生命的极限，实现人生的价值，为人类做出贡献。

在母亲的鼓励下，霍金终于作出了最后的决定，他对母亲说："妈妈，我不准备等死，我打算早点回学校，继续学业。请放心，无论我能活多久，我都要坚持下去，做一些自己喜爱的工作。"

听到儿子的表白，母亲落泪了，她知道坚强的儿子已经挺过来了。随后，霍金重返校园，继续学业，他与时间赛跑，不但活过了医生宣布的死亡年限，还成了一个杰出的科学家。

【人生箴言】

人生的道路布满了荆棘，只要我们磨炼出坚强的意志，就能战胜前进道路上的种种困难，成为生活中的强者。古往今来，无数事实证明：若想要站在人生成功的彼岸，就得学会经受困苦、磨炼意志；能经历磨炼生命才能变得坚韧；能经得起挑战才会变得勇敢；能跨越挫折才会握手成功。

难忘的一次面试

我们最大的弱点在于放弃。成功的必然之路就是不断地重来一次。

——托马斯·爱迪生

赵雅丽是一名大学毕业生，对于她来说，一生中最难忘的应该是她的第一次面试，也是她最受教育的一次面试。

那天，赵雅丽拿着个人简历去一家IT公司面试。她兴冲冲地提前10分钟到达了公司所在大厦的一楼大厅里。当时，赵雅丽很自信，她专业成绩好，年年都拿奖学金。那家IT公司在这座大厦的12楼。这座大厦管理很严，两位精神抖擞的保安分立在两个门口旁，他们之间的条形桌上有一块醒目的标牌：“来客请登记。”

赵雅丽整理了一下衣服，然后向前询问：“先生，请问1201房间怎么走？”保安问：“你预约了吗？”“是的，我已经约好时间来面试的。”赵雅丽回答说。“好，请你稍等，我打个电话，核实一下。”说着，保安抓起电话，过了一会说：“对不起，1201房间没人。”“不可能吧，”赵雅丽忙解释，“今天是他们面试的日子，您瞧，我这儿有面试通知。”那位保安又拔了几次：“对不起，先生，1201还是没人；我们不能让您上去，这是规定。”

时间一秒一秒地过去。赵雅丽心里虽然着急，也只有耐心地等待，同时祈祷该死的电话能够接通。已经超过约定时间10分钟了，保安又一次彬彬有礼地告诉她电话没通。

赵雅丽当时压根也没想到第一次面试就吃了这样的“闭门羹”。面试通知明确规定：“迟到10分钟，取消面试资格。”她犹豫了半天，只得自认倒霉地回到了学校。

晚上，赵雅丽收到了一封电子邮件："您好！也许您还不知道，今天下午我们就在大厅里对您进行了面试，很遗憾您没通过。您应当注意到那位保安先生根本就没有拨号。大厅里还有别的公用电话，您完全可以自己询问一下。我们虽然规定迟到10分钟取消面试资格，但您为什么立即放弃却不再努力一下呢？祝您下次成功！"

【人生箴言】

当你面对又一次的失败而伤心，甚至打算放弃时，你是不是想过再试一次?要知道，我们成长的过程中总是会遇到这样那样的失败。失败了不要气馁，只要有"再试一次"的勇气和信心，你就能获得成功。

保险业的佼佼者

伟大的作品不是靠力量，而是靠坚持来完成的。

——约翰逊

日本名人市村清池，在青年时代曾担任富国人寿熊本分公司的推销员，每天到处奔波拜访，可是连一张合约都没签成，因为保险在当时是很不受欢迎的一种行业。

连续68天除了少数的车马费外，他没有领到薪水，就连最基本的生活都保障不了。到了最后，已经心灰意冷的市村清池就同太太商量准备连夜赶回东京，不再继续拉保险了。此时他的妻子却含泪对他说："一个星期，只要再努力一个星期看看，如果真不行的话……"

第二天，他又重新打起精神到某位校长家拜访，这次终于成功了。后来他曾描述当时的情形：“我在按铃之际所以鼓不起勇气的原因是，已经来过七八次了，对方觉得很不耐烦，这次再打扰人家一定没有好脸色让我看。哪知道对方这个时候已准备投保了，而且是只差一张契约还没签而已。假如在那一刻我过门不入，我的那张契约也就签不到了。”

在签了那张契约之后，又接二连三有不少契约接踵而来，而且投保的人也和以前完全不同，都主动表示愿意投保。许多人的自愿投保给他带来了无人可比的勇气与精神，在一月内他就一跃成为富国人寿推销员中的佼佼者。

【人生箴言】

很多时候，成功往往就在你想放弃的下一刻出现，如果你停止努力，就永远不可能享受到成功的果实，只能在成功的面前徒留遗憾。放弃必然导致彻底的失败。而不放弃，总会找到解决的办法，总会有所收获。所以，无论遇到什么困难，我们永远都不要轻易放弃！不放弃，是你跃过峻岭沟壑的勇气，涉过激流险滩的毅力，拥有了它，你会走出今日的困惑，拥有了它，你便拥有了一个光辉灿烂的明天。

两只青蛙的故事

如果在胜利前却步，往往只会拥抱失败；如果在困难时坚持，常常会获得新的成功。

——佚名

有两只青蛙在觅食的时候，不小心掉进了路边的一个牛奶罐里，牛奶罐里还有为数不多的牛奶，但是足以让青蛙们体验到灭顶之灾。

一只青蛙想：“完了，完了，全完了，这么高的一只牛奶罐，我怕是永远都出不去了。”于是，它很快就沉了下去。

另一只青蛙在看见同伴沉没于牛奶的时候，它却没有沮丧和放弃，而是不断告诫自己：上帝给了我坚强的意志和发达的肌肉，我一定能够跳出去。于是，它鼓起勇气，鼓足力量，不停地在牛奶罐中游动，并一次又一次奋起，跳跃……生命的力量和美好展现在它每一次的搏击与奋斗里。

不知过了多久，这只青蛙突然发现脚下的牛奶变得黏稠了，原来，由于它不停地游动和反复地跳跃已经使液状的牛奶渐渐变成了奶酪。这个发现让青蛙兴奋不已，虽然此时它已经筋疲力尽了，但它还是鼓起最后残存的力气，继续不停地跳跃……

牛奶终于变成了一块奶酪，第二只青蛙用自己坚持不懈的奋斗和挣扎终于换来了自由的那一刻。它踩着坚实的奶酪从牛奶罐里跳了出来，重新回到绿色的池塘里。而另一只青蛙则永远留在了那块奶酪里。

【人生箴言】

在困难面前，永远不要轻言放弃。放弃必然导致彻底的失败。而永不放弃，总会找到解决的方法。只要坚持就能有所收获。

没有不受伤的船

失败固然痛苦，但更糟糕的是从未去尝试。

——西奥多·罗斯福

在西班牙的港口城市巴塞罗那，有一家世界闻名的造船厂，这个造船厂已经有1000多年的历史。每次船厂生产出一艘船舶，都要依照其原貌再打造一个小模型留在厂里，并把这只船出厂后的命运刻在模型上。厂里有房间专门用来陈列船舶模型。因为历史悠久，所造船舶的数量不断增加，所以陈列室也逐步扩大，从最初的一间小房子变成了现在造船厂里最宏伟的建筑，里面陈列着将近10万只船舶的模型。

当人们走进这个陈列馆，无一不被那些船舶模型上面雕刻的文字所震慑。

有一只名字叫西班牙公主号的船舶模型上雕刻的文字是这样的：本船共计航海50年，其中11次遭遇冰川，有6次遭海盗抢掠，有9次与另外的船舶相撞，有21次发生故障抛锚搁浅。每一个模型上都是这样的文字，详细记录着该船经历的风风雨雨。在陈列馆最里面的一面墙上，是对上千年来造船厂的所有出厂的船舶的概述：造船厂出厂的近10万只船舶当中，有6000只在大海中沉没，有9000只因为受伤严重不能再进行修复航行，有6万只船舶都遭遇过20次以上的大灾难，没有一只船从下海那一天开始没有过受伤的经历……

现在，这个造船厂的船舶陈列馆，早已经突破了原来的意义，它已经成为西班牙最负盛名的旅游景点，成为西班牙人教育后代获取精神力量的象征。

这正是西班牙人吸取智慧的地方：所有船舶，不论用途是什么，只要到大海里航行，就会受伤，就会遭遇灾难。

【人生箴言】

其实，我们的人生就如同大海里的船舶，随时都可能经历风浪，没有不受伤的船，也没有不经历磨难的人生。只不过真正的强者，能够坚强地在最短的时间内以最快的速度把自己的伤口修复好，然后继续勇敢前进。也只有这么做我们的人生之路才能够越走越宽。

屡败屡战的精神

只要决心成功，失败永远不会把你击倒。

——奥格·曼狄诺

16世纪初生于法国南部的帕里斯，一直从事玻璃制造业。直到有一天，他看到一只精妙绝伦的意大利彩陶茶杯。从此，他的命运改变了。

"我也要生产出如此美丽的彩陶。"这是他当时唯一的信念。为此，他花巨资建起烤炉，买来陶罐，打成碎片，摸索着进行烧制。

几年过去了，帕里斯家里的碎陶片堆得像小山一样，可他心中的彩陶却仍不见踪影，他甚至无米下锅了。无奈之下，他只好回去重操旧业。当他赚了一笔钱后，他又烧了三年陶片，仍旧无果。连续几年，他挣钱买燃料与其他的材料，不断地试验，都没有成功。

长期的失败使人们对他产生了看法。人们都嘲讽他是个蠢货，是个大傻瓜，连家里人都开始埋怨他，他也只能默默地承受。

试验又开始了，他十多天都没有脱衣服，日夜坚守在火炉旁。燃料不够了，他拆了院子里的木栅栏，怎么也不能让火停下来！又不够，他索性搬出家里的家具，劈成柴，扔进炉子。还是不够，他索性就把家里的地板拆了当柴火烧。听到噼噼啪啪的爆裂声和妻子儿女们的哭声，他鼻子酸酸的。

马上就可以出炉了，多年的心血就要有回报了，可就在这时，只听炉内"嘭"的一声，不知是什么爆裂了。出炉一看，所有产品都沾染上了黑点，全成为次品。这次他又失败了！

帕里斯受到了巨大的打击，他独自一人到田野里漫无目的地走着。不知走了多长时间，优美的大自然终于使他平静下来。他又开始了下一次试验。

经过16年无数次艰辛历程，他终于成功了，而这一刻，他却很平静。他的作品成了稀世珍宝，价值连城，艺术家们争相收藏。他烧制的彩陶瓦，至今仍在法国的卢浮宫里闪耀着光芒。

帕里斯的成功之路是艰辛而漫长的，他的成功来得何等不易。在一次又一次的失败中一次又一次地重新站起来，并愈挫愈勇，让他取得了最终的成功。

【人生箴言】

成功的人不是从未被击倒过，而是在击倒后，还能够再爬起来，继续努力奋进。对人生抱有这种态度，一定会取得好成绩。

安徒生和他的童话故事

要从容地着手去做一件事，但一旦开始，就要坚持到底。

——毕阿斯

安徒生是一个穷苦鞋匠的儿子，小时候，他不仅天天要忍受饥饿的煎熬，还处处得看别人的白眼。但他却有一个被认为是“痴心妄想”的志向——当一名让所有人都羡慕的艺术家。但是他连饭都吃不上，更别说请老师了。于是，那只好委屈他父亲了——亲自给他上课，教他明白人生的艰难，让他懂得了生活的残酷，安徒生也没辜负父亲的心血与期望，他懂得了人情的冷暖，更学会了写作。不幸的是，父亲在他11岁那年病逝了，酷爱文学的他并没有因此而退却，只身来到首都哥本哈根，开始了在文学道路上的挣扎。多年后，在一个偶然中，他获得了免费学习的机会，这对于一个一无所有的文学青年来说，真是一次难得的机会！几年后，凭着坚韧不拔的奋斗精神，他进入了哥本哈根大学学习。毕业后，他也没有参加任何工作，靠着写作的稿费维持生活。1835年，而立之年的安徒生开始写童话，并出版了他的第一本童话集，这本仅有61页的书中有《打火匣》《小克劳斯和大克劳斯》《豌豆上的公主》《小意达的花儿》共四篇。但作品并未获得预期效果，有的读者甚至认为他没有写童话的资本，建议他放弃，但安徒生非常坚定："这才是我不朽的工作呢！"

此后，他放弃其他创作方式，专注于童话创作。优秀童话作品接二连三地摆到了读者的面前，安徒生的创作事业也达到其高峰时刻，但他的生活却并没有因此而好转。为了创作，他的一生都是在孤独寂寞中度过的，自幼贫穷的他不但经历过早年丧父之痛，更没有品尝过婚姻的幸福，孤独、悲痛的窘境伴随着他的一生；可以说，安徒生的一生都是在写作童话中度过的，他是把创作当成与命运周旋、抗争的有力武器。一篇篇优秀的童话为人们带来了一丝温暖，为一代一代的孩子们带来了多少幸福与欢乐，而他却觉得即使生活在寒冷的冬天也值得了。

在丹麦那个残酷无情的环境里，虽然肉体上的饥饿和精神上的打击时刻不离安徒生左右，但他却能在寂寞中坚守终生，"怨天尤人""妄自菲薄"等词汇在他的字典里查不到，他以顽强的意志，不断拼搏的精神创作出了一篇篇脍炙人口的作品。

【人生箴言】

耐得住寂寞是人们成功的前提条件。在通往成功的道路上，如果你忍受了大多数人不能忍受的孤独和寂寞时，你的回报也就逐渐显现出来。在这个世界大同的环境里，没有谁可以想成功就成功的，因为成功源于在寂寞中的坚守。

小女孩圆梦之路

不要失去信心，只要坚持不懈，就终会有成果的。

——钱学森

有一个小女孩，居住在纽约州的一个小镇上。从很小的时候起，她就有一个梦想：长大以后要做一名出色的演员。邻居和亲友听后都笑她不切实际，认为她的理想不过是小孩的空想而已。

然而，她却为了自己的理想不断地努力，向理想不断地靠近，18岁那年，她终于考入纽约市的一所艺术学校。在学校里，她丝毫不放松，刻苦学习，她相信自己将来一定能够成为一名好演员。可是，尽管她付出了很多，她的成绩并不尽如人意，因为在这所学校里有很多很多天资聪明的优秀学生。3个月过去了，有一天母亲收到学校写的一封信："我们学校曾经培养出许多一流的男女演员，我们为此而骄傲，可是，您的女儿毫无艺术天赋和才能，这样的学生我们从未接受过，她不能再在本校学习了！"

女孩不甘心就这样被踢出校门，更不甘心就这样放弃自己的理想。在后来的两年中，她为了生计，在纽约干杂活，女招待和服务员等工作她都做过。在工作之余，她还申请参加剧院的彩排，而且彩排没有一分钱的报酬。即使这样，在公演前一个晚上，演出老板总对她说："你缺乏艺术细胞，也没有什么表演才能，你走吧！"无疑这句话是扎在她心头的一根刺。

两年之后，她得了肺炎，病魔几乎搞垮了她的身体。因为付不起昂贵的药费，她只能住进一家医疗条件很差的慈善医院。在入院的第三个星期，医生很不幸告诉她，这辈子她可能再也不能行走了，肺炎使她腿上的肌肉萎缩了。在这种境况下，她不得不重返曾经从小生活到大的那个小镇。在母亲的鼓励之下，她坚信自己总有一天会重新走路。

母女俩在一位本地医生的帮助下开始进行恢复腿部力量的计划。最初，在她的腿上加重20磅，双腿绑上夹板，她试着用拐杖支撑行走。她经常摔倒，她的手臂也因为摔跤而变得惨不忍睹。面对母亲含泪的双眼，她总是强忍着剧痛，一次一次微笑着站起来。就这样，接下来的每一天，她都在不间断地练习。终于在两年之后，她能够行走了。虽然走路时略有不适有点跛，但是她可以通过对身体的调节，别人几乎看不出来。23岁那年，她重新回到纽约继续追寻着自己的梦想。在以后17年的时间里，她一直碌碌无为，但是她并没有因此而放弃，直到40岁的时候，她才在一部影片中得到一个配角的角色。然而正是因为她的坚持不懈，上帝终于眷顾了她，她朴实的表演打动了亿万观众的心。在此之后，她终于迎来了成功，成为美国乃至世界演艺界著名的人物，她就是露茜。

【人生箴言】

在实现梦想的过程中，尽管前途漫长而曲折，但希望一直都在，尽管有时会失败，但输不等于零，是你离成功又近了一步，尽管有时力不从心，但若放弃，成功就会舍你而去。坚守自己的梦想，最终你会摘得属于自己的桂冠。任何一个拥有梦想的人，都会在历经苦难之后看到光明和希望。

居里夫人的成功

只有毅力才会使我们成功，而毅力的来源又在于毫不动摇，坚决采取为达到成功所需要的手段。

——车尔尼雪夫斯基

居里夫人出生在波兰一个贫困家庭，家境的贫穷，造就出她吃苦耐劳、好学不倦的品质。她从小就具有一种面对困难不退缩，坚持到底不动摇的坚强意志。在巴黎求学时，居里夫人租了一间小小的阁楼，那里没有电灯，没有水，没有烤火的煤。每天夜里，她只能到图书馆去看书。冬天的晚上，她把所有的衣服都穿上睡觉还冻得瑟瑟发抖，她经常一连几个星期只吃面包和水。在这样的环境里，居里夫人坚持学习了4年，终于获得了物理学和数学硕士学位。

1895年，居里夫人与法国物理学家比埃尔·居里结婚。从此，两人走上了同甘共苦，攀登科学高峰的道路。当时，他们的生活仍然十分贫困，为了寻找一种能透过不透明物体的射线，只得借了一个旧木棚充当实验室。实验室里既潮湿又黑暗，下雨天还会漏雨。为了节省开支，他们从很远的地方买来价格便宜的沥青矿渣作原料，靠着几件简陋的设备，开始了繁重的提炼工作。居里夫人每天穿着布满灰尘和油渍的工作服，把矿渣倒进大锅里烧，用一根一人高的木棍不停地搅拌，还要经常将20多千克重的容器搬来搬去……提炼工作经历了无数次的失败，但她没有被困难所吓倒。整整坚持了4年，终于从好几吨的矿渣里提炼出1/10克镭的化合物—氯化镭，它具有极大的放射性。这一发现轰动了全世界。1903年，居里夫人和她的丈夫双双获得了诺贝尔奖。

正当居里夫人一家的工作、生活条件有所改善时，不幸的事发生了，1906年4月19日，比埃尔·居里死于一场车祸。居里夫人失去了亲爱的丈夫和最好的导师，她悲痛极了。但她没有消沉，而是挺起胸膛，继续进行科学研究。1910年，居里夫人提炼出1克纯镭。她将这一克镭捐献给法国镭学研究院，用于治疗癌症病人。1911年，居里夫人再次获得诺贝尔奖。

居里夫人就是这样以顽强的毅力，克服了重重困难，坚持科学研究几十年，终于发现了放射性元素镭和钋，成为世界著名的科学家。

【人生箴言】

在人生的道路上，总会出现许多的坎坷和不平，当我们遇到困难和挫折的时候，我们要用毅力和智慧去征服它，只有这样，才能顺利地到达成功的彼岸。

哈伦德·山德士的人生简历

告诉你使我达到目标的奥秘吧，我唯一的力量就是我的坚持精神。

——巴斯德

有这样一个人，他的一生可以说总是在与逆境相伴，可是他的名字在今天可以说在很多国家的大街小巷都可以看到，他就是肯德基的创始人——哈伦德·山德士。我们不妨先来看看他人生的部分简历。

5岁时，山德士的父亲突然病逝，而且没有留下任何财产。他的母亲只好外出工作养家。年幼的他一边在家照顾弟妹，一边学着自己做饭。

12岁时，他的母亲改嫁了。他随母亲到了继父家了。继父对他十分严厉，常趁他的母亲外出时痛打他。

14岁时，他辍学离开了学校，开始了流浪的生活。

16岁时，他无家可归，只好谎报年龄参加了远征军。倒霉的是他竟然晕船晕得厉害，结果被提前遣送回乡。

18岁时，他娶了媳妇，不幸的是没过几个月，媳妇就变卖了他所有的财产逃回了娘家。

20岁时，他已经当过电工、开过轮渡，后来又当了铁路工人，但没有一样工作顺利。

30岁时，他应聘进入了一家保险公司从事推销工作，后因奖金问题与老板闹翻，只好辞职离开。

31岁时，他开始自学法律，并在朋友的鼓动下做了律师。后来因为在一次审案时与当事人在法庭上大打出手而退出律师界。

32岁时，他再次失业，过着非常艰难的生活。

35岁时，不幸又一次降临到他的头上。在他开车路过一座大桥时，大桥的钢绳竟然突然断裂了，他连人带车一同跌到河中，身受重伤，再也无法从事重体力劳动。

40岁时，他在镇上开了一家加油站，因挂广告牌把竞争对手打伤，引来一场纠纷。

47岁时，他与第二任妻子离婚。

61岁时，他竞选参议员，但最后落败。

65岁时，政府修路拆掉了他刚刚开始红火的快餐馆，他不得不低价出售所有设备。

66岁时，为了维持生活，他只好挨家挨户到各地的小餐馆推销自己掌握的炸鸡技术。

75岁时，他感到有些力不从心，因此转让了自己创立的品牌和专利。新主人提议给他1万股，作为购买价的一部分，他拒绝了。后来公司股票大涨，他因此失去了成为亿万富翁的机会。

83岁时，他又开了一家快餐店，后来因为商标专利与人打起了官司。

88岁时，他终于大获成功，让全世界都知道了他的名字。

【人生箴言】

在人生道路上，不可能一帆风顺，大多数人的人生道路是崎岖不平的。

而正是由于这曲折的人生风景线，才使得生命更充实，更有意义。我们不要因为一时的失败而灰心丧气，怨天尤人，而应该勇敢面对，努力拼搏，始终坚信“阳光总在风雨后”。

老和尚的演讲

不管何人，若是失往了耐心，就失往了灵魂。

——培根

有一位佛法很高的老和尚，一次，他应邀请去一个寺庙讲经。

那天，在寺庙的大厅里座无虚席，人们在热切地、焦急地等待着那位佛法很高的大师做精彩的演讲。在寺庙大厅的正中央吊着一个巨大的铁球，为了这个铁球，厅上搭起了高大的铁架。

一位老和尚在人们热烈的掌声中走了出来，站在铁架的一边。

人们惊奇地望着他，不知道他要做出什么举动。

这时两位小和尚，抬着一个大铁锤，放在老者的面前。此时，老和尚对在场的人讲：请两位身体强壮的人，到台上来。好多年轻人站起来，转眼间已有两名动作快的观众跑到了台上。

老人告诉他们游戏规则，请他们用这个大铁锤，去敲打那个吊着的铁球，直到把它荡起来。一个年轻人抢着拿起铁锤，拉开架势，抡起大锤，全力向那吊着的铁球砸去，一声震耳的响声，吊球动也没动。他接着用大铁锤接二连三地砸向吊球，很快他就气喘吁吁。另一个人也不示弱，接过大铁锤把吊球打得叮当响，可是铁球仍旧一动不动。台下逐渐没了呐喊声，观众好像认定那是没用的，就等着老和尚做出解释。

会场恢复了平静，老和尚从上衣口袋里掏出一个小铁锤，然后认真地面对着那个巨大的铁球敲打起来。

他用小锤对着铁球“咚”地敲一下，然后停顿一下，再一次用小锤“咚”地敲一下。人们奇怪地看着，老人就那样“咚”地敲一下，然后停顿一下，就这样持续地做。

10分钟过去了，20分钟过去了，会场早已开始骚动，有的人干脆叫骂起来，人们用各种声音和动作发泄着他们的不满。老和尚仍然敲一小锤停一下地工作着，他好像根本没有听见人们在喊叫什么。人们开始愤然离去，寺庙大厅里出现了大片大片的空缺。留下来的人们好像也喊累了，会场渐渐地安静下来。

大概在老人敲打了40分钟的时候，坐在前面的一个人突然尖叫一声：“球动了！”刹那间会场鸦雀无声，人们聚精会神地看着那个铁球。那球以很小的幅度动了起来，不仔细看很难察觉。老和尚仍旧一小锤一小锤地敲着，吊球在老和尚一锤一锤的敲打中越荡越高，它拉动着那个铁架子“哐哐”作响，它的巨大威力强烈地震撼着在场的每一个人。终于场上爆发出一阵阵热烈的掌声，在掌声中老和尚转过身来，慢慢地把那把小锤揣进兜里。

老和尚开口讲话了，他只说了一句话：“在成功的道路上，你如果没有耐心去等待成功的到来，那么，你只好用一生的耐心去面对失败。”

【人生箴言】

俗话说，“十年磨一剑”。成大事者，很多情况下不能大急大躁，而应有足够的耐心等待机会和创造机会。耐心是成功的磨刀石；学会了等待，离成功也就不远了。

美洲鹰的新生

生物的进化同环境的变化有很大的关系，生物只有适应环境，才能生存。

——曲格平

在美国加州的岛上，有一种鸟叫美洲鹰，它的体重达到20公斤，两翼自然展开达到3米。由于有人高价收购，导致美洲鹰在岛上绝迹。当人们认为世界上不可能再出现美洲鹰的时候，美国一名专门研究美洲鹰的科学家阿·史蒂文，却在南美安第斯山脉的一个岩洞里，发现了绝迹多年的美洲鹰。让人感到不可思议的是，洞中到处是奇形怪状的岩石，岩石与岩石之间最大的距离是0.5米；最狭窄的地方，两块岩石几乎紧贴在一起，有的岩石薄得像刀片，有的岩石尖得像钉子。别说身体庞大的美洲鹰无法生活，连麻雀恐怕都很难栖身。美洲鹰究竟是以什么样的方式生活，所有专家都难以想象。经过观察，科学家才发现美洲鹰在穿过缝隙的一刹那，翅膀紧紧地贴在肚子上，双脚直直伸到尾部，与伸直的脖子和头保持在一条直线上，巨大的布满老茧的躯体在瞬间变成一条又柔又软的“面条”，进而轻松做到人们无法想象的事情。

美洲鹰为了躲避人类的追捕，来到这样的岩洞里，为了适应环境，为了让自己庞大的身躯能穿过岩石之间狭小的缝隙，在一次次受伤中调整自己、改变自己，终于让自己的身上有了老茧以抵御岩石的摩擦，让自己庞大的身躯柔软到可以瞬间成为一条直线。美洲鹰无法改变岩洞的狭小，但是它却改变自己，进而获得新生。

【人生箴言】

面对不如意的环境，改变自己是发展自己的必要条件。与其强求环境适应你，不如先改变自己，主动去适应环境。动物尚且懂得这个道理，人更应如此。

任何人都不可能离开环境而生存，当生存的环境变得越来越艰难时，我们要懂得改变自己去适应它。如果环境不利于我们，我们还要强行让外界适应我们的话，就可能会花费巨大的代价。所以说，与其试图让改变环境适应自己，不如改变自己去适应环境。当你从这样的认识出发，面对现实，千方百计改变自己，你就会发现，在改变自己适应环境的同时，环境也会逐渐随了人愿。

第八章
豁达包容：做人要有宽广的胸怀

宽容的力量

最高贵的复仇之道是宽容。

——雨果

早在春秋时期，有一次秦穆公乘车出行，走到半路时车坏了，拉车的马也跑了一匹，因为秦穆公很喜欢那匹马，就亲自去找马。找来找去，终于在岐山的南边找到了。不幸的是，那匹马已被一群流民抓住杀了，秦穆公的部属气愤极了，纷纷请求杀了这群流民。秦穆公摆摆手说："算了，只是一匹马而已，我听说只吃马肉而不喝酒会伤身体，就给他们一些酒吧。"于是流民们喝上了秦穆公赐的酒，事情就这样过去了。

一年之后，秦国和晋国在韩原展开大战。战斗一开始秦军失利，秦穆公的战车被晋兵包围，秦穆公身受重伤，晋国的大将马上就要活擒秦穆公了。正在万分危急之时，曾在岐山分吃马肉的为首者率数百人突然从一旁树林中冲出，他们奋力死战，终于战胜了晋军，并俘虏了晋惠公。

正是秦穆公包容了食其战马的人，在危难之时才得到他们的帮助，秦穆公可谓是宽容得福啊！

类似的事情也曾发生在战国时期的楚庄王身上。

楚庄王在一次平定叛乱后，大摆酒宴，招待群臣。自中午一直喝到日落西山，楚庄王又命点上蜡烛继续喝。群臣们越喝兴致越浓。忽然间，起了一阵大风，将屋内蜡烛全部吹灭。此时，一位喝得半醉的武将乘灯灭之际，搂抱了楚庄王的妃子。妃子慌忙反抗之际，折断了那位武将的帽缨，然后大声喊道："大王，有人借灭灯之机，调戏侮辱我，我已将那人的帽缨折断，快快将蜡烛点上，看谁的帽缨折断了，便知是谁。"

正当众人忙与准备点灯时，楚庄王高声喊道："切莫点烛，寡人今日要与众卿尽情欢乐，开怀畅饮。如果不扯断系缨，说明他没有尽兴，现在大家都把帽缨折断，谁不折断，那我就要处罚他！"

众人一听，齐声称好，等大家都把帽缨折断以后，才重新将蜡烛点上，大家尽兴痛饮，愉快而散。此后，那位失礼的武将对楚庄王感恩不尽，暗下决心，自己的人头就是楚庄王的，为楚庄王而活着，对楚庄王忠心耿耿，万死不辞。后来，在一次生命危急关头，就是那位失礼的武将，拼着性命救出了楚庄王。楚庄王以一时的忍让原谅，换取了自己的一条性命。

【人生箴言】

宽以为怀，是一种气度，一种风范，它有助于你事业的成功，一个人只有摒弃了内心的小小私念，才能把事业做大做好。

学会宽容

宽宏精神是一切事物中最伟大的。

——欧文

春秋时期，郑灵公在位期间，由公子宋和公子归生辅政。有一天，两个人相约早起，去拜见灵公。快到朝堂的时候，公子宋的食指突然开始跳动异常。公子宋对公子归生说："每次我食指跳都能尝到人间美味。"正说着，他们俩见宦官在召唤后宫的厨子。公子归生一笑，问是怎么回事。宦官回话说有人在汉江捉到一条大鼋（也就是甲鱼）献给了主公，主公要跟大臣一同享用。

听了宦官的回话，两人相视而笑，待见到灵公嘴角尚留笑痕。灵公好奇，问有什么高兴的事。公子归生就把公子宋食指跳动的事告诉灵公，灵公听了，半开玩笑半认真地说："你的食指跳动灵验不灵验，这一次还得由我决定！"于是，他暗中吩咐屠夫，如此这般，屠夫心领神会。到了品尝鼋肉的时刻，郑灵公命令诸臣按官职大小，依次坐定。公子宋位居第一，洋洋自得，等着品尝。郑灵公却突然宣布，今天赏赐从最下席开始，公子宋变成了最后一个，他明知道这是灵公拿自己开心，又找不到反对的理由，只好压住火气，耐心等待。大臣们一个个得到了赏赐的鼋羹，纷纷称赞，眼看只剩下公子宋一人了，公子宋眼睁睁地等着屠夫呈上来鼋羹。谁知，这时屠夫向郑灵公报告说，鼋羹没有了。

原来灵公为了捉弄宋，故意吩咐厨子，让他少做一鼎。灵公哈哈大笑，对公子宋说："你的食指还灵验不灵验啊？"在众臣面前受到如此冷落和戏弄，公子宋真是怒火中烧。为了挽回面子，他这时已完全失去了理智，遂不顾君臣之礼，突然起身走到郑灵公面前，将手探入灵公面前的鼎中，捏了一块鼋肉，放进口中，反唇相讥道："我现在已经尝到了鼋肉，食指跳动哪一点又不灵验呢?"说罢，不辞而别。公子宋的言行，深深激怒了郑灵公，他当着众臣的面，愤愤地说："宋也太无礼，他眼中还有我这个君主吗?"众臣吓得纷纷跪倒在地，连连规劝，郑灵公仍愤愤不已。

一场盛会就这样不欢而散。从此，郑灵公与公子宋结下了仇恨。公子宋回家后也怒气难消，又听说灵公要杀他，便先杀死灵公，报了未赐鼋羹之恨。郑国在经历了一场混乱之后又重新建立了一个国家，公子宋亦由于谋杀国君而被诛。君臣二人因一件小事而反目成仇，最后双方都死于非命，实在令人可惜。

【人生箴言】

与人交往，难免会有矛盾冲突，当别人冒犯了你的尊严或是损害了你的利益时，应给予理解和宽容，忽略其中的恶意和偏执。如果不宽容而去伤害，只能导致冤冤相报的恶性循环，那么就会出现"冤冤相报何时了"的后果。

盲人推拿师

甘瓜苦蒂，天下物无全美。

——墨子

有一个孩子，在他很小时候就双目失明了，他为自己不能看见这个世界而烦恼，他认为这是上帝的惩罚，让自己变成一个盲童，他也总是悲观地认为自己这辈子就是一个悲剧，如此下去也将是毫无尽头的折磨。直到有一天，他遇见了一位老师，才渐渐地从阴影中走出来。老师见他第一眼后就明白了他的想法，随后，老师开导他说："每个人都是被上帝咬过的苹果，所以或多或少都会存在缺陷，只是有的人缺陷较为明显，有的人缺陷较为隐蔽。缺陷较大的人，只是因为上帝特别喜欢他的芳香。"

盲童听后内心大受鼓舞，从此就将失明看成是上帝对自己特殊的钟爱，渐渐地从阴影中走出来，开始了崭新的生活。自信满满的他，开始向命运发起挑战，经过自己不懈的努力，他最终成为一名优秀的盲人推拿师，为许多病人解除了病痛，得到了世人的尊重。

【人生箴言】

没有如意的生活，没有完美的自己，只有豁达的人生。如果能够敞开胸怀，坦然地、微笑着面对自己生命中的一些缺憾和不足，愉悦地接纳自己，运用积极的思维扬长避短，充分发挥自己的潜力，同样会带来"柳暗花明又一村"的美景。

两个士兵之间的故事

世界上最宽阔的是海洋，比海洋更宽阔的是天空，比天空更宽阔的是人的胸怀。

——雨果

第二次世界大战期间，一支友军部队在森林中与德军相遇激战，最后两名战士与部队分开，失去了联系。两个战友在森林中艰难跋涉，寻找大部队，他们互相鼓励、互相安慰，十多天过去了，他们仍然未能与部队联系上。他们之所以在战场上还能相互照顾，彼此不分，因为他们是来自同一个小镇的朋友。

由于长时间没有联系到大部队，他们已经天两三天没吃到食物了。有一天，他们打到了一只鹿，依靠鹿肉他们又艰难地度过了几天。可是也许是战争的原因，动物都四散奔逃，或被杀光了，他们这以后再也没有看到任何动物。仅剩下的一点鹿肉背在年轻一点的战友身上，这一天，他们在森林的边上又遇到了敌人，经过再一次激战，他们巧妙地避开了敌人。就在自以为安全的时候，他们饥饿难忍，这时只听见一声枪响，走在前面的年轻战士中了一枪，幸亏是在肩膀，后面的战友惶恐地跑了过来，他害怕得语无伦次，抱着战友的身体泪流不止，赶忙把自己的衬衣撕开包扎战友的伤口。晚上，未受伤的战士一直叨念着母亲，两眼直勾勾的，他们都以为他们的生命即将结束。虽然饥饿，身边的鹿肉谁也没有动。天知道，他们怎么度过了那一夜，第二天，部队救了他们。

一晃，事情过去了30多年，那位受伤的战士说："我知道谁朝我开了一枪，他就是我的朋友，他去年去世了。在他抱住我的时候，我碰到了他发热的枪管，我怎么也不明白，但当晚我就宽容了他，我知道他想独吞我身上带的鹿肉活下来，但我也知道他活下来是为他的母亲。此后的30年，我装作根本不知道此事，也从不提及。战争太残酷了，他的母亲还是没能等到他回来，我和他一起祭奠了老人家。他跪下来说，请我原谅，我没让他说下去，我们又做了二十几年的朋友，我没理由不宽容他。”

【人生箴言】

宽容是人处世的准则。只有一个拥有智慧的人，才会在心中留出一片天地给别人。当你学会宽容别人时，就是学会宽容自己，给别人一个改过的机会，就是给自己一个更广阔的空间！

得理也要饶人

宽容并不是姑息错误和软弱，而是一种坚强和勇敢。

——周向潮

一位男子在饭店请几个生意上的合作伙伴吃饭。本来大家都很高兴，可是服务员上菜时，一不小心把一些汤汁洒在了这位男子的裤子上。服务员见状，马上找来餐巾纸为这位男子清理裤边和鞋子，一边擦一边不停地说：“真是对不起，我不是故意的，实在是因为不小心才出了这样的错误，对不起，请您原谅。”结果，这位男子非但没有消气，反而更加大声地说道：“小小的服务员，难道连上菜也不会吗？我的裤子和鞋子都是很贵的，你怎么走路也不长眼啊！”

听了这话，服务员只好连连赔不是，一个劲地道歉，可是这位男子却非要找经理来算账，闹得整个饭店的人都往这边看。

这时，他的合作伙伴说：“谁都会犯错误，服务员也不是故意的，你又何必这样不依不饶呢？况且每个人都有尊严，就算他把你的裤子和鞋子弄脏了，你也不应该用那样的话去批评他。本来我还想和你继续合作下去，现在看来，没有那个必要了。我认为，没有宽广心胸的人，在做生意的时候也不是一个可靠的合作对象。”说完，这位朋友起身离开了。

因为别人一次小小的错误，就丢了自己的一单生意，实在是得不偿失。

【人生箴言】

在生活中，如果得理不饶人，把一件不足挂齿的小事复杂化，把对方搞得下不了台，势必造成人际关系的恶化，更会给人留下固执己见、小肚鸡肠的不良印象。所以，对一些鸡毛蒜皮的小事或一些非原则性的问题，得理也不妨饶人，宽以待人，如此不仅可以化解矛盾，更可融洽人际关系。

乔丹和皮蓬

宽容就像天上的细雨滋润着大地。它赐福于宽容的人，也赐福于被宽容的人。

——莎士比亚

迈克尔·乔丹不仅是一名球艺精湛的著名球星，还是一位胸怀宽广，欣赏自己的对手，善于向竞争对手学习的人。

很多年前的一场NBA决赛中，还是新秀的皮蓬独得33分，超过乔丹3分，因而成为公牛队中比赛得分首次超过乔丹的球员。比赛结束后，乔丹与皮蓬紧紧拥抱，两人泪光闪闪。

开始时，由于皮蓬是公牛队中最有希望超越乔丹的新秀，他自己也时常流露出一种对乔丹不屑一顾的神情，还经常说乔丹在某方面不如自己，自己一定会推翻乔丹在公牛队的首席位置这一类话。但乔丹并没有把皮蓬当作潜在的威胁而排挤皮蓬，而是以欣赏的态度处处对皮蓬加以鼓励。

有一次，乔丹对皮蓬说：“我俩的三分球谁投得好？”皮蓬有点心不在焉地回答："你明知故问什么，当然是你。"因为那时乔丹的三分球成功率是28．6%，而皮蓬是26．4%。但乔丹微笑着纠正："不，是你！你投三分球的动作规范、自然，很有天赋，以后一定会投得更好，而我投三分球还有很多弱点。"并且还对他说，"我扣篮多用右手，习惯地用左手帮一下，而你，左右都行。"这一细节连皮蓬自己都不知道，他深深地为乔丹的无私所感动。

从那以后，皮蓬不再把乔丹当成对手，两人彼此欣赏对方，成了最好的朋友。

【人生箴言】

欣赏对手，不是在贬低自己，而是一种气度、一种智慧。懂得欣赏对手的人，往往是真正的聪明人，因为你付出了赞美，便会收获感激，你在欣赏对手的同时，也在不断提升和完善自我，还会收获更多的友谊与合作，这便是所谓的双赢效益。

容人之过

宽容与刻薄相比，我选择宽容。因为宽容失去的只是过去，刻薄失去的却是将来。

——佚名

基辛格是美国最伟大、最有声望的外交家之一。他不是明星，却胜似明星，无论走到哪里都受到年轻人热烈的追捧，很多人都视他为偶像。之所以如此受到欢迎，其实和他巨大的人格魅力有着密切的关系。一位曾经在他手下工作过的人这样说道："他为人非常和蔼，从来不会轻易发怒，即便是部下犯了很大的错误时，他也总会给出合理的引导，让他们从失败的阴影中走出来。"

基辛格在担任国务卿期间，每天都工作繁忙，日理万机，生活节奏很紧张。他的秘书自然也是非常辛苦，常常一大早起来就开始忙碌，除了吃饭时间，一刻钟都没有闲过。有一次，基辛格对秘书说下班之前要整理好第二天的会议报告，在开会之前交给他。可是，此时的秘书早已累得疲惫不堪，竟然将他交代的工作忘了个一干二净。

到了第二天开会时，基辛格向秘书要报告，这位秘书才突然发觉自己的失误。这是一个非常重要的会议报告，秘书低下头不敢看基辛格，心想："这次祸闯大了，自己一定会被开除的，最起码也会受到厉的处分。"当基辛格开完会回到办公室时，这位秘书羞愧地递上了辞职书。不过，事情却出乎他的意料，基辛格并没有很生气，反而吃惊地问道："不要一犯错误就想到辞职，人都会犯错的嘛，如果人人都和你一样，那不如都待在家里算了。"然后，他当着秘书的面将辞职书扔进了垃圾桶，又说道："我允许我的部下犯错误，但关键是要从中吸取教训，下次不能出现同样的事情。"这句话，影响了秘书整整一生。

【人生箴言】

金无足赤，人无完人，人人都可能犯错误，但是瑕不掩瑜，不妨放宽胸怀，宽以待人，把别人的缺点和错误缩小一点儿，把别人的优点和成绩放大一点儿。做人大度一些，容人一些，看得开，就能望得远，望得远才可路路通。

嫉妒的代价

那些因朋友的成功而感到苦痛的人才是好忌妒的人。

——色诺芬

孙伟是某大学社会学专业大三的学生，他是以优异的成绩考入这所名牌大学的。刚上大学时，他与班上同学的关系非常融洽，这当然与他的热情大方、乐于助人的性格分不开。同学们都喜欢朴素、热情的他。

可慢慢地，他产生了严重的不平衡心理。只要别的同学哪方面比他强，他就眼红；只要老师在同学面前表扬别的同学，他心里就酸溜溜的；他看见别的同学家境很好，不用勤工俭学就能过上很宽裕的生活，他心里就特别不平衡，时常怨恨自己没有生在一个富裕的家庭；他看见别的同学得了奖学金或被评为“三好学生”，就嫉妒得夜里辗转反侧，暗暗埋怨上天的不公。

孙伟尤其看不惯与他来自同一所高中的一位老乡。原来两个人在高中时各方面都不相上下，上大学后，这个老乡的成绩越来越好，而且被选为班干部，他就更加妒火中烧了。于是他的注意力不在读书学习上，而是时刻注视着老乡的一举一动，妄图从中抓住把柄，他开始到处给那位老乡散布流言蜚语，造谣中伤，大家都开始讨厌他。他为了争口气，把老乡比下去，在竞选班干部时竟然不知羞耻地在下面做小动作、拉选票，结果他的阴谋被同学们识破，唱票时只有他自己投了自己一票，搞得十分狼狈。一计不成他又生一计，在期末考试中，他知道凭自己的水平是拿不了高分的，于是，他就采用夹带纸条的方式作弊。在最先的两门考试中，他的计谋得逞了。正当他自鸣得意、觉得胜利在望时，在第三门考试中被监考老师抓个正着。老师说：“我早就注意你了，以为你会有所收敛，没想到你一而再再而三地作弊。我再也不能容忍你的作弊行为了。”孙伟当下便痛哭流涕地求监考老师手下留情，可是学校的制度是无情的，孙伟的名字上了作弊的名单。当天，学校教务处就做出了开除其学籍的处分决定。

孙伟没想到自己的大学生活会是以被开除告终。他觉得无颜面对自己的父母。于是，他一个人背着简单的行囊去了另外一个陌生的城市，开始了流浪生涯。

嫉妒的毒火烧毁了孙伟的良知，让他迷失了本性，一而再再而三做出害人害己的蠢事；嫉妒更毁灭了他的前程，也许他将不得不用一生的坎坷来为嫉妒付出代价。

【人生箴言】

一般来说，嫉妒他人的人，不能容忍别人的快乐与优越，常常盯着别人的缺点，对别人的长处不是视而不见，就是故意诋毁。其实，这只能说明自己气量狭小。所以我们要有宽阔的胸怀、谦虚的态度，虚心向别人学习，争取和别人一样有所建树。

放下仇恨

只有勇敢的人才懂得如何宽容；懦夫绝不会宽容，这不是他的本性。

——斯特恩

有一位德高望重的老禅师叫法正，每年都有成千上万的人去请他解答疑问，或者拜他为师。这天，寺里来了几十个人，全都是心中充满了仇恨而因此活得痛苦的人。他们跑来请法正禅师替他们想一个办法，消除心中的仇恨。

他们每一个人都跑去向法正禅师诉说自己的痛苦，说自己心中有多么的仇恨。法正禅师说："我屋里有一堆铁饼，你们把自己所仇恨的人的名字一一写在纸条上，然后一个名字贴在一个铁饼上，最后再将那些铁饼全都背起来！"大家听了禅师这么说，不明所以，但还是都按照法正禅师说的去做了。

于是那些仇恨少的人就背上了几块铁饼，而那些仇恨多的人则背起了十几块，甚至几十块铁饼。这样一来，那些背着几十块铁饼的人就很重，非常难受。没多久，有人就叫起来了："禅师，能让我放下铁饼来歇一歇吗？"法正禅师说："你们感到很难受，是吧！你们背的岂止是铁饼，那是你们的仇恨，你们现在都能放下了？"大家不由得抱怨起来，甚至还有人私下小声说："我们是来请他帮我们消除痛苦的，可他却让我们如此受罪，还说是什么有德的禅师呢，我看也就不过如此！"

还有人高声说道："我看你是在想法子整我们！"

法正禅师虽然人老了，但是却耳聪目明，他听到了，一点儿也不生气，反而微笑着对大家说："我让你们背铁饼，你们就对我仇恨起来了，可见你们的仇恨之心不小呀！你们越是恨我，我就越是要你们背！"

过了一会儿，看大家真的是很累了。于是，法正禅师笑着说："现在，你们感到很轻松，对吧！你们的仇恨就好像那些铁饼一样，你们一直把它背负着，因此就感到自己很难受很痛苦。如果你们像放下铁饼一样放弃自己的仇恨，你们也就会如释重负，不再痛苦了！"大家听了不由得相视一笑，各自吐了一口气。法正禅师接着说道："你们背铁饼背了一会儿就感到痛苦，又怎能让仇恨背负一辈子呢？现在，你们心中还有仇恨吗？"大家笑着说："没有了！你这办法真好，让我们不敢也不愿再在心里存半点儿仇恨了！"

法正禅师笑着说："仇恨是重负，一个人不肯放弃自己心中的仇恨，不能原谅别人，其实就是自己在仇恨自己，自己跟自己过不去，自己给自己罪受！"听到这里，大家恍然大悟。

【人生箴言】

仇恨只会让人生倍加难行。心中装着仇恨的人，他的人生是痛苦的、不幸的，只有放下仇恨选择宽容，纠缠在心中的死结才会豁然解开，心中才会安详、纯净。所以，请忘掉仇恨，远离仇恨，用一颗宽容的心去宽容一切，和谐共存是永恒的主题，相信爱能征服一切。

吃亏的刘老板

有时看似是一件很吃亏的事，往往会变成非常有利的事。

——李嘉诚

有一位北京商人刘老板，他在陕西铜川开了一家机电设备公司。有一次，一个老客户来买电器配件，遗憾的是，刘老板找遍了公司的库存，就是没有这个配件。但是，这位客户着急得很，因为拿不到这个配件，他所在的企业就面临停工，而停工一天的损失将达到5万多元。

看到客户如此着急，刘老板一边安慰，一边承诺一定在一天之内把货搞到。客户刚走，刘老板便亲自出马打的直奔西安供货方。谁知，西安没有货了。没办法，他只好连夜乘飞机回杭州，然后再轿车赶往北京老家。回来折腾一番已经是清晨四五点了。刘老板不顾疲劳，又在北京联系相关的生产厂家，结果在连续联系了十几个厂家后，终于找到了这个电器配件。拿到电器配件后，刘老板火速打车直奔机场，下车看望一下父母的时间都没有。第二天，当他把货交到客户手中时，客户感动得无法言语。

这次生意对刘老板来说，是一桩赔本生意。因为一个配件才300元，利润也就十几元钱，但是刘老板却付出了3000多元的交通费。从表面上看，刘老板亏了好几千元，但是他却赢得客户的信任。第二天，客户所在的企业就敲锣打鼓地送来了大匾，还带上当地媒体来采访刘老板，宣传他这种一心想着客户的事迹。就这样，刘老板真诚待人的消息在业内广泛流传，刘老板生意自然是越来越红火，得到的财富比之前区区几千元的损失要多得多。

刘老板表面上吃了点亏，但他却交到了一个朋友，赢得了声誉。孰轻孰重，明眼人一看就知道了。

【人生箴言】

有时，吃亏并不一定都是坏事，有时候也能变成好事。所以说，“吃亏是福”。我们不能只当套话来理解，应在关键时候有敢于吃亏的气量，这不仅体现你大度的胸怀，同时也是做大事业的必要素质。懂得吃亏的人才是真正的智者。小处吃亏，大处受益，暂时吃亏，长远受益。如能将个人的得失置之度外，便可宽心自如地对待周遭的人与事，时时从大局着眼，从长远利益考虑问题——这就是智者的选择。

不要盲目攀比

生活累，一小半源于生存，一小半源于攀比。

——佚名

小郑走上工作岗位已经三年，薪水一般，还没有挤进成高收入人群，花钱却一直大手大脚。每当她看到同事的东西比自己的好，就感到十分难受，再贵也要买个一样的，才能放下心里的疙瘩。工作三年，别说存钱，还倒欠了大笔外债，爸爸、妈妈、姑姑、小叔，疼她的长辈几乎被她借了个遍。虽然每次拿钱，长辈们都会嘱咐她量入为出，尤其父母恨铁不成钢，经常念叨她，她却听不进去，依然挥霍。

小郑的钱花到哪里去了？手机、MP3、PSP、衣服、靴子、包，只要办公室有人换新的，并且她认为比自己的好，就会立刻跟着换，自己的钱不够，就把旧东西低价处理掉，还不够，就跟长辈伸手。后来办公室的人都知道了她的恶习，每次换了新物品，干脆故意在她面前晃来晃去，略带嘲讽地等着看她出血跟着买。这样，她心里难受得更厉害了，无论如何都要赌赢这口气，哪怕厚着脸皮东拼西凑，也要打肿脸充胖子。三年下来，她一共换了7部手机，5个MP3，3台PSP，还有大堆的衣服和饰品，烧了无数冤枉钱。

小郑在办公室中穿着最光鲜的衣服，用着功能最强最全的数码产品，她究竟从中得到了多少快乐呢？实际上，只有将新物品展示在同事面前的时候，她才能感到满足，过不了多久，心里就会为此感到难受。由于挥霍无度入不敷出，她不仅要在别人看不到的时候省吃俭用，还越来越不敢面对父母，也不能坦然地站在别的长辈面前，并且，她总担心有一天会被同事知道，自己买东西的钱是到处借来的。这是个沉重的心理负担，小郑凝视镜子的时候，感觉自己在这三年间老了七八岁。

【人生箴言】

人生最悲哀的事情就是拿自己的处境和别人做比较。攀比不是罪过，但攀比心太强必然烦恼丛生。跟在别人后面亦步亦趋，在越来越让人眼花缭乱的欲望对象面前患得患失，将永远也体会不到人生最值得珍视的内心和平。

宰相肚里能撑船

关公放了曹丞相，丈夫要有容人量。

——谚语

古时候有个宰相，一天，请来一位理发师给他理发。理发师给他理好发后，就给他修面。面修了一半，理发师忽然停下手中的剃刀，两只眼睛看着宰相的肚皮。宰相心想：肚皮有什么好看呢？就问道："你不修面，却在看我的肚皮，这是为什么？"理发师听了宰相的问话，说："人家说'宰相肚里能撑船'。我看大人的肚皮并不大，如何可以撑船呢？"宰相听了哈哈大笑，说："所谓'宰相肚里能撑船'，是说宰相气量大，对各种小事，都能容忍，从来不计较。"理发师听了，慌忙跪在地上，口中连连说："小人该死，小人该死。"宰相忙问："什么事？"理发师说："小人该死。在修面的时候，小人不小心，将大人左面的眉毛剃掉了，千万请大人恕罪。"宰相一听，十分气愤。他想，剃去了一道眉毛，如何去见皇上，又如何会客呢？正想发怒，但又一想，自己刚才讲过，宰相的气量最大，对那些小事，从来不计较，现在为了一道眉毛，又怎么能治他的罪呢？想到这里，宰相只好说道："去拿一支笔来，将剃去的眉毛给我画上。"理发师就按宰相的吩咐，给宰相画上了一道眉毛。

【人生箴言】

宽容不仅仅是一种大度，一种风格，还是一种气量，一种境界。当你以宽容的心胸去原谅他人的过失的时候，收获的不仅仅是你高尚的人格，更重要的是还会赢得他人的尊重。对他人再宽容一点，心胸再开阔一点，我们的生命就会增加更多的空间。

总统改变想法

人心不是靠武力征服，而是靠爱和宽容征服。

——斯宾诺莎

利比里亚的女总统瑟利夫，在未当总统之前，由于政变等原因，曾经三次流亡几内亚。每一次走在流亡的路上，她都在想，有朝一日必将卷土重来，搞垮她的政敌，让曾经使她饱尝艰辛的人也尝一尝颠沛流离之苦。但一次不平凡的经历改变了她的想法。

有一天，她带着她的随从靠近一个村落的时候，突然从一棵大树后响起枪声。训练有素的贴身护卫维撒猛地把她扑倒，她获救了，但这颗罪恶的子弹夺去了维撒年轻的生命。后来她才知道，开枪的是维撒的邻居，一个叫阿撒的小伙子。阿撒被她的对手收买，一直在伺机暗杀她。13年后，瑟利夫再次来到这个村庄，竟然发现维撒的妈妈去给阿撒的妈妈送粮食。她问维撒的妈妈为何要这样做，维撒的妈妈回答："阿撒逃走后，13年来杳无音信，阿撒的妈妈穷困潦倒，现在又病了，家里揭不开锅……"瑟利夫不禁提醒这位善良的老妈妈："他们不是我们的敌人吗？"老妈妈的回答再次让她吃惊："那都过去了，以怨报怨，只能增加更多的怨恨。”

那一刻，她被震撼了。这位老妈妈的话，深深地教育了她——用仇恨面对仇恨，对立的双方将永远无法摆脱仇恨。饱经战乱的利比里亚需要的不是仇恨，更不是战争，它需要的是宽恕！因为只有宽恕才能化解矛盾，只有宽恕才能消除隔阂，只有宽恕才能获得理解，也只有宽恕才能赢得支持。

从那以后，瑟利夫不仅以宽恕的心态来面对过去的对手，还号召人民忘掉仇恨，以宽容、和解治愈历史的创伤。瑟利夫的举动，赢得了利比里亚人民的理解和支持，并通过选举把她推上了总统的宝座，使她成为非洲历史上第一位民选女总统。

【人生箴言】

宽容是一种博大的境界。表面上看，它只是一种放弃报复的决定，这种观点似乎有些消极，但真正的宽恕却是一种需要巨大精神力量支持的积极行为。宽容是为了那些曾经侵犯我们的人着想而做出的，它的最高境界是心灵的净化和升华，它使我们从中看到了非常、强大的力量。

亚历山大和大流士

以温柔、宽厚之心待人，让彼此都能开朗愉快地生活，或许才是最重要的事吧。

——松下幸之助

亚历山大和大流士在伊萨斯展开激烈大战，大流士失败后逃走了。一个仆人想办法逃到大流士那里，大流士询问自己的母亲、妻子和孩子们是否活着，仆人回答："他们都还活着，而且人们对她们的殷勤礼遇跟您在位时一模一样。"

大流士听完之后又问他的妻子是否仍忠贞于他，仆人回答仍是肯定的。于是他又问亚历山大是否曾对她强施无礼，仆人先发誓，随后说："大王陛下，您的王后跟您离开时一样，亚历山大是最高尚的人，最能控制自己的英雄。"

大流士听完仆人这句话，双手全十，对着苍天祈祷说："啊！宙斯大王！您掌握着人世间帝王的兴衰大事。既然您把波斯和米地亚的主权交给了我，我祈求您，如果可能，就保佑这个主权天长地久。但是如果我不能继续在亚洲称王了，我祈祷您千万别把这个主权交给别人，只交给亚历山大，因为他的行为高尚无比，对敌人也不例外。"

大流士虽然战败了，但却能够主动赞赏亚历山大，这说明他有一个宽广的胸怀。

【人生箴言】

称赞对手、为对手叫好，特别是为刚刚打败自己的对手鼓掌，不仅需要那么一点勇气，敢于面对自己失败的勇气，更需要一种胸怀，即战胜了人性弱点，容纳自己，更容纳别人的胸怀，做到了这两点的人，有时觉得他们比强者还可爱，或者说，他们才是从失败中站起来的强者。

站在他人的角度想一想

胸中天地宽，常有渡人船。

——谚语

阳阳将一本新买的《海贼王》漫画书带到了学校，他一下课就翻出漫画书高兴地翻阅起来。不巧，同桌起身时不小心把墨水瓶碰翻，墨水洒到了漫画书上，把一本精美的《海贼王》漫画书弄得脏兮兮的，无法继续看下去了。阳阳很生气，不但让同桌赔他新的《海贼王》，还把这件事告诉了班主任老师。结果，阳阳的同桌被老师批评了一顿。

放学回家，当阳阳跟妈妈诉说这件事情的时候，妈妈严肃地对她说："谁都有不小心犯错误的时候，如果你犯了同样的错误，你的同桌大喊大叫，让你赔，还告诉老师批评你，你舒服吗？"

阳阳说："我会很难受的呗。"接着，妈妈又告诉阳阳，要和气、友好地待人，不能斤斤计较，尤其是对待同学，更要大度、宽容，像今天这样的情况，应该说没关系。这样，才能成为受同学欢迎的人，成为快乐的人。这件事给阳阳留下了深刻的印象，他也学会了一个道理，那就是站在别人的角度想一想，那样处理问题就会更合理、更妥当。

【人生箴言】

如果想要很好地与他人相处，其实很简单，只要站在他人的角度想一想，多为他人想一想，也许很多事情就会有很大转机，就会有不一样的结局。当你站在别人的角度上思考时，你慢慢地就会心平气和，一腔怒气也会渐渐消失，从而变得更加善解人意，更加细心，更加宽容，更加和善。

待人宽厚的宰相

惟宽可以容人，惟厚可以载物。

——薛日宣

夏原吉是江西德兴人，是明宣宗时的宰相。他待人宽厚，有君子之风。

有一次夏原吉巡视苏州，谢绝了地方官的招待，只在客店里吃饭。厨师煮菜太咸，使他无法入口，他只吃些白饭充饥，并不说出原因，以免厨师受责。后来，他巡视淮阴，在野外休息的时候，不料马突然跑了，随从追去了好久，都不见回来。夏原吉不免有点担心，恰巧有人路过，便向前问道："请问，你看见前面有人在追马吗？"话刚说完，没想到那人却怒目对他答道："谁管你追马追牛？走开！我还要赶路。我看你真像一头笨牛！"这时，随从正好追马回来，一听这话，立刻抓住那人，厉声呵斥，要他跪下向宰相赔礼。

可是夏原吉阻止道："算了吧！他也许是赶路太辛苦了，所以才急不择言。"说完，便笑着把他放走了。

有一天，一个老仆人弄脏了皇帝赐给夏原吉的金缕衣，吓得准备逃跑。夏原吉知道了，便对他说："衣服弄脏了，可以清洗，怕什么？"又有一次，奴婢不小心打破了他心爱的砚台，躲着不敢见他，他便派人安慰她说："任何东西都有损坏的时候，我并不在意这件事呀！"因此，他家中上下，都很和睦。

当他告老还乡的时候，寄居途中旅馆，一只袜子湿了，就命伙计去烘干。伙计不慎，袜子被火烧坏却不敢报告，过了好久，才托人请罪。他笑着说："怎么不早告诉我呢？"说着把剩下的一只袜子丢进垃圾桶里。他回到家乡以后，每天和农夫、樵夫一起谈天说笑，显得非常亲切随和，不知道的人，谁也看不出他是曾经做过朝廷宰相的人。

【人生箴言】

成大事业者有大胸怀。这样的人不会成日计较于鸡毛蒜皮，整天着眼于蝇头小利，枉费了许多时间和精力。一个人有了宽广的胸怀，他在生活中便多了理解，多了宽容，多了温和，多了宠辱不惊的气度，他也更能体会到宁静和幸福。

高僧吃肉

生活中有许多这样的场合：你打算用愤恨去实现的目标，完全可能由宽恕去实现。

——西德尼·史密斯

一位高僧受邀参加素宴，席间，发现在满桌精致的素食中，有一盘菜里竟然有一块猪肉，高僧的徒弟故意用筷子把肉翻出来，打算让主人看到，没想到高僧却立刻用自己的筷子把肉掩盖起来。一会儿，徒弟又把猪肉翻出来，高僧再度把肉遮盖起来，并在徒弟的耳畔轻声说："如果你再把肉翻出来，我就把它吃掉！"徒弟听到后再也不敢把肉翻出来。

宴后高僧辞别了主人。归途中，徒弟不解地问："师傅，刚才那厨子明明知道我们不吃荤的，为什么把猪肉放到素菜中？徒弟只是要让主人知道，处罚处罚他。"

高僧说："每个人都会犯错误，无论是有心还是无心。如果让主人看到了菜中的猪肉，盛怒之下他很有可能当众处罚厨师，甚至会把厨师辞退，这都不是我愿意看见的，所以我宁愿把肉吃下去。"

【人生箴言】

遇事宽容、大度一些，尤其是在得理的情况下，不要揪住别人不放，为彼此保留一份面子，以理相让，解除与对方的隔阂，最后往往会皆大欢喜。事实上，得理饶人并不是懦弱，而是坦诚地为别人打开一扇宽容的窗户，让对方可以轻松地透口气，同时也让自己有了活跃的空间，毕竟后退一步才能海阔天空。这样，既能收到批评的效果，又能彰显我们做人的大度。

蛮横无理的将军

智者总是着眼于现在和未来，念念不忘旧怨只能使人枉费心力。

——弗·培根

在日本禅门里，有一位大名鼎鼎的梦窗国师。他德高望重，既是有名的禅师，也是当朝国师。

有一次他搭船渡河，渡船刚要离岸，这时从远处来了一位骑马佩刀的大将军，大声喊道："等一等，等一等，载我过去！"他一边说一边把马拴在岸边，拿了鞭子朝水边走来。

船上的人纷纷说道："船已开行，不能回头了，干脆让他等下一班吧！"船夫也大声回答他："请等下一班吧！"将军非常失望，急得在水边团团转。

这时坐在船头的梦窗国师对船夫说道："船家，这船离岸还没有多远，你就行个方便，掉过船头载他过河吧！"船夫看到是一位气度不凡的出家师父开口求情，只好把船撑了回去，让那位将军上了船。

将军上船以后就四处寻找座位，无奈座位已满，这时他看见坐在船头的梦窗国师，于是拿起鞭子就打，嘴里还粗野地骂道："老和尚！走开点，快把座位让给我！难道你没看见本大爷上船?"没想到这一鞭子正好打在梦窗国师头上，鲜血顺着脸颊汩汩地流了下来，国师一言不发地把座位让给了那位蛮横的将军。

这一切，大家都看在眼里，心里是既害怕将军的蛮横，又为国师的遭遇感到不平，纷纷窃窃私语：将军真是忘恩负义，禅师请求船夫回去载他，他还抢禅师的位子，并且打了他。将军从大家的议论中，似乎明白了什么。他心里非常惭愧，不免心生悔意，但身为将军却拉不下脸面，不好意思认错。

不一会儿，船到了对岸，大家都下了船。梦窗国师默默地走到水边，慢慢地洗掉了脸上的血污。那位将军再也忍受不住良心的谴责，上前跪在国师面前忏悔道："禅师，我……真对不起！"梦窗国师心平气和地对他说："不要紧，出门在外难免心情不好。"

【人生箴言】

宽容是一面镜子，它可以随时照出人的胸怀。得理不饶人、睚眦必报的人只会照出其狭隘的一面；只有胸怀宽广、心地坦荡地对人，镜子里才会有万朵莲花为你绽放。

第九章

果敢决断：果断行动更容易成功

希腊船王的发家史

首先细心思考，然后果断决定，最后坚韧不拔地去做。

——培根

希腊船王欧纳西斯年轻的时候在阿根廷做烟草贸易和运输买卖。有一年全世界范围内发生了经济危机，加拿大一家铁路公司为了度过危机，准备拍卖产业，其中有6艘货船，十年前价值200万美元，如今仅以每艘2万美元的价格拍卖。他得到这个消息后，决定买下这6艘船。同行们对他的想法嗤之以鼻。

因为，从当时看来，海上运输业实在是太不景气了，海运方面的生意只有经济危机之前的1／3，这样的状况谁还会傻得去从事海运行业呢？一些老牌的海运企业家都纷纷转行了。然而，他经过一番思考之后，果断决策：赶往加拿大，买下拍卖的船只。

别人对他的举动瞠目结舌。大家都觉得他太傻了，这不是白白把大把的钞票往海里扔吗？于是，有人偷偷笑他愚蠢至极，也有人在背后悄悄议论他的精神有点问题，一些亲朋好友则劝他不要做赔本买卖。

事实上，他有自己的主意，他是经过缜密的思考才做出决断的。他认为经济萧条只是暂时的现象，危机一旦过去，物价就会从暴跌变为暴涨，如果能趁着便宜的时候把船买下来，一定能够赚到可观的利润。

果然不出所料，经济危机过后，海运业迅速回升，他从加拿大买回来的那些船只，一夜之间身价陡增。大量财富源源不断地向他涌来。

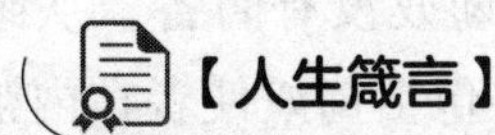

机会稍纵即逝，只有性格果断的人才能牢牢将其握在手中，使自己拥有

的资源得到最好的发挥，走好人生最关键的几步。如果优柔寡断，就很可能与机会擦肩而过，最终沦为一个平凡者。

班超出使西域

果断获得信心，信心产生力量，而力量是胜利之母。

——亨利希·曼

东汉时期，北方的匈奴时常侵犯汉朝的边境，当时，汉明帝派大将军窦固出兵攻打匈奴。班超随军出征，担任窦固手下的代理司马官职。由于他作战勇敢，屡立战功，得到窦固的赏识，派他出使西域，目的是联络西域各国，共同抗击匈奴。

班超奉命出使西域各国。经过长途跋涉，历尽千辛万苦，首先来到西域一个较大的鄯善国（今新疆南部鄯善）。起初，鄯善国国王对他很恭敬，作为上国的贵宾招待，彼此十分友好。过了几天，匈奴也派使者来同鄯善国联络，由于匈奴使者的从中挑拨，鄯善王对班超的态度渐渐冷淡起来，并且产生了敌意。班超发觉以后，立刻召集同行人员，说明情况，研究对策，最后决定先下手为强，杀死匈奴使者，降服鄯善王。

当时，虽然面临险境，同行人员仅有36人，但是班超勇敢果断，毫不畏惧，他说："不入虎穴，焉得虎子！眼前，我们只有迅速地主动去找敌人拼命，才能够摆脱险境"。

这天深夜，班超率领36人，奔向匈奴使者的营地。夜里正好刮大风，班超先派10人，拿着鼓藏在匈奴使者营后，其余的人，各执弓箭刀枪，埋伏在营前两侧，然后乘风放一把大火，击鼓呐喊，一同杀出。匈奴没有防备，从睡梦中惊醒，不知道汉军有多少人马，吓得没命乱逃。当场，包括匈奴使者在内被杀30多人，还有大约100多人，全都烧死。

第二天，班超把鄯善王请来，把匈奴使者的首级提给他看，并且好言相劝，安慰了他一番。鄯善王这才心悦诚服，愿意同汉朝建立友好关系。

班超的举动震动了西域，其他国家也纷纷和汉朝签订同盟，很多小国也表示和汉朝永久友好。班超终于圆满地完成了使命。

【人生箴言】

在危急的情境之下，行事绝不能拖泥带水。敏锐的做出判断后，迅速出击，才能够获得成功。如果举棋不定，犹豫不决，后果就不堪设想了。

机遇来时不可优柔寡断

世上没有一个伟大的业绩是由事事都求稳操胜券的犹豫不决者创造的。

——爱略特

楚汉相争之时，韩信的实力已经不容小觑，他完全可以左右楚汉的胜败。辩士蒯通便对韩信说："当今楚汉二王的命运掌握在你手里，你投靠哪一方，哪一方就会胜。我愿为你献计献策，帮助你得到最大的利益。目前，你占领着齐国的地盘，如果你从燕赵两地空虚的地方出击，就能控制汉楚的后方。这个时候，你若能满足天下百姓的愿望和要求，天下人就会投奔你而来。顺势者昌，逆势者亡，机遇来了不去把握，自己可能会遭殃。希望你慎重考虑啊！"

从当时的时局来看，韩信有足够的实力称霸。但他对此犹豫不决。不久，蒯通再次劝说他："计谋大事在于时机，时机一旦错过，想要保住安稳的位子就很难了。面对机遇要果断作出反应。否则就会错失良机、追悔莫及啊。若只看重小小的计谋，就会失去掌控天下的大局面，如果看清楚了局面，却不敢去做，就是百事的祸害。猛虎的犹豫不决，不如蜂虫的致螫；良马不前，不如驽马安步。虽然有舜禹那样的智慧，却默默不语，那就不如聋哑人的手势指点。功劳难成，却容易毁败；时机难得，却容易失去。时机一旦失去就不会再来了，但愿你认真考虑吧！”

然而韩信仍然在犹豫，他不能下决心背叛刘邦，最后终被刘邦杀害。

历史上类似的事情很多，项羽也是其中之一。

当年，项羽入关之前屯兵新丰鸿门，刘邦屯兵灞上，双方相距不远，谋士范增劝说项羽速攻刘邦，而项羽却踌躇不决。恰好此时曹无伤向项羽告密：“沛公欲王关中，使子婴为相，珍宝尽有之。”项羽闻言大怒，当即发誓次日便要消灭刘邦，然而就在这剑拔弩张的紧急时刻，被刘邦收买过的项伯，仅用三言两语，不但打消了项羽要“击破沛公军”的念头，而且还同意刘邦前来谢罪。

鸿门宴上，范增屡次示意项羽要他杀掉刘邦，可是项羽总因下不了决心而“默默不应”，使得刘邦躲过了第一难。待后来范增招来刺客项庄，企图让他趁舞剑之机刺死刘邦时，由于项伯乘机涉足其中，暗中保护刘邦，项庄又每每不能得手。对项伯的非常之举，项羽一味地姑息纵容，范增的计划因此再度落空，刘邦又躲过了第二难。项庄舞剑失败以后，宴会上的气氛依旧十分紧张，就在刘邦欲走不能走、想留不敢留的极其矛盾之时，刘邦的骖乘樊哙闯进来，将项羽大骂一通，不料项羽这次非但没有发怒，反而称樊哙为壮士，对其赐酒赐肉，礼待有加，使得后来刘邦有可能在樊哙等人的保护下金蝉脱壳，逃之夭夭。正是项羽的犹豫不决使他失去了除掉心腹大患的绝佳机会。

楚汉双方在广武对峙时，项羽捉住刘邦的父亲拿到阵前当人质，希望借此来威胁刘邦投降。项羽表示如果刘邦不投降的话，就把他父亲放到锅里煮了。谁知刘邦的回答却出奇的爽快：“煮就煮吧，只是到时别忘了给我留一勺汤喝。”刘邦的果断与项羽的犹豫形成了鲜明对比，难怪刘邦能以弱制强建立汉朝。

项羽一次次的犹豫，将自己堵在了一个死胡同里，最后兵败如山倒，乌江自刎虽悲壮凄美，却换不回九五至尊的威仪。

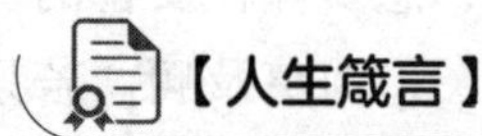

【人生箴言】

优柔寡断和拖泥带水，只能坐失良机。所以，当机会来临或事情紧迫时，必须果断地做出决策。千万不要等到失败的时候才后悔为什么当初自己就那么的优柔寡断呢？

两个闯荡美国的小伙子

行动，只有行动，才能决定价值。

——约翰·菲希特

约翰和詹姆士一起搭船来到了美国，他们打算在这里闯出自己的一片天地。他们下了船，来到码头，看着海上的豪华游艇从面前缓缓而过，二人都非常羡慕。约翰对詹姆士说："如果有一天我也能拥有这么一艘船，那该有多好。"詹姆士也点头表示同意。

中午的时候，他们都觉得肚子有些饿了，两人四处看了看，发现有一个快餐车旁围了好多人，生意似乎不错。约翰是对詹姆士说："我们不如也来做快餐的生意吧！"詹姆士说："嗯！这主意似乎是不错。可是你看旁边的咖啡厅生意也很好，不如再看看吧！"两人没有统一意见，于是就此各奔东西了。

握手言别后，约翰马上选择一个不错的地点，把所有的钱投资做快餐。他不断努力，经过5年的用心经营，已经拥有了很多家快餐连锁店，积累了一大笔钱财，他为自己买了一艘游艇，实现了他自己的梦想。

这一天，约翰驾着游艇出去游玩，发现了一个衣衫褴褛的男子从远处走了过来，那人就是当年与他一起来闯天下的詹姆士。他兴奋地问詹姆士："这5年你都在做些什么？"詹姆士回答说："5年间，我每时每刻都在想：我到底该做什么呢！"

【人生箴言】

只有梦想是不够的，要想成大事，你必须为自己的理想追求到底的决心，并且要马上行动。梦想是成大事者的起跑线，决心是起跑时的枪声，行动才是奔跑者全力的奔驰。唯有不断付诸行动，方能实现目标。

卡内基的成功

在胆小怕事和优柔寡断的人眼中，一切事情都是不可能办到的，因为乍看上去似乎如此。

——司各特

1860年前后，卡内基在宾夕法尼亚铁路公司西段任秘书，开始做股票投资。由于他审时度势，抓住机遇，借了600美元当了股东，三年竟获得500万美元的现金红利。这是卡内基获得的第一次成功，是他发家的开始。

一天，宾夕法尼亚铁路西部管理局局长斯考特先生突然问卡内基："喂，卡内基，你能筹集到500美元吗？"卡内基面露难色，十分尴尬。因为他父亲刚刚过世，为支付丧葬费、医疗费，他全部的积蓄仅剩50美元。斯考特见他困窘的样子，便说："我的一位朋友过世后，他太太将遗产的股份卖给了友人的女儿，现在这位女子急需用钱，想转让股份，是亚当斯快运公司的10股股票，恰好500美元。红利是一股1美元……"

"这么大一笔钱，我实在是筹集不出来。"卡内基一脸无奈的样子。

"那好，我先替你垫上，无论如何也要把它买下来。"斯考特先生坚持让卡内基一定要做成这笔生意。

第二天，斯考特先生却犹豫起来，他问卡内基："对不起，人家非600美元不卖。还要吗？"

卡内基却一反昨日的犹豫，坚定地说："要。我一定要，请代我先付600美元。"由于斯考特先生昨天对他的坚决支持，使他的自信心坚定起来，毅然决定去拼一把。

于是，卡内基用借据和股票作担保写了一张600美元的借据，半年利息10美元，交给了斯考特先生。

半年后，卡内基母子俩节衣缩食、向亲戚高利借款，以房子为抵押品，千方百计总算还清了所借的债款。不久，一封装有10美元红利支票的信寄到卡内基手中，他将其交给斯考特先生作为利息。

又一个偶然的机会，一位叫作伍德拉夫的设计师找到卡内基。他设计发明了一辆卧铺车的模型。这种卧铺车可方便旅客夜间旅行，构思奇特新颖，在当时是比较先进的客车车型。卡内基把他请到斯考特的办公室。斯考特看到伍德拉夫设计的卧铺车模型，非常感兴趣，为其巧妙的构思所吸引，当即双方达成了协议。

伍德拉夫说："如果你们准备制造，请付给我设计费和专利使用费。"斯考特爽快地答应了他的要求："好的，请快点制造出两节来看看。"

走出了斯考特办公室，伍德拉夫游说卡内基说："卡内基先生，有没有意思合伙做这笔生意，我打算开一家卧铺车车厢制造公司，你出1/8的资金……要您马上拿出1/8的资金，或许有些困难。第一次只要您付217美元，第二年再按同额的比例付款。也就是说，随着订货的扩大，再增加投资金额……"

卡内基非常想试试，心里充满了想干一番事业的冲动。他立即走访了匹兹堡的银行，申贷资金。有家银行对他的计划很感兴趣，一位银行家对他说："那是值得投资的事业，我愿意借你。将来若是赚了大钱，要存入我的银行啊！"

试投产后，卧铺车厢的订货单非常多，许多铁路公司对新车型给予极大关注。卡内基这次投资获得成功，他投资的200余美元，一年之间的红利不下5000美元。

卡内基后来被提升为匹兹堡管理局局长，他与创办匹兹堡铁路工厂的柯尔曼出4万美元买下了斯陶利农场。这是一个盛产石油的地方。他雇佣马车拉油桶，用船行驶于阿勒格尼河不停地运送石油，建立了储存槽，大量存油，等市场油价上涨时高价卖出。一年后，卡内基分到100万美元的现金红利，3年后达到500万美元。

卡内基以600美元买下的股份，3年后就成为拥资500万美元的富翁。他的出色的才干与非凡的能力，使他日后的事业如日中天，步步走向辉煌。1872年，卡内基开始创办钢铁厂，并很快发达起来，成为拥有亿万资产的钢铁巨富。可以说，卡内基的成功离不开他果断的性格。

【人生箴言】

果断出击才能创造奇迹。一个有准确迅速而坚决的判断力的人，他的发展机会要比那些犹豫不决、模棱两可的人多得多。

如何渡过这条海

在生活中，没有任何东西比人的行动更重要、更珍奇了。

——高尔基

在远古的时候，有两个朋友相伴一起去遥远的地方寻找人生的幸福和快乐。一路上风餐露宿，在即将到达目标的时候，遇到了风急浪高的大海，而海的彼岸就是幸福和快乐的天堂，关于如何渡过这条海，两个人产生了不同的意见，一个建议采伐附近的树木造成一条木船渡过海去，另一个则认为无论哪种办法都不可能渡过海，与其自寻烦恼和死路，不如等海水干了，再轻轻松松地走过去。

于是，建议造船的人每天砍伐树木，辛苦而积极地制造船只，并顺便学会了游泳；而另一个则每天躺下休息睡觉，然后到河边观察海水流干了没有。直到有一天，已经造好船的朋友准备扬帆出海的时候，另一个朋友还在讥笑他的愚蠢。不过，造船的朋友并不生气，临走前只对他的朋友说了一句话：“去做每一件事不一定见得都成功，但不去做每一件事则一定没有机会得到成功！”能想到等到海水流干了再过海，这确实是一个“伟大”的创意，可惜这却仅仅是个注定永远失败的“伟大”创意而已。

大海终究没有干枯，而那位造船的朋友经过一番风浪也最终到达了彼岸，依靠行动实现了自己的目标。这两人后来在海的两个岸边定居了下来，也都繁衍了许多自己的子孙后代。海的一边叫幸福和快乐的沃土，生活着一群我们称为勤奋和勇敢的人；海的另一边叫失败和失落的地方，生活着一群我们称之为懒惰和懦弱的人。

【人生箴言】

成功者必是行动者。行动不一定每次都带来幸运，但坐而不行，一定无任何幸运可言。只有立即行动，才能抓住机遇，创造不一样的人生。

断尾求生

当断不断，反受其乱。

——司马迁

在山间丛林中，一只老虎前来觅食。茂密的松林遮蔽了老虎的视线，它不知道此时猎人布置的陷阱就在附近。这时，老虎看到前方似有猎物出现，于是奋力追赶，忽然老虎的脚掌被一个铁圈钩住了。老虎想挣脱束缚，但是铁圈把它牢牢地固定在了原地。这时，手拿猎枪的猎人出现了，他一步步向老虎逼近，老虎似乎感觉到了死亡的预兆。眼看着就要端起猎枪的猎人，老虎不再犹豫，它用尽全身的力气，猛地挣脱了铁链。但是，老虎的脚掌却留在了铁圈上。老虎忍痛离开了这个危机四伏的危险地带。

【人生箴言】

老虎断了一只脚自然是很痛苦的，但是因此而保存了性命，这就是所谓“断尾求生”。当人们面临艰难的抉择时，也应该像求生的老虎一样，果断地做出取舍，否则失去的不仅仅是一只脚掌，而是生命。所以说，在紧要或危急关头，能够生存或克服困难的，往往是那些具有坚决果断性格的人。唯有壮士断腕，才能及时保存所剩的有限力量，重整山河，以图东山再起！

一位女士的愿望

行动之前必须充分地酝酿；一旦定下决心，就应该果敢行动。

——萨卢斯特

一位年轻的女士即将当妈妈了，她打算为即将出世的孩子织一身最漂亮的毛衣毛裤。她在老公的陪同下买回了一些颜色漂亮的毛线，可是她却迟迟没有动手，有时想拿起那些毛线编织时，她会告诉自己：“现在先看一会儿电视吧，等一会儿再织”，等到她说的“一会儿”过去之后，可能老公快要下班回家了。于是她又把这件事情拖到明天，原因是“要给老公做晚饭”。等到孩子快要出生了，那些毛线还像新买回的那样放在柜子里。老公因为心疼老婆，所以也并不催她。后来，婆婆看到那些毛线，告诉儿媳不如自己替她织吧，可是儿媳却表示一定要自己亲手织给孩子。只不过她现在又改变了主意，想等孩子生下来之后再织，她还说：“如果是女孩子，我就织一件漂亮的毛裙，如果是男孩就织毛衣毛裤，上面一定要有漂亮的卡通图案。”

孩子生下来了，是个漂亮的男孩。在初为人母的忙忙碌碌中孩子一天一天地渐渐长大。很快孩子就一岁了，可是她的毛衣毛裤还没有开始织。后来，这位年轻的母亲发现，当初买的毛线已经不够给孩子织一身衣服了，于是打算只给他织一件毛衣，不过打算归打算，动手的日子却被一拖再拖。

当孩子两岁时，毛衣还没有织。

当孩子三岁时，母亲想，也许那团毛线只够给孩子织一件毛背心了，可是毛背心始终没有织成。

……

渐渐地，这位母亲已经想不起来这些毛线了。

孩子开始上小学了，一天孩子在翻找东西时，发现了这些毛线。孩子说真好看，可惜毛线被虫子蛀蚀了，便问妈妈这些毛线是干什么用的。此时妈妈才又想起自己曾经憧憬的、漂亮的、带有卡通图案的花毛衣。

【人生箴言】

拖延，让人一无所获。它不能解决任何问题，也不能使解决问题变得容易起来，相反，拖延只会使问题复杂化，给生活造成严重的危害。因为拖延，我们没解决的问题，会由小变大、由简单变复杂，像滚雪球那样越滚越大，解决起来也越来越难。而且，没有任何人会为我们承担拖延的损失，拖延的后果可想而知。

如果你已经认识到拖延的危害性，那么，从现在开始，就要克服拖延的习惯，立即行动起来。

哥伦布发现新大陆

最大的危险是无所行动。

——肯尼迪

哥伦布还在求学的时候，偶然读到一本毕达哥拉斯的著作，知道地球是圆的，他就牢记在脑子里。

经过很长时间的思索和研究后，他大胆地提出，如果地球真是圆的，他便可以经过极短的路程而到达印度了。

自然，许多有常识的大学教授和哲学家们都耻笑他的意见。因为，他想向西方行驶而到达东方的印度，岂不是傻人说梦话吗?

他们告诉他：地球不是圆的，而是平的，然后又警告道，他要是一直向西航行，他的船将驶到地球的边缘而掉下去……这不是等于走上自杀之途吗?

然而，哥伦布对这个问题很有自信，只可惜他家境贫寒，没有钱让他实现这个冒险的理想，他想从别人那儿得到一点钱，助他成大事者，他一连空等了17年，还是失望。他决定不再等下去，于是启程去见皇后伊莎贝露，沿途穷得竟以乞讨糊口。

皇后赞赏他的理想，并答应赐给他船只，让他去从事这种冒险的工作。

为难的是，水手们都怕死，没人愿跟意随他去，于是哥伦布鼓起勇气跑到海滨，捉住了几位水手，先向他们哀求，接着是劝告，最后用恐吓手段逼迫他们去。

一方面他又请求女皇释放了狱中的死囚，允许他们如果冒险成大事者，就可以免罪恢复自由。

一切准备既妥，1492年8月，哥伦布率领三艘帆船，开始了一个划时代的航行。

刚航行几天，就有两艘船破了，接着又在几百平方公里的海藻中陷入了进退两难的险境。

他亲自拨开海藻，才得以继续航行。

在浩瀚无垠的大西洋中航行了六七十天，也不见大陆的踪影，水手们都失望了，他们要求返航，否则就要把哥伦布杀死。

哥伦布兼用鼓励和高压两手，总算说服了船员。

也是天无绝人之路，在继续前进中，哥伦布忽然看见有一群飞鸟向西南方向飞去，他立即命令船队改变航向，紧跟这群飞鸟。

因为他知道海鸟总是飞向有食物和适于它们生活的地方，所以他预料到附近可能有陆地。

哥伦布果然很快发现了美洲新大陆。

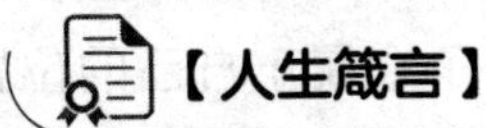

【人生箴言】

万事始于心动，成于行动，行动是成功的阶梯。只要我们肯踏出付诸行动的第一步，再一步一步往前走，便会有成功的希望。

断绝自己的退路

现实是此岸，理想是彼岸，中间隔着湍急的河流，行动则是架在川上的桥梁。

——克雷洛夫

爱尔德是英国一位著名的探险家。他曾在1963年成功地飞越太平洋。他是驾驶小飞机飞越太平洋的第一位探险者。

1963年，爱尔德驾驶着“爱尔德”号小飞机，打破了1927年美国人柏林创下用32小时飞越3610海里的纪录，而他自旧金山抵达台北，创下了35小时飞越7312海里的纪录、单人单引擎飞机飞越太平洋的世界纪录。他的这项惊人的纪录，至今仍旧无人能打破。

驾驶单人单引擎飞机飞越太平洋是世界上许多探险家的愿望。但是，几十年过去了，许多人从未对这一愿望付诸过行动。因为小飞机的载油量是十分有限的，要想飞越太平洋，中途就必须加油。而70%飞机失事发生在降落过程中，何况单人引擎飞机起飞比降落更危险。飞机以单引擎推动滑行到跑道的尽头，有时仍达不到升空的速度，就会撞毁或坠落。如果增添飞机的载油量，那就等于在它身上安置了“飞行炸弹”。面对这种危险，有谁敢在太平洋上空赌一把呢？

爱尔德敢！在颁发证书的记者招待会上，他讲述了自己成功的奥秘：“自从飞机飞的那一刻，我就斩断了自己的退路，让自己置于命运的悬崖上。正是这种无退路的境地，我才会集中精神奋勇向前，从生活中争取属于自己的位置。我们常在付诸行动之前就为自己设计好退路了，这就好比自己先打倒自己，任何失败都是从此开始的。”

【人生箴言】

在很多时候，我们都需要一种斩断自己退路的勇气。因为身后有退路，我们就会心存侥幸和安逸，前行的脚步也会放慢；如果身后无退路，我们才能集中全部精力，勇往直前，为自己赢得出路。

拿破仑的明智之举

战场上只有当机立断的统帅才能取得胜利。

——佚名

有一年，法国资产阶级革命家、军事家拿破仑征讨叙利亚的时候，当地忽然出现了大规模的鼠疫，当时部队中也有很多官兵染上这种病，纷纷病倒了。

拿破仑为此整天忧虑不已，寝食不安。应该怎么办呢？为了避免丧失部队的战斗力，极大限度地减少疾病在部队中造成的传染，他果断地下达了命令：全体部队官兵必须抓紧时间赶路，立即离开疫病区，所有的车和马全部用于载运伤病员，除了严重鼠疫患者以外，其他的伤病员也一律全部带走。

这一命令下达之后，所有骑马和乘车的将官都把车和马全部腾了出来，让给患病人员乘坐。

后来的事实证明，拿破仑的这个举措是正确的，因为就是因为他们的很快撤离，才有效地减少了疾病在部队中的传染，对保存部队的战斗力产生了的积极性作用。

【人生箴言】

果断是成功者的一种优秀的意志品质。一个人如果具有这种性格品质，就可以使他在形势突然变化的情况下，能够很快地分析形势，当机立断、不失时机地对计划、方法、策略等等做出正确的改变，使其能迅速地适应变化了的情况。

两个女孩的理想

伟大的思想只有付诸行动才能成为壮举。

——威·赫兹里特

有一位名叫西尔维亚的美国女孩，她的家庭条件很不错，完全有机会实现自己的理想。她从念中学的时候起，就一直梦寐以求当电视节目的主持人，她觉得自己具有这方面的才干。因为每当她和别人相处时，即便是生人也都愿意亲近她并和她长谈。她知道怎样从人家嘴里掏出心里话。她的朋友们称她是他们的“亲密的随身精神医生”。她自己常说：“只要有人愿意给我一次上电视的机会，我相信我一定能成功。”

但是，她什么也没做，而是在等待奇迹出现，希望一下子就当上电视节目的主持人。

西尔维亚不切实际地期待着，10年过去了，结果什么奇迹也没有出现。

谁也不会请一个毫无经验的人去担任电视节目主持人。而且，节目的主管也没有兴趣跑到外面去物色人才，相反都是别人去找他们。

另一个名叫辛迪的女孩却实现了同样的理想，成了著名的电视节目主持人。辛迪并没有白白地等待机会出现。她不像西尔维亚那样有可靠的经济来源，所以白天去打工，晚上在大学的舞台艺术系上课。毕业之后，她开始谋职，她跑遍了洛杉矶每一个广播电台和电视台。但是，每一个地方的经理对她的答复都差不多："没有几年工作经验的人，我们是不会雇用的。"

但是，她不愿意退缩，也没有等待机会，而是走出去寻找机会。她一连几个月仔细阅读广播电视方面的杂志，最后终于看到一则招聘广告，北达科他州有一家很小的电视台招聘一名预报天气的女主持人。

辛迪是加州人，不喜欢北方。但是，有没有阳光、是不是下雪都没有关系，她只是希望找到一份和电视有关的职业，干什么都行！她抓住这个工作的机会，动身到北达科他州。

辛迪在北达科他州工作了两年，最后在洛杉矶的电视台找到了一个工作。又过了5年，她终于得到提升，成为她梦想已久的电视节目主持人。西尔维亚那种失败者的思路和辛迪的成功者的观点正好背道而驰。她们的分歧点就在于，西尔维亚在10年当中，一直停留在幻想中，坐等机会，期望时来运转。而辛迪则是采取行动，首先，她充实了自己；然后，在北达科他州受到了训练；接着，在洛杉矶积累了比较多的经验；最后，终于实现了理想——电视节目主持人。

【人生箴言】

心动不如行动。再美好的梦想与愿望，如果不能尽快在行动中落实，最终只能是纸上谈兵，空想一番。有人说，心想事成。这句话本身没有错，但是很多人只把想法停留在空想的世界中，而不落实到具体的行动中，因此常常是竹篮子打水一场空。所以，有了梦想，就应该迅速有力地实施。坐在原地等待机遇，无异于盼天上掉馅饼。

中国色彩第一人

人生最大的智慧是懂得放弃，我们每个人都有难以割舍的东西。放弃了，也许是一种胜利。

——爱默生

拥有中国色彩第一人称号的于西蔓回国建立了“西蔓色彩工作室”。她将国际流行的“色彩季节理论”带到了中国，她使中国女性认识到了色彩的魅力。于西蔓在日本学习的本是经济，但她在毕业后，凭着自己对色彩的爱好，苦学了两年，取得了色彩专业的资格，在当时，她成为全球2000多名色彩顾问中唯一的华人。在国外，她看到了中国同胞的穿着经常引起别人的非议，每次她都会产生一种强烈的感觉，要让中国人也美起来。随后，她放弃了在国外优厚的生活，毅然回到了祖国，并于1998年在北京创办了中国第一家色彩工作室。面对中国消费群体的不同，刚开始时，于西蔓只是凭自己的主观确定价位。一段时间后，她发现这并不适合大多数群体，同时也违背了她的初衷——要让所有的中国人都知道什么是色彩。于是，她又重新做了计划，降低价位，并做了很多的辅助工作，结果，取得了很好的成果。年轻的时尚一族纷至沓来，连上了年纪的人也成了工作室的座上宾，热线咨询电话也响个不断。

西蔓女士的个人才华及所创立的事业对中国的贡献和影响引起了政府、社会和媒体的高度赞誉和肯定，被誉为“色彩大师”“中国色彩第一人”。

在总结自己的经验时，于西蔓说她成功的主要原因是懂得放弃，因为没有放弃就没有新的开始。于西蔓放弃了自己令人羡慕的工作而重新开始，是因为她深深地了解自己的兴趣、特点及自身的价值。

【人生箴言】

放弃是一种智慧的选择，它能让人高瞻远瞩，助人开创出另一番崭新的事业。在人生紧要处，在决定前途和命运的关键时刻，我们不能犹豫不决，徘徊彷徨，而必须明于决断，敢于放弃。

一位地产经纪人的转变

毫无理想而又优柔寡断是一种可悲的心理。

——培根

某大学一位业务员前去拜访一位房地产经纪人，想把《推销与商业管理》课程介绍给这位房地产商人。

这位业务员到达房地产经纪人的办公室时，发现他正在一架古老的打字机上打着一封信。这位业务员自我介绍一番，然后介绍所推销的这个课程。那位房地产商人听得津津有味。听完之后，却迟迟不表示意见。

这位业务员只好单刀直入了："你是否想参加这个课程？"这位房地产商人无精打采的回答说："哎呀，我自己也不知道是否想参加。"

他说的是实话，因为像他这样难以迅速作出决定的优柔寡断的人有许多。

这位对人性有透彻认识的业务员，这时候站起身来，准备离开。但接着他采用了一种多少有点刺激的谈话技术。他的话让房地产商大吃一惊。

"我决定向你说一些你不喜欢听的话，但这些话可能对你很有帮助。先看看你工作的办公室，地板脏得怕人，墙壁上全是灰尘。你现在所使用的打字机看来好像是大洪水时代诺亚先生在方舟上所用过的。你的衣服又脏又破，你脸上的胡子也未刮干净，你的眼光告诉我你已经被打败了。"

“在我的想象中，在你家里，你太太和你的孩子穿得也不好，也许吃得也不好。你的太太一直忠实地跟着你，但你的成就并不如她当初所希望的。在你们刚结婚时，她本以为你将来会有很大的成就。”

“请记住，我现在并不是向一位准备进入我们学校的学生讲话，即使你用现金预缴学费，我也不会接受。因为，如果我接受了，你将不会拥有去完成它的进取心，而我们不希望我们的学生当中有人失败。”

“现在，我告诉你，你为何失败。那是因为优柔寡断的你没有做出一项决定的能力。在你的一生中，你一直养成一种习惯：逃避责任，无法做出决定。错过了今天，即使你想做什么，也无法办得到了。”

“如果你告诉我，你想参加这个课程，如果不想，或者你不想参加这个课程，那么，我会同情你。因为我知道，你是因为没钱才如此犹豫不决。但结果你说什么呢？你承认你并不知道你究竟参加或不参加。你已养成逃避责任的习惯，无法对影响到你生活的所有事情做出明确的决定。”

这位房地产商人呆坐在椅子上，下巴往后缩，他的眼睛因惊讶而膨胀，但他并不想对这些尖刻的指控进行答辩。这位业务员道声再见，走了出去，随后把房门轻轻关上。但却随即再度把门打开，走了回来，带着微笑在那位吃惊的房地产商人面前坐下来，又说：“我的批评也许伤害了你，但我倒是希望能够触怒你。现在让我以男人对男人的态度告诉你，我认为你很有智慧，而且我确信你有能力。你不幸养成一种令你失败的习惯。但你可以再度站起来。我可以扶你一把，只要你原谅我刚才所说过的那些话。你并不属于这个小镇。这个地方不适合从事房地产生意。赶快替自己找套新衣服，即使向人借钱也要买来。我将介绍一个房地商人和你认识，他可以给你一些赚大钱的机会，同时还可以教你有关这一行业的注意事项，你以后投资时可以运用。你愿意跟我来吗？”

听完这些话那位房地产商人竟然抱头哭起来。最后，他努力地站了起来，和这位业务员握握手，感谢他的好意，并说他愿意接受他的劝告，但要以自己的方式去进行。他要了一张空白的报名表，答应报名参加《推销与商业管理》课程，并且先交了头一期的学费。

三年以后，这位去掉了优柔寡断弱点的房地产商人开了一家拥有60名业务员的公司，成为最成功的房地产商人之一。

【人生箴言】

获得成功的最有力的办法，是迅速果断地作出决定，而且一旦做出决定，就不要再继续犹豫不决，以免我们的决定受到影响。有的时候犹豫就意味着失去。实际上，一个人如果总是优柔寡断，犹豫不决，或者总在毫无意义地思考自己的选择，一旦有了新的情况就轻易改变自己的决定，这样的人成就不了任何事！记住：成功者，多是果断利落的实践者；而失败者，多是犹豫不决的思考者！

果断出击

优柔寡断才是最大的危害。

——笛卡儿

当年，伊利克与拉斐尔共同创办了一家代理商公司。一开始，公司发展十分顺利。拉斐尔和伊利克二人既分工又合作，拉斐尔挡“外场”，应付顾客和委托商品；伊利克则多数时间是做“内场”，负责账目和业务资金，二人合作还算默契。拉斐尔以前总是赞扬伊利克认真，说他做事情“一丝不苟到了极点，常常把数字精确到小数点后第三位”。

不过拉斐尔觉得自己年龄大一些，在商场上混得时间长，总是以老大哥的身份自居，动不动就教训伊利克不懂人情世故。面对他一副自以为是的样子，伊利克不以为意，尽心尽责地办好公司。

开业后不久，公司就遇到了一件麻烦事。那年，美国中西部遭霜灾，农作物差不多颗粒无收。农民向预购他们来年谷物的代理商要求预付定金。这种突如其来的要求令拉斐尔慌了手脚，每天都唠唠叨叨地说公司拿不出这么大的一笔钱来。面对意外情况，伊利克却胸有成竹，准备去银行贷款。但是贷款需要的抵押从哪儿找呢？

伊利克相当有办法。他把公司账目拿给银行总裁，当总裁看到账目清晰，每一笔账都能按时兑现时，对面前的这个年轻人就多了几分信任，终于答应贷给他所需要的资金。此后，拉斐尔再也不敢以老大哥自居了，二人的地位也有所改变，伊利克在公司中声誉日隆。

当伊利克领导着他的公司走向石油领域，准备大展宏图的时候，他与合作伙伴拉斐尔因经营问题产生了矛盾。拉斐尔虽然对公司业务还算尽心尽力，但在生意上，尤其是大生意，需要做出重大决定的关键时刻，拉斐尔往往举棋不定。他这种反复出现的犹豫不决的态度，耽误了许多买卖的大好时机，也使一向冷静忍耐的伊利克大为光火。他们二人在决策上的矛盾日趋尖锐，有时甚至互不相让。

他们两个人的矛盾终于在关于扩大在石油业的投资问题上彻底爆发了。伊利克要从公司拿出一笔资金来扩大投资，而拉斐尔则认为这是在拿公司的命运开玩笑，坚决不同意。这时伊利克更加认清了拉斐尔优柔寡断的性格，认为他不适合当长期的合作伙伴。

伊利克终于痛下决心，决定通过内部拍卖与拉斐尔争购公司控制权。最后伊利克赢得了这一仗，获得了独立经营公司的权力。

【人生箴言】

成功始于果敢的行动。在我们的一生中，有很多展现自己的机会，果断地把握住它，就可能品尝到成功的欢乐；如果犹犹豫豫，思前想后，就可能会错过很多机会，甚至留下永远的遗憾。

机会在犹豫中溜走

优柔寡断让许多人面临不幸，它会使人对一些事情失望，然后把惩罚强加在自己身上。

——拿破仑·希尔

岳鹏还有半个月就大学毕业了。一天，他接到了准备聘用他的那家广告公司打来的电话，说现在策划部急需一个人，如果可能的话过两天就来上班。岳鹏为此事而感到忧心忡忡，虽然这是他向往已久的一家知名的广告公司，可是此刻他真的没想好到底要不要去。

因为他的爸爸是个小有名气的企业家。通过关系，岳鹏的工作解决了，是他们当地最有名的一家国有企业。据说工作很轻松，用不了两年就可享受公务员的待遇。

两份好工作，让岳鹏陷入了两难的境地。留在北京意味着在这偌大的城市里，岳鹏只有靠自己的打拼谋求一席生存的空间，今后的生活面临的无疑是未知的困难与挑战。而回到父母身边，则什么也不用自己操心。难道年轻的岳鹏能够这么轻易就放弃自己一直以来的理想与追求？周围的同学、朋友众说纷纭，搞得岳鹏也不知道哪个是对，哪个是错。

两天的时间很快就过去了，但岳鹏还是犹豫。最终，他没有踏进那家广告公司的大门。

在父母的一再催促下，岳鹏终于踏上回老家的列车。在父母的安排下，岳鹏糊里糊涂地进了那家国企。上班没一个月，他就开始厌倦这种生活了。

辗转反侧很长时间，岳鹏想，要不再给那家广告公司打个电话，或许还有希望。拨通了广告公司的电话，岳鹏才明白，在犹豫不决中，他已经失去了机会。

【人生箴言】

机会的流失往往在反复考虑之间，所以，机会来时，你便应打开大门迎接，立即行动起来，以免稍有迟疑使你丧失即将到手的机会。伟大的成功，永远是属于少说多做的人，而不是那些优柔寡断的人。

后 记

本书在编辑出版过程中，得到了社会各界的大力支持。各大图书馆、文史研究机构提供了大量的文献资料，文学专家与学者提出了大量的宝贵意见与建议，在此一并致以诚挚的谢意。同时，出版社的责任编辑也为本书的出版做了大量的工作，在此一并致谢。

本书的编选，参阅了一些报刊和名著。由于联系上的困难，部分入选文章的作者（或译者）未能取得联系，谨致深深的歉意。敬请原作者（或译者）见到本书后，及时与我们联系，以便我们按国家有关规定支付稿酬并赠送样书。